LES TOQUÉS

PARIS. — IMPRIMERIE DE J. CLAYE, RUE SAINT-BENOIT, 7.

COLLECTION HETZEL

LES TOQUÉS

PAR

LE MARQUIS DE BELLOY

PARIS

MICHEL LÉVY FRÈRES, LIBRAIRES

RUE VIVIENNE, 2 BIS

—

1860

LES TOQUÉS

CHAPITRE I

LA CHASSE AUX ÉTOILES

§ I

Dc la difficulté d'être neuf et du danger de le paraître.

Les Originaux du xixᵉ *siècle,* tel est le titre auquel j'avais pensé pour ce volume, longtemps avant d'en avoir écrit un seul mot. Ce n'est pas que mes personnages eussent rien de neuf ou d'original, ni même qu'ils fussent tous du xixᵉ siècle ; mais le lecteur moderne aime les surprises, m'avait-on dit : or quelle plus belle surprise qu'un livre qui, en fin de compte, se trouve n'avoir aucun rapport avec son titre ?

J'allais donc me mettre à l'ouvrage, n'ayant eu garde de le faire avant de m'être assuré d'un bon titre, lorsque je tombai, par hasard, sur un feuilleton de théâtre signé du nom de mon meilleur ami. Il s'agissait d'une nouvelle comédie qui venait d'obtenir un succès *colossal*.

« Au fond, disait cet article que je copie, la société
« française ne hait rien autant que le neuf. Elle n'en
« convient pas, elle ne le croit pas ; elle a même de
« très-bonne foi la prétention diamétralement opposée;
« mais c'est une prétention.

« La Fontaine le savait bien : comme il s'est gardé, le
« bonhomme, comme il se défend de rien inventer !
« son originalité si profonde, si vraie, comme il la
« dissimule, comme il la renie avec soin ! — Obser-
« vez bien, dit-il à tout propos, que cette fable n'est
« pas de moi : je l'ai prise à Phèdre, à Boccace, aux
« *Lévantins dans leur légende ; Malherbe le disait ;*
« *Ésope l'a conté ; j'ai lu dans quelque endroit ; j'ai lu*
« *chez un conteur de fables.* — On citerait jusqu'à de-
« main. Paris sur ce point n'a pas varié depuis La Fon-
« taine, et M. C. D. le sait bien. Un bourgeois de Paris
« sortant de sa maison se trouve-t-il en face d'une bar-
« ricade élevée pendant son sommeil : — Ho ! ho !
« fait-il avec une grimace, nous allons avoir du *nou-
« veau. Nouveau* est pour lui synonyme de tout ce
« qu'il y a de plus effrayant, de plus abominable.

« Écoutez un Parisien blâmant un ouvrage quelcon-
« que, une façon d'agir ou de parler qui lui paraît in-
« convenante, coupable même : — Cela ne se fait pas,
« dit-il, ou : — Cela ne s'est jamais vu.

« Qu'y a-t-il pourtant de mieux à faire, que bien des
« choses qui ne se font pas ; de plus intéressant à voir,
« que ce qui ne s'est jamais vu?

« Et l'on dit le Parisien novateur, volage, inconstant,
« lui qui, après avoir tant raillé le mariage, a repoussé,

« épreuve faite, l'institution du divorce ! Non, Paris
« n'aime tout au plus que l'apparence du nouveau ; la
« même main le mènera pendant mille ans, à condi-
« tion de changer de gants de loin en loin, ne fût-ce
« que tous les quinze ans.

« La Réforme et la République, si bien accueillies à
« Paris comme nouveautés, n'ont si vite passé de mode
« que pour avoir été nouvelles autant qu'elles le pro-
« mettaient. Si la Réforme, tout en gardant son nom,
« n'eût rien réformé, si elle eût accepté l'infaillibilité
« du pape, et si la République eût conservé un roi,
« nul doute que Paris ne fût aujourd'hui républi-
« cain et protestant.

« La langue de Paris, qui n'est pas le français, mais
« qui s'en rapproche beaucoup, est la seule au monde
« où le mot original est et sera toujours pris en mau-
« vaise part. — Parbleu ! dit un Parisien lorsque quel-
« que chose le choque, voilà qui est original. — Ou
« bien : — Ne me parlez pas de M. un tel, c'est un
« original. — Autant de condamnations sans appel. »

On comprend que je n'en lus pas davantage ; il n'é-
tait plus question pour moi de mon titre. Un peu plus,
et mon sujet même n'eût pas résisté à ce diable
d'homme.

Mais quelle affaire que de trouver un titre ! le public,
d'une part, adore les surprises, et, d'autre part, il
abhorre la nouveauté, il a horreur de l'imprévu : comment concilier des exigences si contradictoires ?

§ II

Où l'auteur, sans cesser de parler de lui, continue à chercher un titre.

Je ne songeais guère plus à mon livre, lorsqu'un beau matin je m'éveillai avec un nouveau titre dans la tête, un joli titre : *les Toqués.*

Et me voilà taillant ma plume, oui, cher lecteur, taillant ma plume, — car tôt ou tard vous le sauriez, — je suis encore plus timide que vous peut-être, à l'endroit des choses nouvelles, la plume de fer, par exemple : j'attends qu'elles aient fait leurs preuves, et j'attends quelquefois longtemps.

Ainsi, je n'ai pas même encore retenu ma place pour le second voyage en Amérique du *Léviathan :* j'attends toujours qu'il ait fait le premier.

Je n'ai pris qu'une seule action, et encore est-ce pour l'honneur, dans l'affaire de l'isthme de Suez : j'attends, pour m'exécuter plus à fond, que cet isthme soit un détroit.

Et je continue à ne point faire de drainage dans ma bastide, malgré les amicales injonctions de mon préfet.

Je ne me suis pas non plus engagé parmi les soldats de l'IDÉE, j'attends de savoir ce que c'est que ce général.

J'attends aussi que la *religion de l'avenir* ait publié son catéchisme, pour voir si vraiment il vaut mieux que celui de mon diocèse.

*
* *

Maintenant, lecteur, vous voyez à qui vous avez à faire ; vous savez qu'attendre d'un homme qui, au propre et au figuré, en est encore à la plume d'oie, à cette vieille plume d'oie qu'il faut tailler à chaque instant, oui, à chaque instant, et c'est justement ce qui m'en plaît. On se repent souvent d'avoir écrit, jamais d'avoir taillé sa plume.

La plume de fer, cependant, je ne voudrais pas la décourager ; je ne la juge pas sur ses premiers essais ; je lui tiens compte de l'émotion inséparable d'un premier début. Donc, quoiqu'il y ait sur elle fort à dire, je ne lui ferai qu'un seul reproche pour aujourd'hui : elle va trop vite.

Avec elle, comme en chemin de fer, on ne voyage pas, on arrive. — Ce n'est pas moi qui l'ai dit le premier.

Or, la belle affaire, arriver ! n'avoir plus rien à voir, rien à désirer, rien à craindre. Voyez plutôt comme ils bâillent, comme ils s'ennuient, comme ils ont l'air embarrassé, presque honteux, les trois quarts des gens arrivés ; j'entends arrivés par le train à grande vitesse, la plume de fer.

Mais la plume d'oie, au contraire, la franche et blanche plume d'oie, toujours au chemin de l'honneur, le plus long, la route Royale, c'est comme l'ancienne patache ; avec elle on voyage au moins, et, quelle chance ! on n'arrive pas.

*
* *

Je me disais donc, en taillant ma plume : *les Toqués ! les Toqués !* affaire d'or... pour mon libraire ; bon titre, excellent titre... un peu trivial, cependant... et à peine décent pour les personnages célèbres dont je vais conter les... les... comment dire ?

Voilà justement la question.

*
* *

Ce n'est pas que ces mots *tocade* et *toqué,* aujourd'hui tombés en roture, ne soient, en somme, d'assez bon lieu : l'onomatopée, en tant qu'origine, n'est nullement à renier.

On aura commencé par dire d'un homme plus ou moins rebelle aux lois du sens commun qu'il avait le timbre fêlé, *timbre* étant pris alors pour crâne ; mais l'expression, en de certains cas, paraissant trop forte, une bonne âme y aura tout doucement substitué *le petit coup de marteau sur la tête.* C'était déjà là un progrès.

Si faible qu'il soit, cependant, un coup de marteau, c'est bien dur. Pourquoi pas plutôt seulement de l'index replié, deux petits coups, toc, toc ? Et voilà un homme *toqué,* et sa manie une *tocade.*

Rien de mieux jusque-là ; *tocade* et *toqué* ont dû résonner d'abord entre les dents les plus blanches, les plus mignonnes ; c'est gai, c'est vif, c'était poli, ça ne l'est plus.

Pour avoir été prodigué, *tocade* exprimerait mal à présent certains écarts de l'esprit ou du cœur provenant d'une sensibilité excessive, d'une imagination plus active que les organes qui la servent, d'une préoccupation ou prévention trop exclusive, d'un faux point de vue, enfin de tout ce qui ébranle l'équilibre de la raison sans positivement le détruire.

§ III

Un mot de Balzac.

L'auteur de la *Comédie humaine* avait un mot très-expressif pour rendre à peu près ce que je veux dire.

On sait qu'il se croyait un profond politique, ce qui pouvait bien être vrai ; mais ce qui l'était moins, peut-être, c'est qu'il se trouvât toujours à la veille d'être appelé à diriger le cabinet. Ce fut pourtant là une des plus constantes rêveries de ce génie extraordinaire, mais toqué.

Un soir donc qu'il attendait le portefeuille des affaires étrangères, avec quelques amis invités à souper à cette occasion, il se mit à exposer son système politique, lequel en valait, ma foi ! bien un autre.

Quand il eut triomphé sur toute la ligne, rallié les partis sans brûler contre eux une seule amorce, secouru la Pologne, épargné la Russie et pulvérisé l'Angleterre, il commença, pour faire oublier le souper qui n'arrivait pas, à distribuer à son auditoire majorats, lettres de noblesse, actions industrielles, décorations, bureaux de tabac et autres grâces anticipées, si bien que, n'y tenant plus à la fin, un de ceux qu'il venait de créer *maréchaux de lettres :* — Toi au pouvoir ? dit-il ; toi un politique ? toi un ministre ?... Charenton ou Clichy, voilà ce qui t'attend, avec tous ceux qui se leurrent de tes promesses, de tes chimères.

Et là-dessus il opposa avec sang-froid à ces chimères le vrai de la situation, qui n'était pas gaie à ce moment-là.

Il y avait beaucoup de l'enfant chez Balzac : en voyant s'écrouler son château de cartes, il demeura d'abord comme atterré ; mais sa vaillante et heureuse nature ayant peu à peu repris le dessus :

— Ah ! malheureux, fit-il, mais ces promesses, ces chimères, ne vois-tu pas qu'elles me portent, qu'elles me soutiennent sur l'eau ? En seras-tu plus avancé quand tu auras crevé mes *vessies* ?

*
* *

Assurément, dans la situation, l'expression imagée de Balzac était aussi juste que pittoresque ; mais ce n'est pas une raison pour qu'elle convienne à d'autres qu'à lui.

Vessies du xixe *siècle*, ne voilà-t-il pas un beau titre ? L'autorité même du nom de Balzac ne le ferait pas accepter.

Et quand même elle y suffirait d'ailleurs auprès du gros public, qu'en diraient les *Délicats*, les *Parossiens*, les *Ciseleurs*, les *Rutilants*, les *Euphuistes* ?

De quel front après ces vessies me faufiler dans la ruelle d'Arthénice, me présenter au cercle de Julie ?

Et d'ailleurs *vessies* répond-il bien au vague et à l'infinie variété de mon sujet, à la gravité de beaucoup de mes personnages ?

Me voyez-vous contant les *vessies* d'un homme d'État, d'un docteur en Sorbonne, d'un sociétaire de la Comédie-Française, d'un magistrat, d'un sénateur ?

C'est à peine si on me passerait les vessies de Balzac, et de celles-là, justement, j'ai résolu de n'en pas dire un mot ; bien qu'il se soutienne à merveille aujourd'hui sans elles, j'aurais encore trop peur de les crever.

Assez d'autres d'ailleurs les prennent encore et les vendent pour des lanternes.

§ IV

Histoire d'Émile et fin des perplexités de l'auteur.

Décidément, me dis-je à ce point de mes réflexions, il n'y a qu'un homme au monde qui ait assez le mot pour me trouver ce que je cherche : or, c'est aujourd'hui la fête d'Émile : dîner sans façons, soirée de même, cinq ou six amis tout au plus, mon homme n'y manque jamais, double raison pour n'y pas manquer moi-même.

Émile n'a pas toujours été l'homme sage et rangé qu'il est aujourd'hui. Émile a eu dans sa jeunesse une passion dont on a beaucoup parlé dans le monde ; il a été l'objet d'un choix qui l'a fait envier de plusieurs têtes couronnées et de la jeunesse dorée de son temps : aussi me disait-il, bien des années après : Je n'ai jamais été aussi malheureux que quand j'étais le plus heureux des hommes. C'est qu'en effet, pendant six mois de sa vingtième année, il est resté les yeux fixés sur la plus maligne, la plus changeante et aussi la plus éblouissante étoile qui ait brillé sur le monde des arts.

Or, il faut savoir qu'à tous ceux qui comme lui ont vu de trop près ce bel astre, il en est resté, après le premier éblouissement, une tache, une petite tache

1.

noire, qu'ils voient se dessiner sur tout, même la nuit, dit-on, même les yeux fermés.

On m'avait bien déjà fait cette histoire, mais je l'avais prise au figuré, j'y avais vu une allusion par image à l'ineffaçable souillure que laisse en nous un premier amour mal placé. De façon ou d'autre, d'ailleurs, Émile me semblait devoir être exempt de ce supplice fantastique : surpris, entraîné, enlacé par des grâces irrésistibles, par des marques d'une passion peut-être sincère un moment, il ne lui avait fallu, pour se dégager, que le temps de se reconnaître.

Cette rupture, toute volontaire de sa part, lui avait certes coûté beaucoup : il en avait souffert et très-longtemps, je le savais, je l'avais vu ; mais, depuis quinze ans au moins, sa guérison était complète. Après le voyage de rigueur, un long et beau voyage, il avait repris ses travaux chaque jour mieux encouragés, ses honnêtes plaisirs, sa gaieté même, plus franche que jamais. Bientôt, enfin, une femme aussi belle que distinguée était venue compléter son bonheur ; il en avait deux beaux et aimables jeunes enfants, garçon et fille, souhait de roi ; sa vie, en un mot, était la mieux faite que je connusse, et je savais qu'il la jugeait ainsi.

Et pourtant à ce dîner si gai, à cette fête de famille dont j'étais de fondation, et où pour rien au monde, cette fois surtout, je n'aurais manqué, il me souvenait malgré moi d'un autre temps, d'un autre Émile, et aussi d'une autre fête donnée en son honneur, et pour une même occasion, il y avait au moins vingt ans, dans le palais d'été de la sirène ; car c'était une vraie sirène : on ne savait ce qui charmait le plus en elle, à

moins que ce ne fût, comme je l'ai toujours pensé,
un signe, un petit signe d'un noir d'enfer qu'elle avait
au coin de l'œil gauche ; le diable seul pouvait l'avoir
si adroitement piqué là : c'était sa marque, son cachet.
Plus de cent cinquante sonnets ont été composés en
italien sur ce petit signe.

Et je me disais : Comme tout change ! comme tout
passe ! Qui eût pu croire, en ce temps-là, qu'il se tire-
rait de ces griffes roses, ou même qu'il se consolerait
d'avoir eu le courage de s'en tirer ? Comme il est heureux à présent ! et autrement et mieux qu'alors ! Ici
au moins pas de nuage, pas de tache.

A ce moment, à ce mot même — il y a des mots qui
portent malheur — madame Émile s'était levée, et,
un beau bouquet à la main, elle se penchait vers son
cher mari, lui donnant son front à baiser. Mais celui-
ci, l'écartant d'une main, lui dit de la voix d'un homme
qui rêve : — Essuie donc cette tache que tu as là, au
coin de l'œil.

Puis aussitôt, avec transport : — Mais non, s'écria-
t-il, fou que je suis ! c'est une larme.

Et il l'embrassait, et il la serrait dans ses bras en
pleurant lui-même.

A ma grande surprise, ce pénible incident ne fit
d'impression que sur moi, ou du moins personne
autre ne voulut paraître l'avoir remarqué.

*
* *

Deux heures après, comme j'emmenais de chez
notre hôte l'ami que j'y étais venu chercher :—Avez-
vous remarqué ? lui dis-je dès que nous fûmes dans la
rue...

Il ne me laissa pas achever : — Tiens ! me dit-il, vous ne saviez donc pas ? c'est son *étoile*.

— Comment, son *étoile* ? quel rapport *étoile* ?...

— Ah ! voici : les hommes ou les femmes d'une organisation délicate, d'une sensibilité plus vive, d'un verre, en un mot, plus fin que la plupart des autres.....

— Eh bien ?

— Eh bien ! au plus petit choc : clic ! et voilà un homme étoilé ! Comprenez-vous ?

— Si je comprends ? Étoile, c'est le mot poli pour tocade.

§ V

Dédicace à brûle-pourpoint.

Et vous, mon cher Préault, comprenez-vous pourquoi, ce soir-là, je vous quittai si vite, et comment je vous dois de pouvoir enfin publier ce petit volume ? J'ai fait de mon mieux pour le rendre aussi précieux, aussi agaçant que son titre. Ai-je réussi ? Je n'ose le croire : ne va pas qui veut à Corinthe ; et pourtant, cher Corinthien, je vous le dédie, ce petit volume, tout comme si c'était un livre.

Vous voilà bien attrapé, n'est-ce pas ? Vous le seriez bien davantage, si l'on vous rendait en pareille monnaie le quart seulement de ce que l'on vous doit : où mettriez-vous tant de cuivre, vous qui déjà ne savez que faire de votre or ?

CHAPITRE II

L'AUTEUR JUSTIFIE SON TITRE ET L'EXPLIQUE

Pour bien faire à présent, il faudrait montrer comme quoi la chasse aux étoiles répond à la fois au besoin de surprises et à l'horreur du neuf notés plus haut chez le public.

Quant au premier de ces deux points, qui de vous, lecteurs, en voyant flamboyer mon titre dans les annonces de son journal, n'aura compris par le mot étoiles les plus brillantes comédiennes, chanteuses ou sauteuses de ce temps-ci? Or la belle surprise, entre autres, quand vous verrez, en feuilletant ce petit livre, qu'il y est à peine tiré une ou deux fois, et par hasard, sur ce vrai gibier... de roi!

Pourquoi tant de réserve? me dites-vous avec humeur. Est-ce indifférence, ou excès de sensibilité? Est-ce galanterie, ou prudence?

Prudence? Eh! ma foi! je ne dis pas tout à fait non. Pourquoi m'exposer à chasser sur les terres de... C'est que, voyez-vous, ce n'est plus aujourd'hui pour ces demoiselles, c'est pour nous, pauvres diables, que le For-l'Évêque est à craindre. — Vous savez qu'on l'a rebâti.

Mais non, au fait. Pourquoi ne pas dire tout simplement que j'aime à voir clair dans ce que je fais? Et comment tirerais-je un gibier dont la seule vue m'é-

blouit comme le premier perdreau qui m'est parti
entre les jambes; un gibier que je ne connais pas, que
je ne sais comment classer? Vient-il du ciel ou de plus
bas? Est-il de montagne ou de plaine, ou de rivière,
ou de marais? Est-il de plume? Est-il... Mais non, vous
ne serez contente, madame, que quand vous m'aurez
fait dire quelque grosse sottise. La vérité, encore une
fois, c'est que je ne connais rien, absolument rien à
vos étoiles. Cela vous étonne? Vous auriez cru qu'à
mon âge... un homme de ma profession... qui s'est un
peu occupé de théâtre... qui aurait dû trouver de certaines facilités... — Eh bien! non, parole d'honneur.

Vous êtes confondue? vous n'en revenez pas? Tant
mieux! c'est une surprise de plus que vous aura donnée mon livre.

*
* *

L'autre partie du problème qui nous occupe, l'histoire le résout pour moi. Il ne faut que l'interpréter.

A l'en croire, la bonne vieille, rien de plus vieux que
la chasse aux étoiles : dès les temps les plus reculés,
les Chaldéens la connaissaient ; mais les astrologues
sont les premiers qui lui aient donné toute sa portée,
en l'identifiant, comme on va le voir, à la science même
de l'homme.

Malheureusement pour leur gloire, qui en est encore
obscurcie, cet immense progrès demeura longtemps
un secret entre eux. De la chasse aux étoiles ils pré-
tendirent faire une chasse réservée, et à cet effet ils en
hérissèrent les abords de figures et de formules à décourager tous les braconniers présents et futurs.

En cela, au reste, on peut le dire à leur excuse, ils

suivaient l'esprit de leur temps : on avait alors cette opinion que du jour où une idée, si bonne qu'elle soit, tombe dans le domaine public, dans le *profanum vulgus* d'Horace, dans ce que Voltaire appelait les Welches et Fréron les Voltairiens, cette idée s'amoindrit, se fausse et perd bientôt toute sa valeur.

C'est à ce principe qu'il faut remonter pour trouver l'origine de tant de symboles, dont le sens double et triple n'était révélé·qu'après de nombreuses épreuves et sous la foi des serments les plus solennels à de rares initiés.

* *
*

Aujourd'hui tout le monde est initié ; les mythes n'ont plus de secrets ; la symbolique court les rues. Relégué à la dernière page de nos petits journaux, l'hiéroglyphe abâtardi n'exerce plus d'autre pénétration que celle des badauds. Nous n'étonnerons donc aucun de ceux-ci en affirmant que les astrologues, dans leur doctrine ésotérique, donnaient souvent au mot étoile le même sens que notre ami Préault.

Ainsi s'expliquent tant de prédictions accomplies, tant d'horoscopes justifiés : étant connue la manie, l'idée fixe, l'*étoile* d'un homme, quoi de plus simple que de prévoir l'influence qu'elle aurait sur sa destinée ?

* *
*

Le côté faible de cette méthode, si elle se fût bornée là, c'eut été le chapitre des événements ; ceux-ci, en effet, auraient pu déranger des calculs basés sur la seule étude de l'homme, mais l'astrologie, ou chasse aux étoiles, ne devait pas s'arrêter en si beau chemin : de la conformité de la voûte céleste avec celle où s'agite ce petit follet de cerveau humain, elle inféra bientôt la corrélation qui existe entre ces deux sphères étoilées, et l'influence de la première sur la seconde.

— Mais, dit la science moderne, cette correspondance, est-ce quelque chose de bien réel ? Y croyez-vous sérieusement ? — Si j'y crois ? Elle va m'offrir trop d'occasions de jouer sur les mots et sur les idées pour que je la mette en doute un instant.

CHAPITRE III

L'AUTEUR DEMANDE LA PAROLE POUR UNE MOTION D'ORDRE.
IL SE L'ACCORDE ET N'EN ABUSE PAS.— LA MOTION
D'ORDRE EST REJETÉE.

C'est vraiment un malheur pour un écrivain que d'avoir de la conscience. Le croiriez-vous, lecteur? le peu d'espace laissé en blanc qui sépare ce chapitre du précédent ne représente pas moins de trois ans d'intervalle entre l'un et l'autre.

Tout cet énorme laps de temps, je l'ai passé à consulter pour savoir si la chasse en général, et la mienne en particulier, doivent être soumises à une règle.

Au fond, comme toujours en pareil cas, mon opinion était parfaitement arrêtée à l'avance, et je ne cherchais qu'à pouvoir la mettre sous le couvert d'une signature imposante. Or, je la trouve enfin, cette opinion, la seule raisonnable, mon opinion à moi, je la découvre, je la déterre; mais devinez où? Dans un écrivain anonyme. N'est-ce pas jouer de malheur?

Que faire à présent? Chercher encore, compulser à nouveau Xénophon, Arrien, Oppien, Gaston-Phébus, du Fouilloux, Saint-Aulaire de La Renaudie, Baudrillart, Jourdain, Magné de Mapolles, Elzéar Blaze, d'Houde-tot, le comte de Dax et vingt autres; relire M. Viardot ? Non, mille fois non. Mieux vaut donner mon opinion sans signature. Où trouverais-je d'ailleurs, en fait de hardiesse et de concision, rien qui vaille cet aphorisme ?

En toute chasse, l'unique règle est de ne tuer son meilleur ami que le moins possible.

ANONYME.

(*Code complet de haute et basse vénerie*, Article premier et dernier.)

CHAPITRE IV

ÉLIMINATION ET DISTINCTION

La chasse aux étoiles, d'ailleurs, est de celles qui souffriraient le moins d'être réglées : c'est proprement la chasse de la flânerie, du caprice, de l'imprévu, la chasse libre par excellence. On peut s'y passer de port d'armes, elle reste ouverte en toute saison et partout, à la ville et aux champs, au théâtre, dans les salons, dans la rue même. Enfin c'est la vraie chasse des mazettes, vu l'extraordinaire abondance du gibier, j'entends dans les petites pièces, dans ce qu'ont bien voulu nous en laisser ces puissants chasseurs devant Dieu, Aristophane, Théophraste, Labruyère, Molière, La Fontaine, Lesage et autres Nemrods qui, se trouvant à l'ouverture, ont pris naturellement ce qu'il y avait de meilleur.

Il importe donc, pour ne pas tirer tout à fait sa poudre aux moineaux, de procéder un peu par voie d'exclusion ; car il y a étoiles et étoiles ; il y a même des étoiles qui n'en sont pas.

Rien de plus aisé à distinguer, du reste, ainsi, règle générale et unique : Toute manie qui rapporte un profit quelconque ne mérite pas le titre d'étoile, dans le sens que nous lui donnons.

*
* *

Voilà, par exemple, Fortunata, une comédienne célèbre qui a, dit-on, l'étoile des objets d'art et de curiosité : tableaux, dessins, antiques, manuscrits, autographes, livres rares, tout ce qui a du prix enfin. On
la dit connaisseuse et on s'extasie sur son goût : aussi
artistes, écrivains, riches amateurs, c'est à qui lui ap-
portera ce qu'il a de mieux en tout genre. Rien que
d'innocent jusque-là ; moi-même j'ai une très-cu-
rieuse lettre de la Champmeslé à Racine, et je me pro-
posais de la lui envoyer, quand voilà que je lis sur
une affiche colossale :

VENTE DU MOBILIER DE Mlle FORTUNATA.

Première vacation : *Tabatières, autographes et armes
de prix.*

Seconde vacation : *Pipes turques, incunables et dessins de maîtres,* etc., etc.

— Eh bien ! où est le mal ? me dit un admirateur de
Fortunata ; n'est-elle pas libre de vendre ce qu'on lui
a donné ?

— Libre, sans doute : mais je lui pardonnerais plutôt encore de vendre ce qu'elle aurait pris... Cependant, s'il est vrai qu'elle soit ruinée, comme on le
dit.....

— Ruinée, Fortunata ? Elle est deux fois millionnaire.

— Alors la passion pour les curiosités, la fantaisie
intelligente, l'élégant caprice, étoiles fausses.

*
* *

Second exemple.

Le baron du Flan est, en homme, le pendant de Fortunata ; mais, comme on ne lui fait pas de cadeaux, il est obligé de se mettre un peu plus en frais.

Lui aussi, à l'en croire, il a eu la rage des tableaux. Fournisseur à l'armée d'Espagne pendant les guerres de l'Empire, il avait rapporté du pays du Cid une douzaine d'affreux chefs-d'œuvre comme on en fait beaucoup trop dans ce pays-là. Ces horreurs lui coûtaient, disait-il, les yeux de la tête. — De quelle tête ? dit un jour le maréchal Soult, qui s'y connaissait.

Quoi qu'il en fût, il ne parlait pas d'autre chose, et faisait répandre le bruit qu'il se relevait la nuit plusieurs fois pour contempler ses chers tableaux, aux flambeaux ou au clair de lune.

Arrivait-il un étranger célèbre : à quelque titre que ce fût, il l'invitait gracieusement, par lettre, à visiter son cabinet, et le lendemain on lisait dans tous les journaux : Le prince un tel, ou Walter Scott, ou l'illustre madame Pasta, ou le fameux géant des Ardennes, est allé visiter la célèbre galerie du baron du Flan ; il a été émerveillé, etc., etc.

Souscrivait-on en faveur de cette pauvre Grèce opprimée, ou de toute autre étoile à la mode : vite il exposait ses tableaux au profit des victimes de Missolonghi ou d'ailleurs. Et, là-dessus, annonces gratuites dans tous les journaux, car *qui eût refusé de s'associer à l'œuvre du généreux Mécène qui daignait?* etc., etc.

Tant y a que, quand ce manége eut au moins triplé, dans l'opinion de toute l'Europe, la valeur de sa galerie, il fit comme Fortunata : il se décida à la mettre en vente.

La Restauration, sans y entendre malice, lui en offrit, les yeux fermés, *le prix coûtant;* mais il vit là une épigramme inquiétante, et il alla vite, comme Thémistocle, s'asseoir aux foyers du peuple britannique. Là il trouva de ses martyres, étals de bouchers, entrailles fumantes, tueries et autres gentillesses non moins friandes, trois ou quatre fois leur valeur.

A son retour de Londres, le baron du Flan ne rêvait plus que numismatique, il ne parlait qu'avers, revers, légende, exergue, fleur de coin, patine, enfin toute la kyrielle.

Bref, après avoir rassemblé un millier de pièces diverses plus ou moins belles, je n'en sais rien, mais à coup sûr achetées à vil prix, il adressa le tout à un petit prince étranger, avec une lettre d'hommage. De là lui vient ce grand cordon qu'il portait l'autre soir chez le comte de M., autre *amateur* du même genre, mais qui *aime* beaucoup plus en grand.

*
* *

Le tour de la paléographie était enfin venu : cette science, parfois toute divinatoire, captiva le baron aussi avantageusement que la peinture et la numismatique.

Il passait sa vie aux Archives, où travaillaient pour lui au rabais je ne sais combien de copistes, fruits secs de l'École des chartes, rédacteurs au besoin d'almanachs ou dictionnaires héraldiques, revues de la noblesse et autres fabriques d'étoiles fausses.

Que faisaient là ces pauvres hères ? Ils faisaient, ils ont fait si bien que le baron du Flan est aujourd'hui de toutes les sociétés savantes de la France et de l'étranger; ils ont fait qu'il sera au premier jour de l'Institut. Enfin, et c'est là le plus beau, ils ont fait que le baron du Flan, anobli sous le premier Empire, remonte déjà sous le second aux du Flan de la troisième croisade, et peut signer, comme il le fait, baron du Flan et non Duflan. Vous conviendrez que des étoiles qui rapportent de si beaux profits... Mais en voilà assez sur les étoiles fausses, il est temps de parler des vraies.

CHAPITRE V

LA QUESTION DU TITRE REVIENT SUR L'EAU. — COMPLICATION.
TOUT EST PERDU. — TOUT EST SAUVÉ.

Mais, avant tout, ne ferais-je pas bien, me dis-je, d'aller trouver mes éditeurs, et de faire marché pour mon livre, puisque le plus fort en est fait? J'en ai le sujet, j'en ai le plan, enfin j'en ai le titre, ce qui est de beaucoup le principal; il ne me reste plus qu'à en avoir touché le prix, pour me mettre à l'écrire dans les conditions d'aisance et de sécurité les plus favorables au génie.

Aussitôt dit, aussitôt fait.

— Monsieur Hetzel?

— Il est en affaires, Monsieur.

— Et monsieur Stahl?

— Monsieur Stahl y est.

A la bonne heure! je m'entendrai mieux avec celui-là.

— Mon cher ami, je vous apporte un titre.

— Un titre? ah! voyons!

— *La Chasse aux étoiles.*

— *La Chasse aux étoiles!* tiens! tiens! c'est poétique, c'est élégant, on n'y voit que du feu, très-bien.

— Alors vous me prenez mon livre?

— Les yeux fermés et des deux mains. Seulement j'ai peur que ce diable d'Hetzel... Attendez! je suis obligé de sortir, mais je vous l'envoie à l'instant. Vous terminerez avec lui. Tout ce qu'il fera sera bien fait.

Un moment après Hetzel entre. Je lui dis mon titre, je le lui explique, je le lui commente; il m'écoute d'un air distrait.

— Tout cela est bel et bon, me dit-il enfin; mais j'aimerais mieux *les Toqués*. Votre *Chasse aux étoiles*, c'est trop vague, trop poétique. On pourrait croire que c'est un volume de vers; je n'en vendrais pas vingt-cinq exemplaires; mais *les Toqués,* à la bonne heure! Je vous prends *les Toqués* les yeux fermés et des deux mains.

— Quoi! m'écriai-je, vous voulez que je signe un livre intitulé *les Toqués;* Que je sois pour tout le reste de ma vie l'auteur des *Toqués?*

— Peste! mon ami, je vous le souhaite, et à moi aussi.

— D'ailleurs *toqué* n'est pas français, et puis mon introduction qui est faite! et ma dédicace à brûle-pourpoint! et mes jeux de mots! et mes pointes! et mes rapprochements forcés!

— Écoutez-moi, interrompit Hetzel, saisi d'une inspiration soudaine : tout peut s'arranger. Faites votre livre, faites-le aussi obscur, aussi contourné, aussi étoilé que vous le voudrez! gardez l'estime des précieux, des euphuistes, si vous l'avez! gardez même le titre qui a l'approbation de Stahl! qu'il brille en haut de chaque page du volume; mais abandonnez-moi la couverture où je mettrai ce qu'il me plaira. De cette façon nous aurons chacun notre livre : vous *la Chasse aux étoiles,* qui ne sera lue de personne, moi

2

les Toqués, que je vendrai à tout le monde. Est-ce entendu?

Qu'auriez-vous fait à ma place? je me rendis, ou plutôt je capitulai, et combien l'ont fait, parmi vous, lecteurs, à des conditions moins passables!

Maintenant, entrons en matière; mais n'y sommes-nous pas déjà?

CHAPITRE VI

LE GRAND OUVRAGE DU ROI VICTOR-EMMANUEL Ier

A tout seigneur tout honneur : commençons par
l'étoile qui au delà des Alpes s'appelle le grand ouvrage du roi Victor-Emmanuel Ier.

L'étoile du roi Victor-Emmanuel Ier, lequel depuis
longtemps habite le séjour des astres, bien qu'on ait
cru la voir dans *la Montagne de la Fable,* fait en réalité
partie de la constellation de *la Poule,* comme vous le
verrez bientôt.

Le grand ouvrage du roi Victor-Emmanuel Ier, ce
grand ouvrage pour lequel il avait abdiqué en faveur
de son frère, cet ouvrage mystérieux, objet de mille
conjectures, la cour, ni même aucun des membres
de l'illustre maison de Savoie, ne sut ce que c'était
tant que vécut le roi Victor-Emmanuel Ier.

Il y travaillait sans témoins, et chaque soir le ren-
fermait dans une armoire de fer dont lui seul avait le
secret.

Aussi, quand ce grand prince eut passé de vie à
trépas, pouvant, disait-il, se rendre témoignage devant Dieu et les hommes qu'il avait aimé ses sujets
jusqu'à leur refuser une constitution ; quand il eut
rendu le dernier soupir et que l'étiquette permit d'ouvrir enfin la mystérieuse armoire, il se trouva, comme
le porte l'inventaire, que ces commentaires présumés,

ce testament politique d'un prince qui avait joint aux
leçons de l'exil les conseils d'un Joseph de Maistre,
consistait en cinq cent quatre-vingt-dix-sept mille cocottes de papier.

On s'expliqua alors pourquoi tous les huit jours
l'ex-roi se faisait apporter une douzaine d'exemplaires de la constitution octroyée par son frère, le roi
régnant Charles-Félix, exemplaires sur papier de
Chine, dont on avait craint que lui Victor-Emmanuel,
vu ses opinions rétrogrades et la finesse du papier,
n'eût fait un usage beaucoup moins noble.

C'est depuis ce temps-là qu'on dit en Piémont d'un
homme qui vit absorbé dans des bagatelles : *il travaille au grand ouvrage du roi Victor-Emmanuel.*

Nous avons, nous, une locution analogue, mais
qu'il ne faut pourtant pas confondre avec l'adage
piémontais. Ainsi, en France, *travailler au grand
ouvrage du roi Victor-Emmanuel* ce n'est nullement
travailler pour le roi de Prusse, — ni pour l'empereur
d'Autriche non plus. — Voyez plutôt ce qu'ont rapporté leurs cocottes à messieurs... un biographe les
nommerait.

*
* *

Une chose m'occupe : c'est de savoir combien on
trouvera un jour de cocottes de papier dans l'armoire
du Corps législatif, et de quel papier elles seront
faites.

Je ne dis pas cela pour le Sénat ; on sait qu'il ne
fait que des petits bateaux et des chapeaux à trois
cornes.

CHAPITRE VII

LE PRINCE DE SANTA-LUCIA. — COMMENT IL OBLIGEAIT ET COMMENT
ON LUI EN SAVAIT GRÉ. — INGRATITUDE D'UN CHANTEUR.

Le prince de Santa-Lucia, protecteur éclairé des arts dans ses jolis petits États, *gran Mecenate*, comme disent trop souvent les Italiens, avait le malheur ou la prétention de ne point croire à la reconnaissance. Il n'en obligeait pas moins pour cela ; mais c'était surtout pour se confirmer dans l'opinion détestable qu'il avait de l'espèce humaine.

Le prince de Santa-Lucia était donc bienfaisant par misanthropie.

Plus un sujet lui témoignait d'ingratitude, et plus il le comblait de bienfaits. Aussi, pour ne pas se fermer la source des grâces, c'était à qui, parmi ses nombreux obligés, lui marquerait le plus d'indifférence, et souvent même lui jouerait les plus mauvais tours.

*
* *

Il faut dire que la façon d'obliger du prince de Santa-Lucia était bien un peu faite pour encourager ce genre de spéculation.

Donnait-il un sequin à un mendiant : — Va, lui criait-il, fainéant! voleur! infecte canaille! immonde vermine! va te soûler avec cet or! va noyer dans le

2.

vin ton mépris de toi-même ! va te gorger de polenta
et de saucissons faits de la chair de tes semblables, et
puisses-tu en crever cette nuit, au coin d'une borne,
ou dans un égout, comme ta mère la coureuse et ton
père le ruffian !

A quoi le mendiant patriote ne manquait jamais de
répondre :

— Oui, j'irai, prince de carton, j'irai boire à ta mort
prochaine, roi de pique ! marionnette ! pantin de Met-
ternich ! fils de nonne ! bâtard infâme ! papalin ! croate !
austriaque !...

*
* *

Le prince de Santa-Lucia se tournait alors vers ses
courtisans, et secouant tristement la tête — il était
enchanté au fond :

— Eh bien ! seigneurs, que vous en semble ?

Et ces vils flatteurs de répondre :

— Il ne vous en a pas dit assez !... Vous valez moins
que ce birbône, ô prince maudit ! apostat ! constitutionnel ! libérâtre ! carbonaro !

*
* *

Le prince, alors, ne se possédait plus : ravi de
tant d'ingratitude, il éclatait d'un rire qu'il s'efforçait,
mais vainement, de rendre amer.

Après quoi, enfonçant jusque sur ses yeux son petit
chapeau, ramenant sur ses bras croisés son petit man-
teau, il rentrait à grands pas dans son petit *palazzo*.

Là il se remettait avec furie à entretenir, par des réformes utiles et toute sorte de bienfaits, la noire ingratitude de son peuple.

*
* *

Le prince de Santa-Lucia était au reste admirablement secondé par son premier ministre, homme
supérieur, qu'il avait tiré de néant, et dont le seul
défaut était d'éprouver pour son bienfaiteur une reconnaissance et un dévouement de caniche.

Ces sentiments qu'il n'avait pas toujours la force de
dissimuler faillirent bien des fois le perdre. Un jour sa
disgrâce étant imminente, il parvint à la conjurer, en
faisant tomber en d'augustes mains de fausses pièces,
établissant qu'il conspirait.

Il n'en fallait pas davantage pour que le prince, à sa
grande joie, pût enfin pardonner à son premier ministre. Il renouvela avec lui la fameuse scène de Cinna,
en ce sens, qu'après l'avoir traité comme un laquais,
il le fit duc apanagé et put lui dire avec Auguste :

> Soyons amis, pendard, c'est moi qui t'en convie.
> Tu trahis mes bienfaits, je veux les redoubler.

*
* *

Au fond, le prince de Santa-Lucia, injurié, trahi,
vilipendé par tout le monde, était parfaitement heureux. L'ingratitude, en somme, n'est ni la pierre phi-
losophale, ni la quadrature du cercle, ni le mouvement perpétuel à trouver. Simulée ou réelle, cette
indépendance du cœur ne faisait défaut à aucun des
sujets de l'excellent prince de Santa-Lucia.

Il n'y avait guère que la princesse, dont l'amour et
le dévouement conjugal tinssent quelque peu en échec
les théories désolantes de son époux.

Le prince l'avait choisie dans le rang le plus humble, afin de s'assurer par là que la reconnaissance exilée de la terre ne s'était pas précisément réfugiée dans le cœur des femmes.

L'épreuve n'ayant pas répondu à son attente, je n'ose dire à son espoir, il en fut enchanté, peut-être, mais enchanté avec humeur.

La princesse ne parvint à dissiper ces légers nuages qu'en ayant à se faire pardonner quelques coquetteries avec le chargé d'affaires de France.

De mauvaises langues ont prétendu que ces marques d'ingratitude n'ayant pas produit l'effet désiré, un jeune ténor fut admis à donner des preuves concluantes en faveur de sa thèse.

Pures calomnies, selon nous.

Le seul indice à l'appui de cette version malveillante, c'est la parfaite intelligence qui régna entre les deux époux à dater de l'époque où les susdits propos circulèrent dans le public.

N'oublions pas non plus qu'à cette même date le ténor en question fut attaché, avec de forts appointements et un sabre d'honneur, à la chapelle du souverain.

— Quelle injure lui aura-t-il faite? se disait-on à ce propos.

De là les bruits fâcheux que nous rapportons sans y croire.

*
* *

Et, avec tout cela, — car rien n'est complet dans ce monde, et il est écrit que tout homme devra se démentir un jour, — avec tout cela, dis-je, il y eut un ingrat qui trouva moyen d'affliger sérieusement, de blesser au cœur cet excellent prince de Santa-Lucia.

Celui-là, il est vrai, dépassa et de beaucoup toutes les bornes.

Nous étions à Venise, au théâtre de la Fenice, où l'on venait des quatre vents du monde musical pour entendre Arnoldi, le fameux soprano. Le prince de Santa-Lucia, qui avait pour moi d'autant plus de bontés que j'y répondais par des railleries plus amères, m'emmena sur la scène, pour me *présenter,* disait-il au célèbre castrat.

J'étais à me demander de quelle monnaie je paierais l'équivoque bonté du prince, quand Arnoldi, en nous voyant, se détourna avec impolitesse, pour ne pas dire avec horreur.

Ici, contre son habitude, le prince me parut douloureusement affecté. Il me prit vivement le bras, et m'entraînant hors du théâtre : — Voilà, me dit-il, un de ces traits contre lesquels la meilleure philosophie est d'un secours insuffisant. Vous voyez ce castrat, cette moitié d'homme, ce monstre, et de quelle façon il a répondu à mes gracieuses avances? Eh bien ! sachez qu'il me doit sa fortune. Tout enfant, je le distinguai parmi ceux qu'on fouettait, lorsque mon héritier disait mal sa leçon ; le ton dont il criait en pareil cas et sa façon de chanter aux offices achevèrent de m'intéresser.

A l'éducation qu'il recevait avec mon fils, je fis ajouter des leçons de musique et de chant par les premiers maîtres. J'eus pour lui les soins, la tendresse éclairée d'un père ; enfin, pour mettre le comble à tant de bontés, n'écoutant que son propre intérêt, ne songeant qu'à assurer son avenir, malgré ses cris, malgré ses larmes, je l'ai fait...

— Vous l'avez...

— Parbleu ! je l'ai fait ce qu'il est, et vous voyez comment il me paie aujourd'hui. Croyez donc à présent à la reconnaissance !

*
* *

Le prince de Santa-Lucia prêchait un converti.

Déjà dans ce temps-là je croyais peu à la reconnaissance ; mais déjà aussi je savais que, s'il y a force gens qui obligent, il y en a bien peu qui sachent obliger.

CHAPITRE VIII

NE PARLONS PAS POLITIQUE !

§ I

Les deux font la paire.

« Le mardi et le samedi de chaque semaine, à dix heurres (*sic*) du soir, cours de langue et de litérature (*sic*) française, dans Leicester-Hall, par M. Hammerst, de Berlin, ancient (*sic*) professeur de langue espagnole, au colége (*sic*) impérial de Tours. »

Cette annonce, religieusement découpée dans la quatrième page d'un numéro du *Times,* procède d'une étoile qui porte à embrasser la carrière à laquelle on est le moins apte, à enseigner précisément ce qu'on sait le moins bien, quelquefois même ce qu'on ignore complétement, mais surtout la science, le métier, l'art dans lequel on a échoué publiquement, avec éclat.

Cette étoile, en France, est commune à un grand nombre de maîtres de musique, d'hommes d'État en disponibilité et d'entrepreneuses de mariages n'ayant pu trouver pour elles-mêmes un mari.

C'est elle qui, tout récemment, inspirait la fable suivante à un pauvre diable d'acteur, qui, n'ayant pu

réussir au théâtre, vient d'ouvrir un cours de décla-
mation dramatique :

> Certain lieutenant de navire,
> Propre à tout, si l'esprit à tout pouvait suffire,
> Marin d'eau douce, et bien en cour,
> Partit capitaine un beau jour.

> Bonne brise, bon vent, ciel bleu, pas un nuage.
> Tout souriait à son orgueil,
> Quand, sur le beau premier écueil,
> Le vaisseau touche et fait naufrage.

> Par hasard, à grand'peine on sauva l'équipage.
> Que fit notre homme alors, quand un arrêt trop doux
> L'invita, par ordre authentique,
> A ne plus ramer que des choux?
> Il se fit professeur. — De quoi? me direz-vous.
> — Parbleu! de science nautique.

> Que de naufragés, entre nous,
> Dont ce récit fait la critique...
> Mais ne parlons pas politique.

§ 11

Étoilés et lunatiques. — Origine du croissant.

Non, ne parlons pas politique ! laissons la politique
à qui de droit ; ou, si nous en parlons, que ce soit en
deux mots, et pour la dénoncer comme l'étoile la plus
maligne de tout le ciel, comme une étoile qui sera un
jour fatale à l'Occident de ce vieux monde, aussi
fatale que celle de la théologie le fut jadis à l'Orient.

Cette fois, il est vrai, la lune s'était mise de la partie. Entre étoilés et lunatiques, il n'y avait pas de proportion. Pendant que les premiers causaient théologie, les seconds, commandés par Mahomet II, s'emparaient de Constantinople. De là vient le croissant que les Turcs ont pris pour insigne.

Pauvre croissant ! il me fait bien l'effet d'en être à son dernier quartier, et pour peu... mais ne parlons pas politique !

§ III

Une affaire qui ne pouvait pas devenir bien chaude.

Parlons plutôt de mon ami Fadièze, vous savez bien, lecteur, Fadièze, ce républicain enragé et si bon enfant, qui a toujours les dernières nouvelles et les plus sûres, ce jacobin que je craindrais moins en révolution que beaucoup de conservateurs ?— Comment ! vous ne vous rappelez pas ? Fadièze, qui a la vue si basse et qui voit partout des espions ? — Ah ! vous y êtes, maintenant. J'étais bien sûr que vous le connaissiez.

Eh bien ! Fadièze, il y a huit jours, au café du Bouloi, a passé toute la soirée à observer un inconnu qui l'observait lui-même avec autant d'obstination.

— Tu voudrais bien savoir qui je suis et où je demeure, disait à part soi mon ami Fadièze ; mais tu n'auras pas le dernier ; il est dix heures et demie ; les journaux ne sont pas amusants ; eh bien ! je les lirai jusqu'aux annonces, jusqu'à extinction de gaz ; je coucherai plutôt ici que de m'en aller avant toi.

L'inconnu, au reste, avait l'air aussi froidement ré-

solu à des extrémités pareilles ; il ne partait non plus
que mon ami Fadièze, dont il reproduisait les hausse-
ments d'épaules, et les gestes d'impatience, avec une
insultante vérité.

Mon ami Fadièze qui, en toute autre occasion, eût
pu être moins patient, déborda enfin, à minuit moins
quelques secondes.

Il se leva exaspéré, terrible.

Trois journaux, il est vrai, y avaient passé.

Il marcha droit à l'espion, au vil mouchard, qui
s'avançait vers lui, d'un air, ma foi ! tout aussi mar-
tial.

Les deux taureaux se rencontrèrent nez à nez, séparés seulement par une couche de cristal d'un centi-
mètre tout au plus.

Mais là, détrompé, désarmé par l'honnête figure
qu'il avait devant lui, mon excellent ami Fadièze a fait
des excuses à son reflet.

§ IV

Un exilé comme on voudrait qu'il n'y en eût pas d'autres.

Quant à Linotte, c'était tout simplement, comme
Fadièze, un homme de cœur et d'esprit, et même d'assez de bon sens ; joli garçon et fort riche, heureux en
somme, très-heureux, quand un soir, étant à dîner
avec Fadièze à ce même café du Bouloi, un numéro de
je ne sais plus quel journal lui tomba en plein sur la
tête.

Linotte s'étonna bien un peu d'abord que le choc

d'une si mince feuille de papier lui eût fait venir une bosse ; mais il n'y songea bientôt plus, acheva de dîner et s'en fut au spectacle.

Là, comme on chantait *la Marseillaise* entre deux vaudevilles, c'était en 1848, Linotte ayant senti quelques élancements, il porta la main à sa tête.

La bosse avait beaucoup grossi.

— Décidément, se dit Linotte, il y avait quelque chose dans ce journal.

Linotte se trompait : il n'y avait rien ; mais déjà l'étoile faisait des siennes.

*
* *

Une heure après, en sortant du spectacle, voilà ce pauvre Linotte qui ne peut plus rentrer dans son chapeau. Le chapeau à la main, il rentre chez lui, se met au lit, dort mal, rêve tout haut et s'éveille le lendemain avec une fièvre de cheval.

Un médecin est appelé.

A toutes les questions Linotte répond par des phrases de M. Havin, *homme d'élite*, et de M. Louis Jourdan, homme pieux.

Le docteur fronce le sourcil ; il est ami de la famille. A ce signe olympien, voilà madame Linotte et la grand'maman tout en pleurs.

— Monsieur, dit madame Linotte, qui elle non plus n'a pas énormément de tête, ne nous cachez rien, je vous en conjure ; mon fils est malade... très-malade?

— Oui, Madame, et d'un mal auquel la science ne peut rien ; je ne saurais vous le cacher.

— Mais qu'a-t-il donc? Monsieur, au nom du ciel ! le choléra?

Ici le docteur fit un signe qui semblait dire : Plût au ciel ! ou : Si ce n'était que le choléra !

Il n'y a tel que le médecin ami de la maison pour avoir des ménagements.

Les deux dames Linotte, en attendant, étaient au désespoir.

— Alors, Monsieur, dit enfin la bonne grand'mère, notre pauvre enfant est donc perdu, perdu sans ressource ?

— Madame, on ne meurt pas toujours de ce mal-là ; mais rarement on en guérit. Votre fils, croyez qu'il m'est bien pénible de vous parler ainsi, Mesdames, mais je le dois à mon double titre de docteur de la Faculté et d'ami, votre fils... a une opinion politique.

Et là-dessus, le docteur prend son chapeau et s'en va, sans rien ordonner et en riant de tout son cœur.

C'était une plaisanterie qu'il avait cru faire, une plaisanterie bien permise du reste à un ami de la maison.

Il n'y avait pourtant pas de quoi rire.

*
* *

Mesdames Linotte respirèrent. Elles crurent leur fils sauvé, et, physiquement parlant, il guérit bien en effet ; il reprit même, à peu de chose près, son genre de vie ordinaire, et, quoique fort exalté dans sa conversation, il n'entra en somme bien avant dans aucune menée politique. En juin même, il défendit très-vaillamment l'ordre public, d'où dépendait celui de ses propres affaires ; si bien qu'on le croyait à l'abri de tout accès grave, quand un beau jour, voilà quelque cinq ou six ans, Linotte se croit compromis. — Dans quoi ? On n'a jamais pu le savoir.

Puis poursuivi. — Pourquoi ? Il n'a jamais pu nous le dire.

Puis enfin exilé. — Toujours même mystère.

Voilà donc Linotte en Belgique, se drapant dans son infortune, et s'y ennuyant, et s'y morfondant, d'autant plus qu'il était le seul à y croire.

Bientôt, pourtant, sa mère étant tombée malade, mon Linotte prit du chagrin. On lui insinua alors qu'il pourrait bien demander une autorisation temporaire pour aller donner des soins à sa mère. Il se décida, non sans peine, à faire cette concession.

On n'y répondit même pas.

Linotte alors prit héroïquement le parti de rentrer en France, quoi qu'il lui en pût arriver.

Il ne lui en arriva rien, sinon qu'il trouva sa mère en parfait état de santé, et même n'ayant jamais été malade.

Sûre qu'il n'hésiterait pas à tout braver pour elle, la bonne dame n'avait inquiété son fils que pour le guérir de sa tocade, en lui prouvant qu'il était libre d'aller et de vivre où bon lui semblait.

Linotte pensa seulement que la police était mal faite.

Un moment il eut bien l'idée qu'on affectait de ne point daigner s'occuper de lui, peut-être même que l'on ne s'en occupait pas ; mais le juste sentiment qu'il a de sa valeur dissipa bientôt cette crainte, et Linotte, le cœur très-gros, reprit le chemin de l'exil.

La bonne maman, qui est une femme d'esprit, eut, six mois après, une heureuse idée : elle intenta à un compère un procès absurde, inique, insoutenable, qui semblait nécessiter la présence de son héritier légitime.

Linotte résista longtemps; mais la position n'étant plus tenable en Belgique, où l'on contestait ses droits à l'exil, il céda enfin aux sollicitations de sa mère, qui avait reçu pour lui, disait-elle, une autorisation de séjourner en France tant que durerait le procès.

**

Le procès durait encore ; il aurait même pu durer toujours, Linotte s'en souciant peu et ne s'en occupant jamais, comme l'avait prévu sa mère; il avait repris le cours de sa vie de plaisirs, d'autant plus heureux qu'il pouvait dire de temps en temps à ses amis :
— Amusez-vous, jeunes gens ! Riez, folâtrez, prenez du bon temps; vous n'êtes pas exilés, vous !

**

Mais, tout à coup, une amnistie est proclamée.

Linotte est libre, enfin, de rentrer dans son pays.

Quel embarras ! il y était; il y était même depuis près de trois ans.

Son premier mouvement avait été d'accepter l'amnistie ; n'avait-il pas assez souffert pour sa cause? Mais sa conscience se réveille après une sieste de quelques jours. — Tu dors, Brutus ! lui a crié Fadièze, qui l'est venu voir déguisé. — Linotte alors se décide à écrire au comité de Londres. Il demande ce qu'il doit faire. On lui répond trois fois de suite, en parodiant un mot célèbre : allez vous coucher ! mais on n'ajoute pas J. F., comme dans la fameuse correspondance.

Allez vous coucher ! se demande Linotte, qui voit du
mystère partout ; allez vous coucher ! quel peut être
le sens d'un oracle si ambigu ? Allez vous coucher !
n'est-ce pas à dire qu'en des circonstances si graves
un homme énergique ne prend conseil que de soi-
même ? Eh bien ! oui, j'irai me coucher ; mais dans le
lit de l'exil.

Et voilà Linotte qui fait sa malle, Linotte qui reprend
le collier de misère, son sac de nuit à fermoirs d'acier
avec bandoulière de cuir verni, sa casquette de voyage,
son revolver Devisme et sa couverture à poignée. Fadièze lui fait avoir un passe-port sous un nom d'emprunt, et voilà Linotte parti. Il n'avait pas vu l'Alham-
bra, il ira y chercher les traces du dernier des
Abencerrages.

Mais à peine débarqué à Barcelone, Linotte reçoit,
poste restante, un billet en chiffres ainsi conçu :

« *Vous êtes découvert. — Le télégraphe sous-marin
vous a dénoncé à l'Inquisition. — La Sainte-Herman-
dad a reçu des ordres. — Fuyez !*

« *Un ami fidèle à qui la prudence enjoint de signer*

« SIBÉMOL. »

***

Linotte se rembarque précipitamment. Il ne connaît
pas l'Algérie, il ira... Mais l'Algérie n'est-elle pas française ? Linotte salue en passant les couleurs nationales.
Il boit à la France d'excellent vin d'Espagne avec le
capitaine, qui se trouve être un joyeux compagnon.
Une hirondelle passe. Linotte lui dit avec le poëte :

Ne suis-je pas exilé comme toi ?

Le capitaine se moque de Linotte ; il l'appelle farceur et lui fait fumer de très-bons cigares. Le temps est superbe ; on danse tous les soirs sur le pont ; toutes les passagères sont folles de Linotte : une veuve très comme il faut, qu'on appelle la Sévilliane, lui apprend à danser la *jota aragonèse* et à jouer des castagnettes. On lui fait conter ses malheurs et on s'en amuse beaucoup ; il y a des moments où il en rit lui-même. Enfin, tout va ainsi cahin-caha jusqu'en Égypte. Linotte pourra donc bientôt écrire son nom de proscrit sur le sommet des Pyramides.

Mais, aussitôt descendu à terre, Linotte court au bureau de poste, et là il trouve, au nom de Canari, son nom d'emprunt, un second avis du même au même, toujours en chiffres, comme le premier, mais rédigé un peu moins laconiquement :

« *On sait tout. — Je suis moi-même gravement compromis pour avoir soi-disant aidé à votre fuite. — Vous êtes suivi à la piste. — Aussitôt reçue la lettre où vous m'annonciez votre prochain départ de Barcelone, sur le trois-mâts* la Joliette, *capitaine Pamphile, j'ai fait prendre des renseignements sûrs à Marseille, et je me hâte de vous les transmettre. — Le capitaine Pamphile est un jésuite déguisé. — Son équipage est une escouade de mouchards. — Les passagères ne valent pas mieux. — Puissiez-vous ne pas vous être trop livré avec ces sirènes ! — Je vous écris partout pour ne pas vous manquer. — Où que vous soyez, hâtez-vous de fuir ! — Vous êtes entouré d'espions.*

« *Votre fidèle* RÉMINEUR. »

*
* *

Aux extrémités les partis extrêmes. Linotte ira demeurer aux portes mêmes de la France. Il se fixera à Nice, et là peut-être, mieux que partout ailleurs, échappera-t-il aux persécutions d'une police ombrageuse et tracassière.

Un paquebot chauffait pour Malte et l'Italie ; Linotte s'y fait immédiatement transborder avec la Sévilliane, qui menace, s'il l'abandonne, de chercher la mort au sein des flots.

A Malte, où le bateau fait escale pendant deux jours, un bon ermite croit urgent de bénir cette union improvisée. En revenant de la chapelle du bon ermite, Linotte s'avise de passer à la poste, pour voir si réellement son correspondant pseudonyme lui a écrit partout, comme il le dit. Et il trouve, en effet, un second exemplaire du billet reçu à Alexandrie ; mais, cette fois, avec le *post-scriptum* suivant :

« P. S. — *Méfiez-vous surtout de la Sévilliane !* »

A Nice, troisième exemplaire, avec l'ajouté que voici :

« P. S. — *Méfiez-vous de la Sévilliane : c'est une mouche du Saint-Office. D'accord avec la police française, elle a pour mission de vous observer jour et nuit. Elle emploiera, pour vous séduire, tous les charmes dont l'enfer l'a douée, et il ne manquera pas de gens qui vous engageront à l'épouser. Je ne serais même pas surpris que, sur un signe d'elle, il ne sortît de terre quelque frattone pour vous lier indissolublement. Veillez donc sur vous, mon ami, et, encore une fois, méfiez-vous de la Sévilliane !*

*

3.

Heureusement pour Linotte, qui avait écrit de Malte
à son ami en lui annonçant son mariage, heureusement, dis-je, une seconde lettre, mais celle-ci toute
récente, rectifiait, comme on va le voir, ce qui précède.

« *Mon cher ami*, disait Fadièze, *j'ai été induit en erreur : la Sévilliane est une fort honnête veuve, qu'on a
eu le tort de confondre avec la danseuse du même nom.
Vous n'avez donc pas épousé une mouche du Saint-Office; mais cette jeune dame, à qui je vous prie d'offrir
mes plus respectueux hommages, n'en est pas moins
(confidentiel) une fine mouche, à qui vous ferez bien,
même la tête sur l'oreiller, de ne pas trop raconter vos
affaires : on n'est trahi que par les siens. En foi de quoi
je ne signe pas la présente.* »

*
* *

Linotte suivra-t-il le conseil de son ami Fadièze?
C'est ce que l'avenir pourra bien ne pas nous apprendre. Pour le moment, il est à Nice, où sa mère est
venue le joindre et habite avec lui une délicieuse
villa.

Mais quand Nice sera une ville française? Eh bien !
alors, s'il veut m'en croire, Linotte ira planter sa tente
à Monaco, dans ce paradis terrestre auquel rien ne
manque, pas même la vue des côtes de France, et où
en toute saison il trouvera au moins le printemps d'un
proscrit.

Et si enfin ce dernier asile ouvert à l'oisiveté et au
malheur se trouve menacé par la fureur d'annexion...
Mais ne parlons pas politique !

CHAPITRE IX

ÉTOILES ET DESTINÉES

§ I

Le filleul des fées.

Les attractions, a dit Fourier, sont proportionnelles aux destinées. En est-il de même des étoiles?

On sait l'histoire de ce jeune garçon qui, arrivant nu-pieds dans la capitale de l'Angleterre, où il venait chercher fortune, entendit les cloches lui carillonner aux oreilles qu'il serait lord-maire de Londres : d'où pouvait lui venir une pareille hallucination, sinon de la commotion causée par la vibration de l'air sur un timbre fragile, qui, du coup, resta étoilé?

Il n'en est pas moins vrai que Wittington devint lord-maire de Londres, comme les cloches le lui avaient prédit.

Christophe Colomb fut sans doute frappé de même dans quelque circonstance de sa vie, qui n'est pas venue jusqu'à nous. Les premières démonstrations qu'il publia de son système prouvent qu'au début ce grand homme, comme tant d'autres, obéit moins à sa raison qu'à son instinct, à son étoile. Aussi comme on en rit de ce pauvre cerveau fêlé, jusqu'au jour où son étoile lui eut fait découvrir un monde!

Le Corrége n'avait-il pas reçu, *lui aussi,* quelque commotion du même genre, quand tout enfant, et n'ayant jamais touché un crayon de sa vie, il s'écria, plein de foi en sa destinée : *Et moi aussi je suis peintre !*

Qui ne sait que M. de Ruolz, étant âgé de cinq ans tout au plus, se vanta qu'il ferait de l'or ? Et qui doute qu'il n'en ait fait ? Ce n'est toujours pas M. Elkington.

Napoléon avait également son étoile ; il le disait, du moins ; il s'en vantait ; et l'on a pu voir qu'effectivement il en avait une, et des mieux conditionnées.

Mais nous ne sommes pas tous appelés à découvrir un monde, à exceller dans la peinture, à faire de l'or, ou à fonder un grand empire ; venons-en donc à de moins illustres exemples : pris dans un milieu plus modeste, ils n'en seront que plus encourageants, et plus divertissants peut-être.

*
* *

Le jour où fut baptisé Paul Merlin, fils de Jacques Merlin, riche confiseur de la rue Jacob, fut un beau jour pour toute la famille de cet enfant prédestiné.

A la joie que causait naturellement au père et à la mère la naissance d'un héritier, qui s'était fait long-temps tirer l'oreille, se joignait une satisfaction d'amour-propre toute particulière.

Le duc de C., menin de madame la Dauphine — c'était en 1817, — et sa nièce, sa charmante nièce, mademoiselle de B., depuis quinze jours princesse de R., tenaient l'enfant sur les fonts de baptême. Et si l'église de Saint-Thomas-d'Aquin était à moitié pleine de personnages aussi marquants que ces derniers, ne vous figurez pas que cet empressement fût uniquement dû à la présence des nobles parrain et marraine ; non, ce qu'il y avait là de flatteur s'adressait en partie à la personne même du confiseur Jacques Merlin, et de Toinon Ramelle, son épouse.

A quoi devaient-ils un pareil honneur, et la faveur exceptionnelle, inusitée, dont il était une marque évidente?

A rien ; et notons en passant que les engouements de la haute société parisienne sont rarement mieux motivés.

D'ailleurs, pourquoi chercher des raisons à la vogue ? ce n'est certes pas Jacques Merlin qui se serait mis martel en tête à ce sujet. Il prenait le bonheur comme chose due, et ce fut plaisir, après le baptême, de voir le ton libre et aisé dont il reçut ses nobles clientes, qui, la plupart, au sortir de l'église, s'étaient fait descendre à son magasin.

Ce fut alors que la jeune et belle marraine, prenant tout à coup un air fatidique, et tenant suspendu sur la tête du nouveau-né un long et mince bâton de sucre de pomme : — Aimables fées, mes sœurs, dit-elle, voici le moment de douer l'enfant : Paul-Louis-Désiré Merlin, par la vertu de cette baguette que je tiens de mon aïeule Mélusine, tu seras beau comme le jour.

— Comme ta marraine, dit galamment Jacques Merlin ; tandis qu'à l'exemple de la princesse chacune des fées ses compagnes douait le bienheureux marmot de tout ce qu'elle imaginait de plus gracieux à offrir.

La dernière achevait à peine de lui souhaiter l'esprit des Mortemart, quand, du fond de la salle, s'avança boitillant, courbée en deux, et branlant la tête, une vieille, vieille et décrépite douairière, à laquelle personne jusque-là n'avait encore fait attention, ce qui, par parenthèse, devait l'avoir beaucoup choquée.

A cette apparition, l'enjouement fit place à un vague malaise chez tous les assistants. La plupart commençaient à se repentir d'avoir joué avec une tradition consacrée par Perrault, la comtesse d'Aulnoy, et nombre d'auteurs aussi graves ; ils se disaient que les fées n'avaient jamais passé pour aimer qu'on se moquât d'elles, ni qu'on usurpât sur leurs droits, et qu'une de ces dames, la fée Carabosse sans doute, — car tout dans la nouvelle venue rappelait ce nom redoutable, — allait peut-être faire expier au nouveau-né la parodie jouée autour de son berceau.

Jacques Merlin était d'autant moins rassuré qu'au premier coup d'œil il avait reconnu, dans la vieille dame, une de ses pratiques les plus quinteuses, la marquise de ***, que son humeur vindicative, autant que sa tournure et son âge féeriques, avait fait surnommer dans le quartier la fée Rancune. Volontiers, s'il n'eût écouté que ses craintes, il l'eût prise poliment par la main, et conduite jusqu'à la porte ; mais une pratique, même quinteuse, une fée, une fée marquise ! c'était trois fois assez pour enchaîner la valeur de son bras.

Il se contint donc, fort heureusement ; et quelle ne fut pas sa surprise, quand la fée Rancune, s'étant approchée de l'enfant et inclinée sur son berceau, lui donna sur le front un léger toc-toc, et d'une voix fêlée : *Tu aimeras passionnément*, dit-elle, *le rang et la fortune, et tu passeras la moitié de ta vie avec la plus brillante société de l'Europe.*

On peut se figurer la joie que ressentit l'honnête confiseur : de toutes les prédictions faites à sa progéniture, aucune ne pouvait mieux répondre à ses secrètes inclinations. Il se jeta sur les mains de la bonne fée et les baisa dévotement sur leurs mitaines de soie noire, n'admettant pas qu'un oracle si favorable en apparence pût recéler une équivoque.

Bien que l'assemblée en général n'en augurât pas tout à fait de même, elle se garda d'en rien témoigner, et se sépara, laissant l'heureux père se bercer, avec sa moitié, des plus flatteuses espérances pour l'avenir du jeune Paul Merlin.

Hélas ! pourquoi faut-il qu'il n'ait pas été réservé à ce digne couple d'en voir l'événement tel quel ? Que de joies lui ravit une fin précoce ! non que les souhaits impératifs de tant de bonnes fées se soient précisément accomplis à la lettre ; mais, ce qu'il en manquait, sa tendresse l'eût ajouté ; peut-être même eût-elle fait bonne mesure, quoique ce ne fût guère dans les habitudes de la maison. En tout cas le mérite du jeune Paul eût bien égalé celui de tant d'autres enfants, qui, pour n'avoir été doués par aucune fée, n'en sont pas moins parfaits aux yeux de leurs parents.

*
* *

Resté orphelin de bonne heure, Paul-Louis-Désiré Merlin termina ses études à Sainte-Barbe, où il était élève interne. Il y avait eu des succès et s'était fait aimer de tous ses condisciples, bien qu'il évitât, avec un peu d'affectation peut-être, ceux que les avantages de la naissance et de la fortune faisaient rechercher par les autres.

Son dernier examen passé, et comme on s'attendait à lui voir embrasser une profession libérale, il surprit tout le monde en ne faisant qu'un saut des bancs du lycée au comptoir de la rue Jacob, que son oncle et tuteur n'avait pas cessé de gérer pour lui.

En cela, du reste, il justifiait, disait-il, une de ses belles marraines, qui l'avait doué d'un profond respect pour la tradition.

Quant aux prédictions de la fée Rancune, malgré toutes les apparences, il était à cent lieues de les perdre de vue ; si, dans le monde comme au collége, il fuyait toute relation désintéressée avec l'aristocratie de nom ou de richesse, ce n'est pas qu'il nourrît aucune aversion contre elle ; bien loin de là, elle lui inspirait, au contraire, une sorte de fanatisme.

Ainsi se réalisait à ses yeux la première partie de son horoscope.

Quant à la seconde, par cela même il en regardait l'accomplissement comme assuré ; mais il n'avait garde d'y travailler de trop bonne heure, et pour une raison bien simple : *Tu passeras,* avait dit la fée, *la moitié de ta vie avec la plus brillante société de l'Europe.*
— La moitié de ma vie, avait pensé Paul Merlin ; va pour la moitié de ma vie ; mais faisons en sorte que ce soit la dernière : gardons le meilleur morceau pour la fin !

Et, là-dessus, s'étant modestement donné quatre-vingt-dix ans d'existence, il avait reculé jusqu'à sa quarante-cinquième année l'accomplissement de l'oracle.

Plus ce terme approchait, du reste, et moins Paul Merlin négligeait ce qui pouvait mettre en conjonction ses attractions et sa destinée : non que celle-ci, dans sa croyance, ne fût parfaitement capable de faire elle-même ses affaires ; mais il était un peu comme ce portefaix des *Mille et une Nuits*, qui, transformé par l'ivresse en calife, use d'abord de sa puissance en assurant l'avenir d'un certain portefaix, lequel n'est autre que lui-même. Était-ce qu'il doutât, le brave homme, de la réalité de sa métamorphose ? Non ; mais deux sûretés valent mieux qu'une. Et, d'ailleurs, n'est-il pas écrit : Aide-toi, le ciel t'aidera ?

En vue de suivre ce précepte, Paul Merlin avait fait, à trente ans, un mariage très-avantageux sous le rapport de la fortune. Dix ans après, devenu veuf, il avait vendu son fonds de commerce à un excellent prix, et réalisé quelque chose comme soixante mille livres de rente. Il se disait que si une bonne éducation, d'excellentes manières et une réputation sans tache sont un capital suffisant pour entamer des relations avec *la plus brillante société de l'Europe,* l'appoint d'une jolie fortune n'est pas non plus pour nuire à une si noble entreprise.

Enfin, le temps d'agir directement étant venu, il avait retiré sa fille du couvent où elle avait noué de magnifiques relations, et, afin de rompre sans trop d'éclat avec des connaissances qui pouvaient devenir gênantes, il s'était mis à voyager.

En Suisse, en Allemagne, en Angleterre, en Italie, les occasions n'avaient pas manqué à la Destinée ; mais la coquette sembla d'abord se faire un jeu de ne répondre à aucune provocation. De belles rencontres avaient lieu, mais sans effet, ou du moins sans suites ; de magnifiques relations s'ébauchaient, mais sans

recevoir jamais ce fini, ce dernier poli, qui seul peut
leur donner du charme. Paul Merlin, en revanche, avait
à se défendre, et surtout à garder sa fille contre la
familiarité d'une multitude de gens qui n'appartenaient
pas précisément à *la plus brillante société de l'Europe*.
Ce bienheureux filleul des fées n'en conclut d'abord
qu'une chose : c'est qu'il n'avait pas encore consumé
tout à fait la première moitié de sa vie ; mais la cinquantaine une fois passée, il commença à craindre de
vivre aussi vieux que Mathusalem. Qu'était-ce, en
effet, que la vie d'un homme condamné à survivre à
ses amis, à ses proches, à soi-même peut-être ? car les
plus belles relations ne nous garantissent ni des infir-
mités, ni de l'affaiblissement de l'esprit.

Ces considérations, de jour en jour plus assidues,
plus importunes, jetaient par moments Paul Merlin
dans une certaine mélancolie, dont sa fille elle-même,
toute charmante qu'elle était, avait grand'peine à le
tirer.

Ce fut dans un de ses accès qu'ayant trouvé en
France, au bord de l'Océan, un lieu propre à les conjurer, ou à les calmer tout au moins, il lui vint en
l'esprit de s'y élever une habitation princière. Là il
attendrait, pensait-il, avec la patience du sage, l'accomplissement d'une prophétie que rien dans ses
nouveaux projets n'était fait pour décourager ; au
contraire, quelque chose lui disait même qu'avant
longtemps *la plus brillante société de l'Europe...* En
tout cas, un château si digne d'elle n'avait rien qui
pût la chasser.

*
* *

Mais il ne s'agissait plus là d'un de ces brillants édi-

fices légers, fragiles, diaphanes, comme l'ex-confiseur
avait su jadis en construire avec des quartiers d'o-
range, des croquignoles et des bonbons de toutes
couleurs.

C'est une grosse affaire que la construction d'un
château, d'un château style renaissance, bâti en vraie
brique et vraie pierre, et dans de grandes proportions.
Paul Merlin ne s'était pas figuré la peine que lui coû-
terait un travail si nouveau pour lui ; mais ce qu'il
n'avait pas prévu non plus, c'est le plaisir que lui
donnerait toute cette peine. Il ne se trouva pas plutôt
au milieu des architectes, des maçons et ouvriers
de toute sorte, que la vie lui devint chaque jour plus
aisée à porter. Et puis : — Où avais-je la tête ? se
disait-il ; cette brillante société avec laquelle je suis
destiné à passer la seconde moitié de ma vie, ne de-
vais-je pas avant tout me mettre en état de la recevoir ?

Quant aux moyens d'attirer tout ce beau monde
dans une crique de la Manche, c'est un point secon-
daire sur lequel régnaient bien quelques brouillards
dans la pensée de Paul Merlin ; et peut-être, sans aide,
ne les eût-il pas dissipés. Heureusement, la construction de son château étant déjà fort avancée, un sien
ami, homme de bon conseil en toutes choses, esprit
pratique et très-entendu en architecture, vint, sur
sa requête, le voir et lui offrir humblement ses avis.

Après qu'il eut examiné en connaisseur cette demeure seigneuriale, déjà aux trois quarts achevée, il
n'y trouva rien de sujet à une critique sérieuse. Il
approuva même, presque sans réserve, les projets de
décoration et d'ameublement que lui soumettait son

ami. Paul Merlin, cependant, sous l'approbation formelle et quelquefois même élogieuse qu'il recevait d'un homme si sûr, sentait percer une restriction contenue, mais d'autant plus inquiétante qu'un faible hochement de tête, un léger soupir, un geste aussitôt contenu, en trahissaient à peine, de temps en temps, la gravité. Mais il avait beau presser son ami, il n'en tirait jamais que des louanges, lorsqu'enfin celui-ci, comme poussé au pied du mur, prononça ces simples paroles, grosses d'un excellent conseil :

— Parfait ! rien à dire, parfait !... Seulement... ce sera un peu grand pour ta fille et toi.

— Comment, ma fille et moi ? dit Paul Merlin, mais, nous recevrons, mon ami, nous recevrons grandement, noblement, fastueusement...

— Ah ! si tu reçois, c'est une autre affaire. Parfait, alors, rien à dire, parfait !... Seulement...

— Eh bien !... Seulement ?...

— Seulement... qui recevras-tu ?

— Qui je recevrai ? Mais... toi d'abord, puis nos amis, nos vieilles connaissances de Paris... Non pas toutes, bien entendu ; mais il y en a qui sont très-bien : mes anciens camarades de Sainte-Barbe, les Barbistes, tu sais, c'est à la vie et à la mort ; et ma fille, n'a-t-elle pas fait au Sacré-Cœur des connaissances magnifiques ? D'ailleurs, sans chercher si loin, n'avons-nous pas nos voisins de campagne ? il y a dans les environs vingt châteaux des mieux habités. La noblesse de Normandie ; mais c'est tout un monde, et quel monde ! des Tourville, des Chaudeville, des Romainville, des Sacqueville, des Rocquenville, des Mandeville, tout en *ville* : c'est comme les *gnac* en Gascogne, on n'a que l'embarras du choix. Je leur donnerai des bals, des fêtes vénitiennes, des joutes sur l'eau, des feux d'artifice, des soupers en mer, des régates avec lanternes de couleur; ils y viendront tous, tu verras, mon château sera trop petit.

— Oh! tu m'en diras tant... A merveille, alors, à merveille! je retire ce que j'ai dit. Pouvais-je savoir tes projets? J'aurais dû deviner au reste que tu ferais un grand et noble usage de ta fortune. A la bonne heure, mon ami, reçois mes félicitations. En ces temps d'égoïsme, il est beau de ne pas vivre uniquement pour soi; c'est ennuyeux d'ailleurs cette vie-là, et surtout pour nous autres, qui avons eu une existence trop active, et trop de rapports avec le public pour vouloir finir nos jours dans l'inaction et la solitude. Je t'approuve donc complétement, et, à présent, sans la moindre réserve; seulement...

— Toujours seulement?

— Eh! mon Dieu! oui, mon ami, toujours seulement: à quoi n'y a-t-il pas à dire seulement?

— Dis-le donc tant qu'il te plaira; mais, cette fois au moins, explique-moi bien toute ta pensée... Et d'abord, pourquoi ce soupir?

— C'est que moi aussi, mon ami, je me suis fait bâtir un château de quelque apparence.

— De quelque apparence? tu es modeste: on le dit de toute beauté.

— Soit! il n'est pas mal en effet... seulement... tout bien pesé, après deux ans à peine de jouissance, j'en ai fait une brasserie.

— Une brasserie? tu as fait une brasserie de ton château près de Melun? mais c'est un meurtre, cela

crie vengeance. Un château avec des sculptures !...
une orangerie digne de Versailles, un perron, des ca-
riatides, une merveille !

— Que tu n'es jamais venu voir.

— C'est vrai; mais, que veux-tu? les affaires, les
voyages... et puis, te le dirai-je?... une faiblesse, un
sot orgueil... j'attendais toujours pour aller te voir
dans ton château...

— D'en avoir un toi-même, et plus beau que le
mien?

— Sans me l'avouer, c'est bien possible.

— Eh bien ! sans se l'avouer davantage, chacun en
agit de même à mon égard : si bien que n'ayant pas
reçu comme toi une éducation distinguée, manquant
un peu d'usage en outre, je n'ai pas osé inviter
mes nobles et riches voisins, leurs manières d'ailleurs
n'ayant rien pour m'y encourager; et, alors, un beau
jour, ma foi, pour me rendre utile aux autres, et ne
m'être plus si à charge à moi-même, j'ai fait de mon
triste et solitaire château une joyeuse brasserie. Et
bien m'en a pris, mon brave Merlin : Jean Grain-d'Orge
et Jacques Houblon, son compère, sont en vérité de
bons diables : ils rendent le bien pour le mal, à
quelque sauce qu'on les mette. Grâce à eux, je peux
supporter sans couler à fond la perte que je fais dans
la faillite D. L. et Cie.

— La maison D. L. a manqué? Diable! diable ! que
m'apprends-tu là?

— Je ne le sais que d'avant-hier. Avais-tu quelque
chose chez elle?

— Quelque chose? Cent mille écus !

— Pour toi c'est une bagatelle.

— A la bonne heure ! mais, pourtant, avec ce que m'a déjà dévoré ce château...

— Eh bien ! mon cher Merlin, que mon expérience te serve. Malgré tous tes avantages sur moi, pas un de tes pairs, sois-en sûr, ne viendra animer un peu ta solitude. Tu en seras réduit aux châtelains du voisinage que l'éclat de tes fêtes pourra tenter... Seulement...

— Seulement, ils me mépriseront n'est-ce pas ? c'est bien là ce que tu veux dire ?

— Te mépriser ? toi ? point du tout. Pourquoi d'honnêtes gens mépriseraient-ils un honnête homme ? Seulement, ce que tu ignores, je le vois, et, franchement, cela m'étonne un peu, c'est qu'ils sont façonniers en diable. Tu les inviteras, je suppose, à venir prendre chez toi des bains de mer ; excellente entrée en matière, et qui leur ira parfaitement, je t'en réponds... Seulement, comme ils ont des idées à eux, de vieilles idées, ils te diront avec toutes sortes de grâces : Volontiers, cher monsieur Merlin, nous sommes très-touchés de votre invitation, et nous l'acceptons de grand cœur, et sans façons comme vous la faites... Seulement, permettez-nous d'y mettre une petite condition : c'est que nous ferons la chose en amis, à frais communs ; chacun aura sa part dans la dépense de la maison ; cela nous mettra tous à notre aise. Autrement, rien de fait, partie manquée, et ce serait vraiment dommage.

— Tu crois qu'ils me diront cela ?

— Oui, ou quelque chose de plus poli encore, de mieux tourné, mais qui reviendra exactement au même, quant au fond. J'ajouterai qu'ils n'en démordront pas, qu'ils n'accepteront qu'à ce prix, et que tu devras te soumettre, à moins que, par un biais très-

adroit, tu ne tournes la question en le leur proposant
toi-même, ce qui serait beaucoup plus fier à mon
avis, et t'éviterait des mécomptes.

— Mais, alors, mon château serait donc une auberge ?

— Une auberge? fi donc ! toi, Merlin, tenir une auberge !

— Mais quoi donc, alors ? un hôtel ?

— Mais nullement, mon ami, nullement : un CASINO,
un *salon de conversation*, où tu verras la meilleure
société, sans lui avoir d'obligations, sans souffrir jamais d'elle rien qui soit indigne de toi... et en gagnant
beacoup d'argent, ce qui est toujours assez agréable.

*
* *

Paul Merlin, le lecteur s'en doute, n'avait pas précisément tout ce brillant esprit des Mortemart, que lui
avait promis une des fées de son baptême; mais, en
revanche, il ne manquait pas du bon sens dont une
autre l'avait doué. Ayant donc mûrement pesé le conseil de son ami, il en reconnut la justesse, et prit bravement le parti de le suivre.

La faillite de la maison D. L. et Cie eut bien aussi
quelque part dans ce résultat, moins encore pourtant
que le mot magique de CASINO. Le malin brasseur
connaissait son homme.

Paul Merlin savait en outre qu'aucun autre point
de nos côtes n'était mieux fait que Criqueval pour
assurer une certaine vogue, la seule qu'il ambitionnât,
à un établissement de bains de mer. La nature semble
en effet avoir réuni dans ce petit havre tout ce qui
peut y attirer une certaine classe de baigneurs, et en

éloigner tous les autres. A Criqueval les vagues mêmes sont polies ; pas une ne se permettrait de clapoter plus haut que sa voisine, ni, à plus forte raison, de lui sauter par-dessus la tête. Peu de mer, du reste, et, ce qu'il y en a, convenablement dessalé par la petite rivière qui s'y mêle. Pas de grands aspects, du joli partout, rien que du joli ; mais aussi, en revanche, pas de bohêmes, comme l'on en voit tant ailleurs : ces gens-là n'aiment que le beau. Malheureusement, ils le confisquent, ils l'accaparent, ils en éloignent la société polie, ils finiront par le lui faire prendre en horreur.

Mais la merveille de Criqueval, c'est le CASINO de M. Merlin de Criqueval. Là, entre personnes qui se connaissent, et toute la haute société se connaît, on peut mener à la lettre la vie de château, et n'y est pas reçu qui veut : la vogue dont avait joui Merlin père, Merlin fils se l'est conciliée. A une génération près, il a la même clientèle, si bien que c'est aujourd'hui un titre que d'avoir pu passer, ne fût-ce que huit jours, au château-casino de Criqueval.

Le châtelain, au reste, et sa charmante fille, en font les honneurs avec un tact et une mesure qui leur sont largement payés, en estime et en affection, par les meilleurs juges en fait de mesure et de tact. Ils mènent donc tous deux l'existence la plus heureuse, si le bonheur consiste dans un parfait accord entre la destinée et les attractions. Ainsi s'est accomplie, et rigoureusement, la prédiction de cette pauvre fée Rancune, injustement soupçonnée de malice : pour peu en effet que Paul-Louis-Désiré Merlin vive seulement une centaine d'années, ce que nous lui souhaitons de

4

tout cœur, n'aura-t-il pas passé *la moitié de sa vie avec la plus brillante société de l'Europe?*

*
* *

Je vous entends, lecteur sceptique : vous trouvez que si la prédiction de la fée Rancune était quelque peu ambiguë, son accomplissement l'est encore davantage. Heureusement, pour vous répondre, j'ai sous la main un autre exemple : vous y verrez, avec un plus grand écart entre le but et les moyens, une proportion plus exacte entre la destinée d'un gentleman anglais et son étoile.

§ II

J'aimerais mieux être évêque.

Le célèbre William Lyons n'avait encore que sept ans, lorsque, rentrant un jour de l'église de P***, où il avait vu officier un évêque dans toute la pompe de l'Église anglicane, il entendit que sa famille le destinait à la marine.

— J'aurais préféré, dit-il, être évêque.

— Je ne m'y oppose pas, répondit en riant son père ; mais vous commencerez par être un marin.

— Comme vous voudrez, mon papa, répondit le petit William, qui était un enfant très-doux.

Et à partir de là, il se mit à étudier bravement dans la direction voulue par son père. Il le fit même avec tant de succès, qu'à chaque instant parents et professeurs lui répétaient qu'il serait un jour capitaine.

— C'est possible, répondait le petit William, mais j'aimerais mieux être évêque.

Il approchait de sa quinzième année, lorsque son père, l'ayant fait appeler un matin dans son cabinet, l'embrassa avec une certaine émotion, pour la première fois de sa vie. Après quoi il lui annonça que le commodore Pearson lui faisait l'insigne faveur de le prendre à son bord en qualité de *midshipman*.

— Sous les ordres de ce grand homme, ajouta-t-il, vous ferez un chemin lent, mais sûr, car il est très-juste, de plus, intime ami de la famille, et, à défaut même de son affection pour nous, sa sévérité parfois excessive me garantit qu'il vous tiendra serré de près, et ne vous passera pas la moindre faute. Je lui en ai fait la recommandation expresse, et il m'a répondu, en souriant d'un certain air, qu'il vous ferait voir les roses du métier. Vous voilà donc à une rude école, mon cher fils; c'est celles-là qui font les hommes, vous le reconnaîtrez un jour, si votre sagesse, toute précoce qu'elle soit, ne vous en laisse pas juger ainsi dès à présent. Nous ne nous verrons pas de quelque temps peut-être, car vous allez monter le vaisseau amiral de la station dans les mers de Chine, où l'on ne reste guère moins de quinze à vingt ans. Recevez donc vite ma bénédiction, et dépêchez-vous d'embrasser votre chère mère; les chevaux sont mis, et vous partez dans un quart d'heure. Allez, mon cher fils, et dans quinze ans d'ici vous nous reviendrez au moins capitaine.

— J'aimerais mieux être évêque, dit timidement le jeune homme, en s'inclinant avec respect.

— Mon fils, reprit alors le père, je devrais m'offenser de cette réponse; mais je sais que chez vous c'est comme une sorte de tic, une de ces *excentricités* trop communes dans la famille. Le cinquième de vos quatorze frères disait toujours qu'il voulait être officier de *horse-guards;* nous en avons fait un médecin, et il s'en trouve aujourd'hui à merveille; il traite ses malades militairement, voilà tout.

Votre petite sœur Mary, Mary, vous vous rappelez bien?... Mais, non, vous ne l'avez jamais vue, celle-là; vous étiez trop jeune quand elle épousa le gros John Peakoke, un fabricant d'Aberdeen. C'était une tête, pourtant, que cette petite Mary, une mauvaise tête, Monsieur, et elle avait juré qu'elle serait femme d'un lord : eh bien! elle est aujourd'hui dans les peignes, Monsieur, et elle ne s'en est jamais repentie, que je sache. On dit qu'elle voit des lords, voilà tout.

Vous ferez comme elle, mon fils. Les vocations sont bien quelque chose, je n'en disconviens pas; mais la règle avant tout : voyez le tableau.

Tirant alors de son bureau une pancarte :

— Ceci vous montrera, poursuivit-il, que je ne fais rien à la légère ni par caprice.

Lorsque j'épousai votre mère, au lieu de sa petite sœur Betsy, que je lui préférais, Monsieur, — mais ainsi le voulait la règle, — prévoyant que j'aurais au moins autant d'enfants que mon honoré père, je dressai le tableau que voici. Jetez-y un coup d'œil, mon fils, mais dépêchez, car les chevaux s'impatientent, et vous n'avez plus que dix minutes pour vous préparer au départ.

Voici d'abord, côté des hommes, votre frère aîné Jack; — pauvre Jack! — et, à la suite de son nom de baptême, arrêté d'avance comme les dix-neuf autres, lisez ceci : *Ne fera rien, comme héritier de toute ma fortune.*

Vient ensuite mon second fils, — vous le connaissez celui-là, — et, auprès de son nom de Tom : *Ne fera rien non plus, comme pouvant être appelé, par la mort de son frère aîné, à hériter de tout mon bien.*

Or, admirez ici ma prévoyance : l'aîné de mes fils est mort en effet, et jugez quel malheur si ce pauvre diable de Tom, qui aura avant peu tout ce que je possède et représentera la famille après moi, avait suivi une profession quelconque !

Je dois dire, au reste, à la louange de ce garçon, qu'il n'a fait aucune difficulté sérieuse de se conformer à ma volonté. Étant enfant, il disait toujours qu'il serait jockey à l'instar de son ami Bob, un drôle qui usurpait ce titre auprès de moi, n'étant en réalité que mon palefrenier : c'est lui qui avait mis les chevaux dans la tête de votre frère ; mais ce cher enfant n'eut pas plutôt jeté les yeux sur le tableau, qu'il ne dit plus mot de cette fantaisie. Rien n'empêchera du reste qu'il ne se la passe un jour, après moi ; il sera, Dieu merci ! assez riche, je dis assez riche, Monsieur, pour faire courir et même pour courir en personne, s'il tient toujours à sa première idée.

Le troisième de mes enfants mâles aurait pu se montrer de plus difficile composition, et même, à parler franchement, je m'y attendais. Comme la petite Mary, c'était une tête. Ne voulait-il pas, celui-là, prendre le métier de boxeur, tandis que le tableau lui assignait celui d'homme de lettres ! Mais loin de paraître contrarié le moins du monde à cette révélation, il se mit à sauter et à distribuer des coups de poing à tout

4.

le monde en signe de joie, disant que rien n'entrait mieux dans ses vues, et qu'il le ferait bien voir quelque jour.

En effet, il est depuis cinq ans attaché au journal de lord Palmerston; c'est lui qui éreinte la France.

Je regrette.que le temps, — vous n'avez plus que cinq minutes, — ne vous permette pas de poursuivre cet examen. Il vous prouverait que de tous vos frères et sœurs Gig est le seul qui ait trouvé le tableau un peu d'accord avec ses goûts et aptitudes. Aucun cependant ne paraît s'être repenti de sa soumission à la règle. C'est que, voyez-vous, mon cher enfant, la société anglaise n'est pas au fond aussi dure qu'elle en a l'air. Il ne faut que la savoir prendre. Sans doute elle ne souffre pas qu'on lui crève les yeux, mais elle ne demande pas mieux que de les fermer à l'occasion. Sans cette tolérance, ses lois seraient tout bonnement impraticables. Grâce à elle au contraire, les vocations ne trouvent aujourd'hui que trop de facilités à se faire jour : témoin ce garnement de Gig, surnommé le boxeur de lord Palmerston; témoin encore la petite Mary, qui, si elle n'est pas la femme d'un lord, comme le voulait sa vocation, reçoit chez elle tant de lords, qu'on ne l'appelle que la milady, en tout bien tout honneur, s'entend.

Quant à vous, mon pauvre garçon, je conviens que vous avez joué de malheur, car non-seulement la profession d'ecclésiastique figure sur le tableau, mais encore, voyez la chance ! elle y est inscrite à la suite du nom de Fancy, votre plus jeune frère. Il ne s'en est donc fallu que de onze mois — le plus long intervalle du reste que j'ai mis entre mes enfants — pour que le tableau s'accordât avec votre pieuse vocation. C'est comme un fait exprès ; mais que voulez-vous ? On ne peut pas changer le tableau, n'est-ce pas ?

Ce qui me console, après tout, c'est que votre vocation pour le saint ministère, si tant est que ce ne soit pas un caprice, m'est une garantie de vos principes et de vos mœurs ; et puis, dans les commencements, si cela vous tourmente trop, vous vous soulagerez en prêchant vos mousses ; ils doivent en avoir besoin, pauvres petits diables, car, en vérité, on s'en va bien loin prêcher des sauvages, qui sont des petits saints en comparaison de nos matelots.

Mais je m'oublie. Allez, mon fils, ne perdez pas une seconde. Voilà Tom qui monte sur le siége. Il a voulu vous conduire lui-même, l'excellent frère ! il aime tant les chevaux ; mais il n'aime pas à attendre, courez donc vite. Vos effets sont dans la berline. J'embrasserai votre mère pour vous. Ah ! un mot encore : si vous rencontrez votre sœur Lily, dites-lui bien des choses de ma part. Je l'aimais beaucoup votre sœur Lily, une jolie fille, Monsieur. Elle a épousé un... un certain... un docteur, je crois, ou planteur, enfin cela finit en *eur*, qui s'appelle... allons, bon ! du diable si je m'en souviens. Enfin, c'est là-bas, quelque part dans l'Inde. Cette bonne Lily, elle n'oublie pas ses parents. Sa dernière lettre, il y a cinq ans de cela, était datée de Madras, ou de Singapore ; mais, il y a tant de changements dans ces pays-là ! Enfin, bien des amitiés, n'est-ce pas ? Adieu, mon enfant, que Dieu vous bénisse ! et dites à Tom de ne pas trop forcer ma jument pie ; il finira par me la tuer, la pauvre bête.

*
* *

Bien que nous fassions ici de l'histoire, on n'attend pas de nous, sans doute, un tableau détaillé de la brillante, mais trop courte carrière maritime fournie par le brave William Lyons. Disons donc seulement que, moins de deux ans après son embarquement, il fut élevé au grade d'enseigne, à la suite d'un engagement avec des pirates malais, affaire dans laquelle il s'était particulièrement distingué.

Jusque-là, au reste, le commodore avait religieusement tenu sa promesse : il avait fait voir à son favori toutes les roses du métier, le plaçant toujours au poste le plus dangereux, lui réservant toutes les plus dures corvées, ne lui laissant jamais quitter le bord, à moins que ce ne fût pour aller en parlementaire en des lieux d'où il y avait peu de chances de revenir.

De son côté, William appréciait comme il le devait des préférences si marquées ; il tâchait de se les faire pardonner de ceux qui pouvaient en être blessés, et il y parvenait avec une facilité singulière.

L'heureux jeune homme ne manquait pas, d'autre part, une seule occasion d'en laisser voir à son protecteur toute sa respectueuse gratitude. Si bien que ce dernier, le regardant comme son propre fils, lui épargnait de moins en moins de si salutaires rigueurs. C'est lui-même qui, après l'affaire des pirates, daigna lui annoncer, en des termes dont la sécheresse cachait mal une vive émotion, qu'il était promu au grade d'enseigne. A quoi le jeune homme, dissimulant de son côté les sentiments de tendresse qui l'agitaient, répondit avec un salut respectueux :

— J'aimerais mieux être évêque.

Heureusement, le commodore crut que la joie

avait tourné la tête à son fils d'adoption, car il ne le condamna qu'à six semaines d'arrêts forcés dans sa cabine, lui donnant pour régime une diète presque absolue, afin de lui remettre un peu le sang.

***

On sait par quels autres brillants faits d'armes le brave William Lyons fit oublier son incartade et comment, la guerre finie, il fut chargé d'aller porter cette bonne nouvelle à la gracieuse souveraine de son pays.

Sa renommée l'avait précédé à la cour ; aussi à l'audience royale Sa Majesté daigna-t-elle paraître surprise qu'après tant de glorieux services il ne fût encore que capitaine de vaisseau.

Le jeune homme expliqua alors à Sa Majesté qu'étant le favori du commodore, il devait se trouver encore trop heureux d'avoir pu atteindre à un grade qui, d'ailleurs, dépassait son peu de mérite.

Cette réponse, dont le prince-époux releva la finesse et la modestie, fut si agréable à Sa Majesté, qu'elle promit au jeune capitaine la première place vacante, si élevée qu'elle pût être.

L'heureux mais obstiné William eut bien un moment sur les lèvres sa phrase habituelle : « J'aimerais mieux être évêque ; » mais, cette fois, le respect lui ferma la bouche. L'hésitation et l'absence de toute réponse qu'amena chez lui ce conflit d'idées et de sentiments ne lui furent pas défavorables, au contraire, et il laissa le royal couple dans les meilleures dispositions à son égard.

*
*   *

At home ! sweet at home ! A qui sait, et qui ne le sait aujourd'hui? ce que vaut cette exclamation dans une bouche anglaise, je dirai seulement que William la poussa mentalement plus de vingt fois en se rendant à la station, où l'attendait son frère Tom, sur le siége de la berline. Quant à la réception qui lui fut faite par la famille, accourue processionnellement au son de la cloche d'honneur, ayant en tête le vieux père, plus que jamais affermi dans son respect pour la règle et pour le tableau, on se le figure aisément ; comme aussi se doute-t-on bien qu'aux félicitations paternelles William ne manqua pas de répondre en s'inclinant, toujours avec respect :

— J'aurais mieux aimé être évêque.

Ce qui causa une gaieté universelle.

— Parbleu ! s'écria le vieux baronnet en riant lui-même, si vous y tenez toujours tant, mon garçon, voici l'évêque de Flexham, à trois lieues de chez nous, qui vient justement de mourir. Que ne demandez-vous sa place?.une excellente place, Monsieur.

Chacun applaudit à cette saillie, dont William ne fut pas le dernier à rire.

La réunion de famille était aussi complète que les circonstances l'avaient permis ; il n'y avait pas jusqu'à la petite Mary qui ne fût venue tout exprès d'Aberdeen ; mais, celle-là, c'est une tête, vous ne l'avez pas oublié. Elle présenta même à son frère un jeune lord, qui se trouvait, par suite d'une foule de mésalliances, être son proche parent. Elle l'avait rencontré en Écosse, et il n'avait pas tenu au désir de faire connaissance avec le brillant capitaine, le jeune héros de Chou-Kiang.

Bref, cette fête de famille se passa de façon à laisser d'heureux et longs souvenirs à chacun. Elle durait encore — entre hommes — lorsque William, sur les six heures du matin, pria son frère Tom de faire atteler sans rien dire, et de le conduire à la station. Il voulait éviter des adieux pénibles, et promettait d'ailleurs qu'on aurait avant longtemps de ses nouvelles.

*
* *

A peu de jours de là, en effet, le journal de lord Palmerston publiait ce qui suit, entre un article sur les *peigneries* d'Aberdeen et un éreintement de la France, le tout accusant par le style la touche bien connue du fameux boxeur :

« Le capitaine William Lyons, qui a récemment eu l'honneur d'apporter à Sa Majesté et de lui remettre en mains propres le traité de paix avec la Chine, vient d'être promu à l'évêché de Flexham.

« A ceux qu'étonnerait cette nouvelle, dont nous affirmons l'authenticité, nous dirons que la reine, ayant donné sa parole royale d'accorder au brave capitaine Lyons *la première place vacante*, sans autre désignation, et celui-ci ayant respectueusement insisté pour la stricte et littérale exécution de cette promesse, Sa Majesté n'a pas cru pouvoir consciencieusement lui résister.

« Que si l'on objectait que mieux valait manquer à sa parole que de l'exécuter par le choix d'un sujet impropre (*improper*), nous répondrons : 1° que la vocation bien connue de l'ex-capitaine Lyons date de ses plus tendres années; 2º que ce brave marin n'a cessé d'édifier, par ses bonnes mœurs et la sûreté de sa doctrine, toute l'illustre marine anglaise; 3º qu'il n'a pas manqué une occasion de travailler à l'instruction religieuse des matelots et mousses qu'il commandait.

« S'il se trouvait enfin quelqu'un d'assez malavisé pour contester, malgré les détails qui précèdent, la propriété (*the property*) du choix de notre auguste souveraine, il est prié de s'adresser au bureau du présent journal. Là, un de nos rédacteurs, connu sous le nom de *Boxeur,* lui administrera d'autres arguments sans réplique. »

CHAPITRE X

VARIÉTÉS D'UNE HEUREUSE ÉTOILE

§ I

Le chevalier de Quoi.

Voici bien l'homme le plus aimable, le plus poli, le plus spirituellement enjoué de France et de Navarre.

Je dirai même le plus heureux, car son grand drame — *les Nuits blanches d'Aboulkasem* — entre en répétition la semaine prochaine, au théâtre de l'Ambigu. Il était temps, ma foi; voilà assez longtemps qu'il y travaille avec ce paresseux d'Anicet Bourgeois et ce lambin de Dennery.

Ce n'est pas tout : demain il lit aux acteurs du Théâtre-Français *Mademoiselle de Roquelaure,* grande comédie en sept actes, faite en collaboration avec MM. Capefigue et Arsène Houssaye.

Pauvre petite Roquelaure ! Il était juste qu'elle eût son tour.

De plus, réjouissez-vous! le premier feuilleton du grand roman du chevalier paraît demain dans *le Constitutionnel.*

Sa grande féerie est enfin terminée d'hier; la Gaîté n'attend plus pour la monter que les nouveaux *trucs* d'Angleterre. Pourvu que quelque complication poli-

5

tique... mais, non ; le chevalier est en trop bonne veine ; la paix du monde attendra pour se disloquer.

Quant à son grand opéra, il n'y a plus que Meyerbeer qui le retarde ; il travaille si lentement !

Son grand opéra comique va bien ; Denis le lui a dit hier.

Sa pantomime est en bon train, et sa grande opérette marche.

Félicitez-le de tant de succès, car il les mérite ; s'il en a eu moins jusqu'ici, ce n'est certes pas faute d'esprit, de talent, ni de bonne humeur. Embrassez-le donc, ce cher ami, mais faites vite : le chevalier n'a pas le temps de s'amuser.

Ce soir il termine, tout en dînant avec ses amis Siraudin et Clairville, sa grande *Revue* de l'année ; et, en ce moment même, il est attendu dans un fiacre par une grande dame qui doit le jeter au Palais-Royal, au café de Foy.

Là, en prenant l'absinthe, il lui faudra, il le craint bien, signer un traité qui assure à Michel Lévy sa nouvelle grande traduction de tous les romanciers anglais nés et à naître.

Au fond, cela ne lui plaît guère ; il n'aime pas à se lier ; mais les conditions sont si belles !

*
* *

Et dire que, dans tout cela, il y a pourtant deux choses vraies, ou peu s'en faut : la dame en fiacre, et le dîner ; et que tout le reste, il le croit : le chevalier de Quoi n'a jamais menti de sa vie.

Heureux ! oh ! oui, bien heureux chevalier de Quoi !

§ II

L'ami Hervé.

(La scène se passe entre Pierre et Paul, n'importe où.)

PIERRE. — Eh bien ! vous savez la grande nouvelle ? Notre ami Hervé...

PAUL. — Vous me faites peur, il est enfermé ?

PIERRE. — Enfermé ? à quoi pensez-vous ? Il est hors de l'œuf, au contraire. Voilà donc enfin un honnête homme, un homme d'esprit, un galant homme qui réussit. C'est bon signe pour l'avenir.

PAUL. — Bah ! une fois n'est pas coutume.

PIERRE. — Ce bon Hervé. Celui-là au moins fera de sa fortune un noble usage ; il est si bon ; il a des goûts si artistes, si élégants ! Il *sera chez lui* pour les amis pauvres ; il se souviendra que, lui aussi, il a dû puiser quelquefois dans la bourse des camarades. — Car, entre nous, je sais que vous l'avez souvent aidé, comme nous tous.

PAUL. — Moi ? ce n'est pas la peine d'en parler : quelque bagatelle de loin en loin. Il y a longtemps que je n'y songe plus.

PIERRE. — Mais il y songe, lui, vous en aurez bientôt la preuve.

PAUL. — Pauvre garçon ! je le souhaite vivement pour lui, mais, à vrai dire...

PIERRE. — Au reste, c'était un plaisir que de l'obliger, ce bon Hervé : il n'était pas de ceux qui vous évitent dès qu'on leur a rendu service. C'est de lui que j'ai su combien souvent et avec quelle grâce vous êtes venu à son aide; que de fois il m'en a parlé les larmes aux yeux !

Paul. — Il était trop bon d'y penser; mais dites-moi...

Pierre. — La première chose qu'il a faite, quand son affaire a été arrangée, ç'a été de m'écrire qu'il tenait à ma disposition les six mille francs que j'ai eu le plaisir de lui avancer il y a cinq ans... Mais quelle figure vous faites ! Qu'y a-t-il donc là de si surprenant ?

Paul. — Ce n'est pas, en tout cas, le procédé de ce bon Hervé qui m'étonne : Hervé est bien le plus honnête homme que je connaisse; mais, dites-moi, vos six mille francs les avez-vous touchés ?

Pierre. — Non, pas encore, mais je les touche demain, et, franchement, je vous avoue qu'ils arrivent fort à propos.

Paul. — Demain, dites-vous ?

Pierre. — Oui, demain.

Paul. — Pourquoi pas aujourd'hui ?

Pierre. — Parce que c'est seulement aujourd'hui, à deux heures, que le ministre a dû signer la concession...

Paul. — Ah ! j'y suis : la concession du chemin de fer sous-marin de la Martinique à la Guadeloupe ?

Pierre. — De la Martinique à la Guadeloupe.

Paul. — En passant par la Basse-Terre ?

Pierre. — Et avec embranchement sur l'île des Pins.

Paul. — Où sont les derniers anthropophages ?

Pierre. Oh! les derniers! c'est une question.

Paul. — Hélas ! mon pauvre ami, la question, ce

n'est pas les anthropophages, c'est le chemin de fer sous-marin de la Martinique à la Guadeloupe, dont le ministre vient aujourd'hui même de refuser la concession à la compagnie Hervé, Renard, Leloup et Cᵉ.

PIERRE. — Vous en êtes sûr?

PAUL. — Parfaitement sûr : je viens de le lire dans *la Patrie*, journal du soir, avec la grande hausse de la Bourse.

PIERRE. — Mais qui a pu faire changer ainsi la détermination du ministre?

PAUL. — Qui sait? peut-être bien cette détermination n'a-t-elle jamais existé que dans la tête de l'excellent ami Hervé.

PIERRE. — Oh ! pour cela...

PAUL. — Peut-être aussi la rupture du télégraphe sous-marin, ou cette question des anthropophages qui n'est pas encore tranchée...

PIERRE. — Diable ! diable ! et ce pauvre Hervé? le voilà dans de jolis draps ! que va-t-il faire, le malheureux?

PAUL. — Hervé? ce qu'il fait depuis qu'il est au monde; il est déjà en train d'organiser une nouvelle compagnie pour la nouvelle concession qui sera signée...

PIERRE. — Comme la première?

PAUL. — Dites donc comme la centième. Ah çà, mais, campagnard que vous êtes, vous ne connaissez donc pas votre Hervé ! Vous ne savez pas que depuis vingt ans sa fortune est faite... demain.

PIERRE. — Et c'est de cela qu'il vit...

PAUL. — Aujourd'hui.

PIERRE. — Mais, vous le proclamiez tout à l'heure le plus honnête homme du monde.

PAUL. — Honnête homme, oui, je le répète, mais un peu...

PIERRE. — Un peu quoi ?

Paul ne dit pas quoi, et comment pourrait-il le dire? fou est trop sévère, toqué trop vulgaire, et la Chasse aux Étoiles *n'a pas encore paru.*

§ III

Coup double.

— Trop long ! beaucoup trop long ! s'écria un fameux causeur à qui je venais de communiquer les deux précédentes esquisses.

— Mortellement trop long, appuya-t-il en scandant ses paroles.

Il faut dire que je lui passe beaucoup de choses parce que nous sommes *pays*.

— Oui, mon pays, reprit-il après une longue suspension, mortellement, insupportablement trop long. Défiez-vous de deux choses : la digression et la prolixité. Ce sont les deux grands défauts de notre époque, et non-seulement dans les livres, mais même dans la conversation. Pour peu que quelqu'un ait pris avant vous la parole, plus moyen à présent de glisser un mot.

— Généralement, dis-je, c'est vrai ; mais quant à vous, mon pays, il me semble...

— Oui, il vous semble, j'ai compris ; sachez pour-

tant que je n'ai jamais pu une seule fois faire écouter
la moitié, que dis-je, le quart de ce que j'avais à dire,
et encore, ce quart, savez-vous à quoi je dois de le
placer de temps en temps ? à l'étonnante concision
dont j'ai fait une étude particulière, et surtout à l'absence de digressions. Vous aurez remarqué d'abord
que je vais toujours droit au fait, et aussi que jamais
je ne me répète, que jamais je ne dis deux fois la même
chose, que jamais je n'exprime plus d'une fois la même
idée. J'ai même poussé le scrupule jusqu'à rechercher
les mots les plus courts de la langue, et personne
n'a encore fait des monosyllabes un usage aussi fré-
quent et aussi judicieux que moi. Voilà d'où vient que
quand par hasard je prends la parole personne ne me
la dispute : on sait qu'il n'y en pas pour longtemps à
souffrir. Faites donc comme moi : allez au fait, au
principal, négligez toujours l'accessoire. Surtout, encore une fois, soyez bref, et commencez par réduire
au moins de moitié les deux portraits que nous venons
de lire ensemble. Cela fait, ils pourront passer. J'ai
reconnu le premier tout de suite. Le second est plus
général, aussi je le préfère de beaucoup, d'autant plus
qu'il me rappelle un de mes amis, qu'il résume beaucoup mieux, dans un autre genre, la... comment dites-
vous ? la toile...

— L'étoile.

— Oui, les toiles que vous avez voulu personnifier.

— Oh ! donnez-le-moi ! donnez-le-moi ! interrom-
pis-je.

— Donnez-le-moi ! donnez-le-moi ! encore des longueurs, des répétitions, et cela au moment même où
je vous recommande la brièveté.

— Mais...

— Ah ! si vous parlez toujours, nous ne pourrons jamais nous entendre. Voyons : si j'ai bien saisi votre pensée dans ce déluge de paroles et de hors-d'œuvre, vous voulez que je vous donne un nouveau portrait à ajouter aux vôtres, à joindre à ceux que vous m'avez lus, n'est-ce pas ?

— Oui, mon pays, et je voudrais qu'il prît dans votre bouche cette concision que j'aurai à donner aux miens.

— J'entends : vous me demandez un modèle d'unité et de laconisme.

— Précisément.

— Eh bien ! j'ai votre affaire ; mais écoutez de toutes vos oreilles, car je vous avertis que la leçon ne sera pas longue.

*
* *

A une époque de ma vie où j'aurais dû suivre les cours de l'École de droit, je passais tout mon temps au Jardin des Plantes. Je ne m'en vante pas ; j'aurais pu mieux faire, j'en conviens, et cependant quel lieu plus honnête, plus convenable, pour consumer ces longues heures de la jeunesse, ces heures de calme étouffant qui, chez l'homme comme dans la nature, précèdent souvent les orages.

Tout me ravissait dans ce beau jardin ; il me semblait y voir comme une image en raccourci de l'univers ; tout m'y apparaissait à travers je ne sais quel prisme magique, peut-être bien celui de l'ignorance.

Car n'allez pas croire que j'eusse alors une propension bien vive, ni même la moindre vocation pour les sciences physiques ; non, pour de certaines raisons je n'aurais sans doute pas été fâché de les connaître ; mais à condition de ne pas les étudier. Ce qui me charmait, c'était la contemplation vague et superficielle de leur objet, et je me suis dit bien souvent qu'à la place de notre premier père, du diable si j'aurais touché à l'arbre de la science. Telle était même mon indifférence à cet égard, que je ne crois pas avoir lu, sinon par mégarde, au Jardin des Plantes, une seule des étiquettes qui gâtaient pour moi ce second Éden.

Mais comme il faut que le serpent se glisse toujours en nous par quelque endroit, à défaut de la curiosité, c'était l'envie qui me mordait : j'enviais le naturaliste.

Un jour, entre autres, je m'en souviens comme si c'était hier, je sortais du Jardin des Plantes, un peu plus tôt que de coutume, il n'était guère que quatre heures du soir : Quelle existence, m'écriai-je mentalement, quelle vie enchantée que la vie du naturaliste, du naturaliste officiel !

Cela posé, voulant sans doute me soustraire aux réalités de la rue Mouffetard, où j'entrais à ce moment même, je me traçai à peu près l'image suivante de la vie enchantée du naturaliste officiel.

*
* *

Généralement, le naturaliste officiel voit le jour au Jardin des Plantes, fils d'un naturaliste officiel et futur héritier de l'emploi de son père, en vertu de l'idée hautement chinoise, qui se traduit par : tel père, tel fils.

Là, dans un de ces gracieux cottages que tapissent

5.

le lierre et la vigne vierge, qu'embaument la cléma-
tite et le jasmin, le naturaliste enfant ne reçoit que
des impressions de choses naturelles.

La science lui arrive sans qu'il s'en doute, et comme
par infusion. Il étudie, ou plutôt il apprend l'histoire
naturelle en jouant; car la jolie maisonnette du naturaliste a un petit jardin qui ouvre sur le Jardin des
Plantes. Or ce Jardin des Plantes, à l'heure où les gar-
diens me mettent à la porte en me marchant sur les
talons, il devient le propre jardin du naturaliste; et
alors que se passe-t-il? quels ébats, quels enseignements mutuels entre le petit naturaliste et tous ses
jolis petits camarades, chevreaux de Cachemire,
agneaux d'Astracan tout frisés, faons de biches et de
gazelles et autres jouets vivants et instructifs?

A lui ces splendides échantillons de minéraux, ces
cristaux chatoyants, ces éblouissants coquillages que
j'ai eu tant de fois la tentation de voler. Heureux enfant du naturaliste! N'est-il pas à la source du lait d'a-
nesse et de chamelle, ou, mieux encore, d'hémione,
une crème, Monsieur, comme me disait un gardien.

Il va lui-même dénicher les œufs tout frais pondus
de la pintade, du faisan doré et de toutes les poules
des cinq parties du monde. Et là, en supposant qu'au
lieu d'œufs frais, il ne trouve que des poulets, qui lui
jettera la première pierre s'il en rapporte une ou deux
couples à la maison? N'est-ce pas le sujet d'une étude
très-importante que le goût comparé des diverses espèces de poulets?

Mais il n'y a pas que des animaux au Jardin des
Plantes; le verger de cet établissement scientifique
offre au naturaliste des éléments d'étude aussi variés

que substantiels ; or le goût comparé des diverses espèces de fruits n'est pas non plus à négliger : ne nous enseigne-t-il pas que l'époque où les fruits ont doublé de volume et perdu moitié en saveur est précisément celle où s'est produit le même phénomène dans les ouvrages de l'esprit ? Et pourquoi le naturaliste enfant, à qui rien n'a encore faussé les idées, ne verrait-il pas dans ce curieux synchronisme la solution définitive de la grande question du progrès ?

*
* *

Voilà donc comment, nourrie des plus saines doctrines, instruite par la bonne mère nature des lois éternelles qui régissent les sociétés, se berce, se prolonge jusqu'à l'âge le plus avancé, l'enfance du naturaliste. Vie innocente, vie heureuse, vie plus qu'humaine ; car s'il est vrai, comme le croyaient les anciens, que le bonheur des dieux consiste en ce qu'il leur est propre et qu'il ne saurait leur être enlevé, le naturaliste est un Dieu.

Le bonheur du naturaliste, c'est tout simplement le bonheur du sage, et qui en voudrait ? et, n'en voulant pas, qui songerait à le troubler ? On parle de réformes, d'agrandissements, d'embellissements dans le domaine du naturaliste, mais je parierais qu'il n'en sera rien : le naturaliste ne veut être ni embelli, ni agrandi ; sa modestie le sauvera. Il fera produire à la terre des fraises grosses comme le poing, mais à condition que lui-même, il restera toujours ce qu'il est : la fraise des bois.

Oh ! pourquoi, ne suis-je pas né fils d'un naturaliste, aussi bien qu'un autre, aussi bien, par exemple, que ce

garçon si laid qui jetait tout à l'heure du pain d'épice
aux canards, aux heureux canards du Jardin des
Plantes !

*
* *

Tels sont les termes dans lesquels je me posai pour
la première et dernière fois de ma vie le dangereux
problème de l'inégalité des conditions humaines.
Comme on le voit, et comme il arrive toujours en pareil cas, ces termes étaient parfaitement faux, car il
n'est pas vrai, d'abord, que la profession de naturaliste
se transmette régulièrement de père en fils, et il n'aurait tenu qu'à moi, si j'eusse été moins paresseux, de
devenir naturaliste. Enfin, comme je l'ai appris depuis, la position du naturaliste, même officiel, et casé
au Jardin des Plantes, est loin d'être aussi belle et
aussi stable que le voulait dans ce temps-là ma fantaisie.

Mais nous sommes tous ainsi faits : nous envions
qui de son côté nous envie, et tel que nous plaignons
ne voudrait souvent pour rien au monde échanger sa
position contre la nôtre.

Si banale que soit cette observation, l'expérience
ne me l'avait pas encore suggérée ; mais cela ne pouvait plus tarder beaucoup : l'heure de mon initiation
à un ordre d'idées tout autre et meilleur était au moment de sonner.

*
* *

Depuis quelques minutes je marchais derrière un
individu, qui, si à première vue il ne changea tout à
fait le cours de mes idées, le détourna du moins très-
vite à son profit.

Étrangement et misérablement vêtu, sa mise et sa tournure ne manquaient pas néanmoins de distinction. Partant donc de cette double hypothèse, qu'il était et très-malheureux et très-digne de ne pas l'être, je me fis de lui un plastron pour attaquer sournoisement la Providence.

A cet effet je dus ralentir le pas, car mon homme se retournait et s'arrêtait assez souvent, me permettant ainsi de voir ses traits marqués au signe de l'intelligence, et aussi de quelque autre chose dont je ne me rendais pas compte, mais qui m'attristait et m'intéressait.

Indifférent, inattentif à ce qui l'entourait, il se parlait à lui-même à voix basse, laissant même échapper de temps à autre une exclamation ou un rire qui faisait mal.

D'une main il tenait un chapeau informe, et de l'autre, qui me parut assez belle, mais peu soignée, il rejetait continuellement en arrière sa chevelure noire, abondante, naturellement crêpelée, mais moins soignée encore que ses mains.

Le quartier n'était pas alors ce que nous le voyons aujourd'hui : il rappelait encore certaines villes de province très-arriérées. Des femmes travaillaient assises sur leurs portes, des jeunes filles, des enfants jouaient au volant auprès d'elles, et, de loin en loin, des canards cherchaient cahin-caha leur pauvre vie dans le ruisseau qui roulait son eau grasse au milieu de la rue.

Or un de ces canards, si différents de ceux de la ménagerie, venait d'attirer l'attention de mon inconnu, qui le regardait avec un air de complaisance.

Touchante sympathie! pensai-je. Et pourquoi pas, en effet? même destinée : chercher sa vie n'importe comment, n'importe où, dans le ruisseau, dans l'infamie peut-être, tandis que tranquilles et bien repus, au Jardin des Plantes, naturalistes et canards... oui, va, cherche, cherche bien dans toutes tes poches quelque miette de pain à offrir à ce malheureux ; tu ne trouveras rien, non, rien. Ah! si tu étais fils ou petit-fils d'un naturaliste, si tu t'appelais Geoffroy Saint-Hilaire ou Cuvier!... et toi, canard, si tu étais né au Jardin des Plantes, oh ! alors...

Mais, à ce moment même, et comme pour me couper la parole le canard tira du ruisseau une superbe aiguillette de tripes, suivie d'autres horreurs sans nom, qu'il avala, poussant à chaque gorgée des cris de joie et des gloussements indicibles, frétillant de la queue, se trémoussant, se dressant sur ses pieds, battant des ailes, donnant en un mot les marques les moins équivoques d'une sensualité largement satisfaite.

Ce spectacle, non-seulement coupa court à ma philippique, mais encore il fut pour moi le commencement d'une révélation qui devait influer sur toute ma vie.

Évidemment dans sa ménagerie si bien peignée, dans son joli petit bassin toujours propret, toujours limpide, trop limpide, jamais canard officiel, canard classé, canard étiqueté, n'avait pu être aussi heureux que ce libre canard dans son ruisseau.

Et qu'aurais-je dit, si, au lieu d'un canard de la rue, c'eût été un canard sauvage, un noble et fier canard sauvage, qui m'eût donné cette leçon ?

Que fût alors devenu à mes yeux ce pauvre petit Jardin des Plantes y compris celui du naturaliste? dans quel dédain je l'aurais pris!

Et qui sait même, si, franchissant d'un bond tous les degrés qui me séparaient encore d'une initiation complète, je n'aurais pas vu en lui une image réduite du monde officiel? Mais je n'étais pas encore mûr pour une si grande découverte.

* * *

Quand je fus un peu remis de la surprise où le canard m'avait jeté, ce naïf avocat de la Providence était trop loin de moi pour continuer à m'instruire. En revanche, je me trouvais presque sur les talons du jeune homme ébouriffé qui allait bientôt, sans le savoir, achever mon éducation.

Ce garçon m'inspirait déjà mieux que de la curiosité, soit par l'effet d'une sympathie toute d'instinct, soit que déjà sa vue éveillât en moi un bon souvenir.

Je n'étais pas le seul au reste qu'il intriguât beaucoup à ce moment : chaque compère ou commère devant qui il passait le regardait en ouvrant de grands yeux, et cherchant le mot de l'énigme :

— C'est un artiste, disait l'un.

— Un fou, disait un autre.

— Un modèle.

— Un charlatan.

— Un saint-simonien.

— Un savant.

— Un maître d'études, etc.

Quant au jeune homme ébouriffé, je ne sais pas s'il

entendait ce qu'on disait de lui assez haut et sans se gêner, mais il paraissait ne s'en soucier aucunement. Il allait cependant avoir à subir un rude examen, à en juger à la mine de deux quidams qui l'attendaient depuis un moment au passage.

L'un de ces deux physionomistes avait surtout de redoutable sa calvitie qui devait le rendre jaloux d'un homme aussi bien pourvu de cheveux que mon inconnu, et quant à son compère le perruquier, que je savais beau parleur et homme à bonnes fortunes, le même effet devait résulter chez lui d'une cause toute contraire.

Ce Figaro-Don Juan qui ne se montrait jamais que tête nue, était pourvu d'une superbe chevelure, laquelle servait à la fois d'armes parlantes à sa boutique, et de lacs d'amour aux bonnes du quartier; excellente réclame en outre pour sa graisse d'ours et de lion, dont il faisait un grand débit, étant, disait-il, à la source, la recevant de première main et toute fraîche du Jardin des Plantes.

Pour moi, je l'avoue franchement, à la place du jeune homme ébouriffé, j'aurais été intimidé; peut-être même aurais-je rebroussé chemin, ou traversé la rue; en tout cas, je n'aurais certes point passé sous une si terrible batterie sans mettre au moins mon chapeau sur ma tête.

Le jeune homme ébouriffé ne daigna même pas recourir à ce moyen terme; il y eut cependant chez lui un moment d'hésitation. J'en profitai pour me rapprocher, jugeant que l'affaire allait être chaude, et ne voulant pas qu'aucun détail en fût perdu, tant je pensais déjà à la postérité.

— As-tu vu ça? dit l'homme chauve à son voisin, *quéque* Polonais.

— Ou *quéque pouâte*, repartit le coiffeur d'un ton qui exprimait le *nec plus ultrà* du dédain.

Il voulait dire quelque poëte, le misérable! J'en fus si indigné que, dans ma distraction, je marchai sur le talon du jeune homme de plus en plus ébouriffé.

Il se retourna vivement, et, me voyant le chapeau à la main et l'excuse à la bouche, il rougit comme une jeune fille. Un peu plus, il allait me demander pardon du mal que je lui avais fait. Je ne lui en donnai pas le temps : déjà j'avais reconnu en lui, et j'embrassais en le nommant le meilleur et le plus aimé de tous mes camarades de classe, mon *copin,* mon *faisant,* cet excellent Mouton, comme on l'appelait à l'École militaire ; et jamais peut-être sobriquet ne fut mieux appliqué ; vous en jugerez par un trait qui fera connaître l'homme mieux que tout ce que j'en dirais.

*
* *

Figurez-vous qu'à cette École militaire préparatoire, dont le souvenir me donne encore le frisson, ce brave Mouton, déjà très-ébouriffé, il faut bien le dire, était, en raison de sa mansuétude, le plastron des petits coiffeurs du lieu. De loin en loin, il choisissait le plus méchant ou le plus fort et le corrigeait ferme : c'était le réveil du lion, après quoi il rentrait dans sa peau d'agneau pour n'en plus sortir de longtemps. Or, un jour, à l'étude, le voyant occupé à lire, j'imaginai de lui souffler dans les yeux assez de sable pour l'aveugler ; une drôlerie, une gentillesse d'enfant, d'enfant élevé au collége.

Comme il y avait plus de six mois que Mouton ne s'était fâché, je me tenais sur la parade, les poings en état de défense, quand, les mains sur les yeux, et son meilleur sourire aux lèvres :

— Est-ce drôle ! me dit-il ; figure-toi que je lisais précisément le mot poussière.

Depuis ma sortie de l'École, je n'avais pas revu Mouton, et peu d'années après, j'avais appris avec chagrin que, n'ayant pas profité de son droit d'entrer à Saint-Cyr, il avait ensuite échoué à l'examen de l'École polytechnique.

Et cependant Mouton, chacun s'accordait à le dire, avait convenablement répondu à tout. Sur les mathématiques, son examen avait même été très-brillant ; mais sa tenue un peu négligée et surtout cette malheureuse chevelure ébouriffée...; il avait refusé, en outre, de mettre des lunettes, affirmant qu'il avait la vue excellente, comme si c'était une raison. Bref, son manque de gravité fut pour beaucoup dans sa déconvenue. C'est une grande question en France que la gravité.

A tout cela, en fin de compte, il aurait pu n'y avoir pas grand mal, Mouton ne pouvant jamais être au fond ce qu'on entend par un *fruit sec;* mais je le savais orphelin, sans relations, sans fortune. Ajoutez qu'ayant eu l'esprit faussé par l'étude des sciences exactes, et par conséquent désarmé dans ce terrible combat de la vie, il y avait fort à parier qu'il n'y aurait pas le dessus.

Toutes raisons qui m'avaient mis cent fois en grand souci de sa destinée.

Pourvu, me disais-je, qu'au moment où il lira le mot misère, la misère en effet... oh ! qu'au moins je sois là pour lui payer ma dette en affection, si je ne le puis autrement.

Certes, lorsque je retrouvai Mouton, tout semblait annoncer que cette grâce était enfin accordée à mon repentir, que j'allais pouvoir prendre contre moi-même une éclatante revanche de mes torts du collége. Il n'en était rien cependant : Mouton, jusqu'à ce jour, avait bien mangé un peu de vache enragée, mais il touchait à la fin de l'épreuve : encore quelques jours, et il allait nager dans l'opulence. Déjà il s'enivrait de la pensée de tous les bienfaits qu'il répandrait autour de lui.

— « Tel que tu me vois, disait-il, il n'eût déjà tenu
« qu'à moi de m'enrichir cent fois pour une, car il n'y
« a pas une industrie scientifique, pas une science in-
« dustrielle que je ne puisse renouveler de fond en
« comble et monopoliser à mon profit.

« Dans le seul domaine de la chimie, j'ai découvert
« des procédés pour faire du vinaigre avec des cail-
« loux, du beurre avec des marrons d'Inde, du tabac
« de la Havane avec de la paille. Et tout cela n'est rien
« auprès des désinfectants que j'ai composés. Je pour-
« rais demain affermer toutes les voiries de France et
« ruiner du coup l'immoral commerce de la bouche-
« rie. Quand on aurait une fois goûté de mes *biftecks*
« de viande *neutralisée,* on ne voudrait plus manger
« d'autre chose. Tu m'en diras des nouvelles un de
« ces jours. »

A ce mot, bien que déjà ébranlé par l'air sérieux et convaincu de mon ami Mouton, je ne pus m'empêcher de revoir en esprit les aiguillettes de tripes du canard initiateur. Intérieurement je frémis. Rien n'y parut sans doute, car Mouton poursuivit avec le même calme :

« — Ma fortune était donc, comme tu le vois, dans
« mes mains ; mais, d'abord, il m'eût répugné d'aller
« sur les brisées de tant d'illustres savants qui vivent
« aujourd'hui de ces sortes de découvertes, et puis,
« encore une fois, j'avais une ambition plus haute, un
« but plus largement philanthropique ; je rêvais mieux
« que des améliorations partielles dans le sort de l'hu-
« manité. Convaincu que j'avais une mission, un rôle
« providentiel à remplir, qu'était-ce pour moi que des
« appareils, des procédés ? Ce qu'il me fallait conqué-
« rir, c'était *l'appareil, le procédé* universel, résumant
« tout. Eh bien ! cet appareil, ce procédé, cette syn-
« thèse, cette panacée, en un mot, je l'ai trouvée,
« *euréka !* voilà trois mois que je la tiens, et à preuve,
« regarde, en voici le brevet.

« Oui, je tiens dans ma main l'instrument d'une
« révolution qui changera la face du monde sans une
« goutte de sang versée. Par moi l'âge d'or va renaître,
« mieux encore, l'Éden, le paradis reconquis. L'arbre
« de la science avait fait le mal, c'est lui qui le répa-
« rera. L'expiation étant complète, le sang de l'Agneau
« ne coulera plus sur l'autel. Le divin sacrifice aura
« enfin porté ses fruits, et les derniers vestiges de la
« tache originelle disparaîtront du front de l'homme
« recréé, recréé à l'image de Dieu, innocent, impec-
« cable, et heureux à rendre les anges jaloux. »

Ainsi parlait Mouton, lorsque, lisant sur mon visage
l'expression d'une vive anxiété, il s'arrêta brusquement, et changeant de ton :

« — Pauvre cher ami, me dit-il, tu me prends pour
« un insensé, car tu ne me fais pas l'injure de voir en

« moi un sectaire hypocrite ou un de ces dieux d'es-
« taminet dont j'ai pu te rappeler le style. C'est ma
« faute, j'ai été trop vite et trop loin. J'ai oublié l'im-
« portance des transitions ; mais allons dîner, et je te
« réponds qu'avant le dessert, tu me tiendras pour
« aussi raisonnable que j'ai dû te paraître fou.

« Un mot, en attendant, rien qu'un mot d'explica-
« tion préalable : encore une fois, crois-le bien, j'ai
« toute ma raison ; mais je suis ce qui ressemble le
« plus à un lunatique ; je suis…

« — Un inventeur ? m'écriai-je.

« — Précisément. — Çà, maintenant, voilà un fiacre,
« tu le prends. — Cocher, barrière du Maine, chez la
« mère Saguet.

« — Connu, bourgeois. »

*
* *

Il connaissait la mère Saguet, ce brave sapin, et
comment ne l'aurait-il pas connue ? Quel homme un
peu mal élevé n'avait été une fois au moins chez la
mère Saguet ?

Il n'y avait que moi, un pilier du Jardin des Plantes,
pour ignorer même de nom une guinguette où fré-
quentaient Charlet, Poterlet, Juhaut, M. Thiers et autres fourchettes artistiques et politiques.

On y serait allé, ne fût-ce que pour voir de si grands
personnages lançant le cochonnet, jouant aux quilles,
et faisant sauter un lapin, en attendant mieux.

Mais il était écrit que mon ami Mouton ne ferait et
ne dirait rien ce jour-là qui ne fût de nature à étendre
et à élever mes idées, à compléter mon initiation. Je
ne vois rien dans mon cerveau qui ne vienne de cette

source, qui ne remonte, comme date, à cette mémorable journée. Il est vrai qu'elle dura au moins trente heures, car, en me réveillant chez moi le lendemain, j'appris que je n'étais rentré qu'au petit jour.

Ainsi, pour en revenir aux obligations que j'ai à Mouton, à quel autre ai-je dû de comprendre l'importance des transitions, et la meilleure façon de les obtenir naturelles, qui est de ne les jamais chercher ?

On peut dire des transitions qu'elles sont les faveurs les plus intimes et les plus rares de la Muse ; or, la Muse étant femme, comment espérer quelque chose d'elle si l'on paraît s'en soucier ?

Supposons, par exemple, qu'au premier tiers de ce récit, ne sachant plus comment passer du naturaliste à l'inventeur, je me fusse mis à crier : « O Muse, chaste Muse, au secours ! Votre main, de grâce, votre blanche main, et mettez-moi avec précaution dans un joli petit sentier transitoire qui me ramène à l'inventeur ! » Croyez-vous que jamais la friponne m'eût fait trouver, rue Mouffetard, ce digne pendant de l'ami Hervé ?

Tout au plus m'eût-elle jeté à la tête un de ces inventeurs comme on en remue à la pelle, de ceux à qui on dresse des statues pour faire plaisir à leur endroit natal.

A ce sujet, vous aurez remarqué comme moi, mon pays, que l'inventeur à qui on dresse une statue est généralement, des dix ou douze inventeurs de l'invention, le seul qui n'y ait rien mis de son cru.

Mais n'avez-vous pas observé aussi que pour peu qu'une idée soit bonne, celui qui l'a eue ne trouve jamais un centime pour l'exploiter ?

Faute de transition peut-être.

Mais qu'il s'agisse de la direction des aérostats, par exemple, ou du *tunnel* de la Martinique à la Guadeloupe, le capitaliste badaud y donnera tête baissée. Il n'y aura que faire avec lui de transition.

Ainsi, tandis que Sauvage se ruinait isolément pour cette même hélice que tant d'autres ont inventée après sa mort, mon ami Mouton avait trouvé un associé pour exploiter, de concert avec lui, une découverte dont il est temps de vous parler.

Voici de quoi il s'agissait :

Le système de Gall admis *à priori*, et l'expérience ayant démontré combien est malléable le crâne des enfants nouveau-nés, Mouton avait imaginé, et fabriqué lui-même, une œuvre digne de Vulcain, un léger bourrelet d'acier comprimant graduellement et à volonté les protubérances des vices, et développant sans mesure les organes de toutes les vertus.

C'était là ce qu'il appelait la *calotte pandoroplastique*.

Et quand je songe que moi, qui raille ici le capitaliste badaud, je fus assez badaud moi-même... Mais, par bonheur, je n'étais pas capitaliste.

*
* *

O candeur du jeune âge ! ô simplicité sainte ! ô vins *extrà* de la mère Saguet ! On n'en fait plus de ces vins-là, mais on fait toujours des calottes *pandoroplastiques* ! O précautions oratoires de tokay et de clos-vougeot ! transitions mousseuses, malvoisie, ambroisie, nectar de la comète, et vous, bouteilles étoilées ! qui me rendra l'innocence dont vous abusâtes si délicatement cette nuit-là?

Grâce à vous, j'ai vécu en quelques heures tout un siècle de l'âge d'or. J'ai vu le miel couler de l'écorce des chênes; tous les hommes étaient des anges; toutes les femmes étaient des femmes; pas un enfant, pas un jeune homme qui parlât de son avenir. Plus de tribunaux, à quoi bon? plus de guerre, plus d'autres combats que ceux de la lyre et du chant, et, pour toute chasse, la chasse aux étoiles. *Io pæan!* Tout le monde était bon, trop bon; tout le monde avait de l'esprit, mais de l'esprit que c'en était bête, à la longue.

Heureusement je m'éveillai juste au moment où tant de perfections allaient finir par m'ennuyer; et, chose étrange, de tant de gens aimables avec qui je venais de passer mon temps, je ne regrettai que Mouton.

Les jours, cependant, les mois se passèrent sans m'apporter de ses nouvelles. La mère Saguet, chez qui je retournai, ne l'avait pas revu; et quant à la calotte *pandoroplastique,* dont le succès m'aurait remis sur les traces de son auteur, j'avais beau lire les journaux, rien, pas un mot, même de M. Émile de Girardin, sur cette réforme mécanique qui devait changer la face du monde.

*
* *

Je commençais à concevoir quelque inquiétude sur l'avenir pratique de ce merveilleux appareil, et, partant, sur le sort de son inventeur, lorsqu'un soir je trouvai chez moi une lettre « apportée, me dit-on, par « un homme mal mis, et les cheveux ébouriffés; il

« avait regretté beaucoup de ne pas rencontrer mon-
« sieur. A mon idée, ça doit être un auteur ou un
« marchand de contre-marques. Après ça, monsieur
« reçoit de si drôles de gens !... »

Ainsi s'exprima mon portier, brave homme, du
reste, mais trop fier, parce qu'il avait fait, disait-il, ses
études.

La lettre était ainsi conçue :

« Enfin je te retrouve. Mais comment t'avais-je
« perdu? Au fait, j'avais bien perdu mon adresse;
« j'ai été deux jours sans la retrouver.

« Quand on dine chez la mère Saguet, on devrait
« toujours avoir sa carte attachée sur le dos avec une
« épingle :

« Voici la mienne, sans épingle :

ARISTIDE MOUTON,
Dit l'Ébouriffé,
Carrière Montmartre, Excavation n° 7.

« P. S. Que ce détail ne t'effraye pas, ô mon ami :
« j'ai élu domicile dans ces lieux frais et vastes, pour
« des raisons de sûreté publique : une nouvelle inven-
« tion qui enfonce tout ; une petite poudre avec la-
« quelle : pfft ! et puis plus rien, ni ciel ni terre, si je
« voulais.

« Nous sommes là des gens très-bien. Toujours un
« peu de mélange, comme partout ; mais je sais que
« tu ne crains pas trop la société panachée. M. Cho-
« druc-Duclos, un homme politique, c'est le plus bête.
« Un autre qu'ils appellent le Mapa??? M. Petin, un
« inventeur, mais pas dans mon genre, Petrus Borel
« le lycanthrope, et un nommé Lassailly, qui parle
« beaucoup et très-bien.

« Gérard de Nerval est venu nous voir l'autre jour.
« Il est ravi de mon idée. Il espère que Théophile
« Gautier voudra bien me faire un article.

« A vendredi l'expérience... en petit, sois tranquille.
« Nous t'attendons ; mais ne viens pas de trop bonne
« heure, car, c'est étonnant, mais plus je couche sur
« la dure, et plus je deviens paresseux au lit.

« Tout à toi,

« MOUTON. »

***

Vous pensez si je fus exact à un rendez-vous qui
me promettait de si belles choses. L'expérience ne
réussit pas ; mais la caverne de Montesinos offrit
moins de merveilles au sage héros de la Manche que
je n'en admirai dans ces carrières de Montmartre, aujourd'hui fermées, hélas ! à la science et au malheur.

Il n'y eut pas jusqu'aux moulins de la fameuse butte
qu'en sortant je ne prisse pour des géants.

Quant aux autres choses extraordinaires que je vis
et fis dans cette rencontre, elles dépassent tellement
les bornes de la vraisemblance, que tous les vins de
la mère Saguet suffiraient à peine à vous y préparer.
D'ailleurs, il faut quelquefois savoir ne pas tout dire,
mon pays, c'est la leçon que je tenais à vous donner.

***

Encore un mot cependant, rien qu'un mot pour ne
pas vous laisser dans l'inquiétude sur le sort de mon
ami Mouton.

Tranquillisez-vous à cet égard ; que la leçon du ca-

nard initiateur ne soit pas entièrement perdue pour
vous. Il y a du bonheur ailleurs qu'à la ménagerie. On
a supprimé le ruisseau, on a fermé les carrières Montmartre, mais on n'a pas supprimé l'espérance ; on n'a
pas fermé les portes du jardin céleste, de l'Éden changeant et toujours nouveau comme les nuages, où règne en esprit et en innocence mon ami Mouton accom-
pagné de beaucoup d'autres.

Mouton est toujours le Mouton du collège et de la
rue Mouffetard, ce même Mouton qu'avaient si bien
jugé du haut de leur grandeur un herboriste chauve
et un perruquier chevelu ; Mouton est toujours le *poëte*
des mathématiques, le *Polonais* de la science.

J'ajouterai que si ses cheveux ont un peu blanchi,
peut-être n'en sont-ils que plus ébouriffés.

Et cependant Mouton a mis de l'eau dans son vin :
Mouton, à ses moments perdus, donne des leçons de
mathématiques. Le reste du temps il invente.

Il y a cinq ans, Mouton avait trouvé le secret des
Rembrandt, des Titien, des Corrége, ce secret qui jusqu'à nos jours avait si bien échappé à l'école française. — Ce secret, pensez-vous, c'est l'art de naître
coloriste. — Aucunement : c'est un enduit, un vernis
si vous aimez mieux, un simple vernis, qui passé au
blaireau sur la première toile venue en fait un Véro-
nèse ou, pour le moins, un Delacroix.

La dernière Exposition des Beaux-Arts a montré ce
qu'il en était de cette grande découverte.

Après, ce fut une marmite, un pot-au-feu, qui
s'écumait lui-même. Sur le papier, l'appareil était
admirable ; mais que de rouages, et d'engrena-
ges, et de soupapes ! ce pot-au-feu eût coûté plus

cher qu'un chronomètre de l'ingénieur Chevallier.

On voit par là que, dans l'invention même, Mouton a beaucoup rabattu de ses prétentions.

Pour le moment, à la *marmite autaphroballe* a succédé le *bilboquet indéfectible,* un bilboquet avec lequel on ne manque jamais son coup.

Mouton n'admet pas qu'un jeu où l'adresse est rendue inutile, le calcul impossible, et le hasard de nul effet, cesse naturellement d'être un jeu.

Si on lui dit qu'autant vaudrait le jeu de barres sans courir, le colin-maillard sans bandeau, il répond : qu'il y a des jeux d'oie sans oie, et qu'à colin-maillard on y voit toujours, c'est connu.

Maintenant, mon pays, vous voilà tranquille : un homme qui trouve à tout bout de champ des arguments de cette force-là ne peut pas être malheureux.

*
* *

Ainsi se termina enfin la leçon d'unité et de laconisme que mon pays m'avait promise. Je le remerciai en termes brefs, mais bien sentis, car, lui dis-je, vous ne m'avez pas seulement guéri par votre exemple de la digression et des longueurs, mais encore, au lieu d'une étoile, vous m'en avez généreusement donné deux. Vous avez fait coup double, sans vous en douter.

— Expliquez-vous, mais soyez bref, me dit en souriant mon pays.

— Chut! fis-je, et j'ajoutai en le citant : il faut savoir ne pas tout dire.

Il allait répliquer; mais je l'arrêtai court en posant

un doigt sur ma bouche, et en lui montrant de l'autre la pendule qui marquait minuit et demi.

Cet excellent garçon prit fort bien la plaisanterie; il imita silencieusement mon geste, et s'esquiva sur la pointe du pied.

Je crois bien qu'à la fin il avait compris.

6.

CHAPITRE XI

UN BON TYPE DE PARISIEN

Timon est né mécontent, mécontent des hommes et des choses, du beau temps et de la pluie, de Dieu et du diable, de tout enfin, et de lui-même par-dessus le marché; mais ce qui me paraît quelquefois bien dur, c'est qu'il est surtout mécontent de moi.

Et cependant il me recherche, je pourrais même dire qu'il me poursuit; il m'aime évidemment, il m'en a donné des preuves touchantes; mais qui aime bien châtie bien, et, en vérité, il y a des jours où j'aimerais assez que Timon ne pût pas me souffrir.

Je crois n'avoir pas l'air d'un homme à influer beaucoup sur les affaires de mon siècle, à peser d'un grand poids dans les conseils des cours. Dieu m'est témoin que je n'ai été pour rien, mais pour rien au monde, dans la *déclaration des droits de l'homme*, dans la prise de la Bastille, dans le coup d'État du 18 brumaire, ni dans aucun autre, Dieu merci. Ce n'est pas moi, quand le diable y serait, qui ai renversé cinq gouvernements depuis 1814; je suis aussi étranger à leur chute qu'à celle de la dernière pièce de M. Scribe.

Aussi, quand Timon vient me dire :

— Eh bien, *vous* en faites de belles à *votre* Comédie-Française! Voilà encore une pièce de M. Scribe que *vous* faites tomber : elle était mauvaise, je le veux bien, tout le monde le dit, je *vous* l'accorde; mais celle qui va la remplacer, ne voyez-vous pas qu'elle sera encore pire? Allez, une époque n'a jamais que la littérature qu'elle mérite. Chez un peuple comme le *vôtre,* croyez que la dernière comédie est toujours la meilleure ou la moins mauvaise. En changer à tout moment, comme *vous* le faites, c'est seulement hâter la décadence du théâtre, dans l'intérêt de *vos* mesquines passions.

Oui, franchement, quand Timon, dès le point du jour, agite violemment ma sonnette, jette ma porte contre le mur, s'engouffre dans ma chambre comme un tourbillon, comme un ouragan, tire brusquement mes rideaux, se pose en face de moi, les bras croisés sur sa poitrine, les yeux étincelants, et qu'il me prend violemment à partie, j'ai des envies de l'envoyer à tous les diables, lui, *sa* comédie, *son* époque, *sa* décadence, et tout le reste. Heureusement je me retiens, car avec les pouvoirs qu'il me suppose, Dieu sait ce qui arriverait.

*
* *

On ne peut pas se figurer combien est dangereuse pour une tête faible, et c'est un peu l'histoire de la mienne, l'action d'un homme-marteau, comme Timon. A force de tout m'attribuer, de faire de moi le bouc émissaire des péchés d'Israël, il avait fini par étoiler ma conscience d'une infinité de scrupules et de superstitions étranges.

Il m'arrivait de me demander sérieusement, si, après *ma* victoire de Navarin, je n'avais pas fixé au

territoire de la Grèce des limites un peu trop res-
treintes.

Il est vrai que j'étais bien jeune à cette époque ;
mais, plus tard, n'avais-je pas à intervenir comme
conciliateur entre l'empereur Nicolas et les puissances
alliées ?

Tout récemment encore... mais ne touchons pas à
la hache !

Dormez donc du sommeil du juste, allez donc voir
lever l'aurore, avec une conscience bourrelée par de
pareils doutes.

Il m'en venait aussi, et des plus graves, sur la convenance de beaucoup de mes relations.

A force de m'entendre dire par Timon : « *Votre* roi
de Naples par-ci, *votre* Garibaldi par-là, *votre* empereur Soulouque et *votre* commissaire Yeh, *votre* car-
dinal Antonelli et *votre* M. de Cavour, j'en étais venu
à penser qu'il était temps de faire un choix entre des
amis de positions, d'opinions et de caractères si différents, si opposés : or, conciliant comme je le suis, il
m'en coûtait beaucoup de désobliger les uns ou les
autres.

Peu à peu, grâce au ciel, je me suis endurci, ou
plutôt, dans l'excès de ma perversité j'ai retrouvé la
preuve de mon innocence. Un homme seul ne pouvait
évidemment pas être si coupable, et le diable lui-
même n'eût pas suffi à déchaîner sur le monde tous
les fléaux que m'attribuait mon ami Timon.

Ce qui a le plus contribué à me rendre la paix de
l'âme, c'est une découverte que j'ai faite dans mon
ami, je dis dans mon ami, parce que pendant plus de
vingt ans je n'avais connu Timon que comme on con-

naissait l'Afrique au commencement de ce siècle. Je le jugeais comme on jugeait alors cette partie du monde.

Une reconnaissance fortuite, poussée au cœur même de mon ami, a d'abord modifié l'idée que je m'en étais faite; depuis, je l'ai traversé de part en part cinq ou six fois, et je n'avance rien sans preuves sur ce type éminemment parisien.

L'intérieur, chez Timon, diffère du littoral autant que le jour de la nuit. Le lac Tchad, avec ses eaux bleues, ses prés verts, les jardins embaumés, les vergers opulents, les blancs villages qu'il reflète, non, le lac Tchad n'est pas plus calme, plus bucolique. Le doux, le pur Niger lui-même, ce fleuve du Tendre africain, n'est pas plus limpide, plus blond, que ne l'est au fond mon ami Timon.

Un jour qu'il m'avait brusquement quitté sur une imprécation formidable contre *mon* pays et *mon* siècle, l'inquiétude m'ayant pris, je le suivis furtivement jusqu'à la Seine, où je craignais de le voir se précipiter. Quand je le rejoignis, il pêchait tranquillement à la ligne en sifflotant la *Parisienne*.

O Parisien! ô Paris!

CHAPITRE XII

GENTILLESSES DE TRADUCTEURS

L'homme qui n'a lu qu'un livre, l'homme qui vit d'un livre, *homo unius libri,* comme dit le latin dans sa concision piquante, n'est pas, en général, un homme très-amusant; mais il le devient quelquefois, pour peu qu'il ait traduit *son* livre d'une langue morte ou même vivante. Rien de curieux alors comme les préfaces et les notes de ce traducteur *unius libri.*

D'abord *son* auteur est toujours, à l'en croire, le meilleur de tous les auteurs. Aucun autre ne l'égale en grâce, en finesse, en délicatesse, en pureté, en énergie; ou, si quelqu'une de ces qualités lui manque trop évidemment, c'est qu'il l'a dédaignée, ou plutôt cette qualité cesse d'être une qualité. «D'autres, » dit en note le traducteur, « auraient accumulé ici toutes « les fleurs d'une rhétorique énervée : Homère eût « cherché par quelque épithète sonore à exprimer le « bruit des vagues de la mer; Virgile eût détaché la « figure de son héros sur un ciel dont la description « lui eût coûté au moins trois de ces vers qui lui « donnaient tant de peine à polir; Racine nous eût « fait voir

> ...Ses gardes affligés,
> Imitant son silence, autour de lui rangés.

« Il n'eût pas oublié ses chevaux, qui,

> L'œil morne maintenant et la tête baissée,
> Semblaient se conformer à sa triste pensée.

« Corneille lui-même, malgré sa fermeté nerveuse,
« eût peut-être projeté sur la scène

> Ces obscures clartés qui tombent des étoiles.

« Mais *notre* auteur néglige ces vains ornements ; sa
« muse austère nous dit simplement : *il faisait nuit,*
« *Siegffried marchait lentement au bord de la mer.* Il
« faisait nuit ! quel naturel ! et marchait lentement au
« bord de la mer, lentement au bord de la mer !...
« que ceux à qui cette forme semble trop nue ne
« poursuivent pas la lecture de notre auteur : ils ne
« trouveraient pas chez lui, nous les en prévenons, la
« stérile abondance, et les grâces étudiées qu'admire
« le faux goût moderne. »

Le faux goût moderne, voilà le perpétuel épouvantail des traducteurs toqués de leur auteur.

« Comment, s'écrie un des plus sérieux, comment
« des esprits dégoûtés de tout, susceptibles seulement
« d'être émus par les productions les plus bizarres et
« les plus monstrueuses en littérature, pourraient-ils
« prendre quelque intérêt à une composition pleine
« de sagesse, empreinte d'une sensibilité exquise,
« écrite d'un style enchanteur ? etc. »

Cette pensée désespérante l'aurait fait renoncer à
publier sa traduction ; mais, heureusement, un de
nos plus illustres professeurs de belles-lettres lui
affirme que « les autels du bon goût ne sont pas géné-

« ralement renversés · non, non ! le feu sacré y est
« entretenu par un nombre choisi de jeunes litté-
« rateurs qui gémissent sur les travers de la nouvelle
« école, et dont plusieurs préparent en secret des
« travaux dignes du meilleur temps. »

Notez que « les productions monstrueuses » qui
effrayaient ce bon traducteur, et ont failli nous priver
de sa traduction, ce sont les ouvrages de Brizeux,
d'Auguste Barbier, de Lamartine, de Victor Hugo, de
Mérimée, d'Alfred de Vigny, d'Alfred de Musset. Quant
aux jeunes gens, « qui préparaient en secret des travaux dignes du meilleur temps, » sans doute qu'ils
attendent, toujours en secret, un temps digne de
leurs travaux.

Or, voici ce qu'admire le plus dans son auteur ce
traducteur qu'alarmait tant le goût moderne, c'est un
passage où un amant reconnaît, sur le sable, la trace
récente des pas de sa maîtresse ; et à quoi la recon-
naît-il ? à ce que le talon y est plus marqué que la
pointe. Et pourquoi ce talon y est-il plus marqué ?
c'est en raison du volume et du poids considérable
des charmes postérieurs de la belle.

Après s'être pâmé en trente lignes sur la beauté de
ce passage, ce vrai type du traducteur *fanatico*, ce
professeur au Collége de France, ce membre de l'Académie des inscriptions, ajoute avec malice : « Quant
« à l'épithète si douce de *Nitambini*, par laquelle les
« Indiens désignent une femme ainsi douée par les
« Grâces, pourquoi ne serait-elle pas aussi bien reçue
« que celle de Callipyge, dans ce temps surtout où le
« beau sexe, *en dépit même de la nature*, se montre si
« jaloux de la mériter ?

En dépit même de la nature? qu'en savez-vous,
petit fripon?

*
* *

Mais c'est peu qu'un auteur soit le premier des
écrivains passés, présents et à venir, sa vie doit encore
être irréprochable, sa mort exemplaire, héroïque:
c'est l'affaire du traducteur, c'est le triomphe de son
étoile.

Pétrone, l'intendant des plaisirs de Néron, c'est tout
dire, Pétrone, afin d'échapper à quelque ingénieux
supplice, dont peut-être avait-il donné l'idée à son
maître, Pétrone se procura une mort lente et autant
que possible exempte de douleur. Païen, il était en
cela dans son droit; mais ce n'est pas assez pour le
traducteur que de l'approuver :

« Quel exemple! s'écrie-t-il, quel exemple avons-
« nous d'une mort plus héroïque! Caton réduit au
« désespoir s'y précipite en furieux; le grand Socrate
« s'en fait une affaire importante... il raisonne sur
« l'immortalité de l'âme; le voluptueux Pétrone ne
« veut point de réflexion sérieuse : cesser d'être lui
« paraît une conséquence nécessaire d'avoir été, etc. »

Catulle, un autre chenapan, à n'en juger que par
ce qu'il dit de lui-même, Catulle avait mangé à vingt
ans toute sa fortune; on ne prétend pas lui en faire un
crime, mais son traducteur ne se contente pas de
l'excuser : pour lui, dès qu'il est question de Catulle,
la prodigalité devient un talent, un art, un mérite,
une grâce : « Catulle, dit-il, *sut* dissiper jeune encore
« ce qui lui restait de patrimoine. »

7

« Sut dissiper » n'est-il pas bien joli dans la bouche
d'un professeur?

On ne connaît pas l'Université : plus je vais, plus
j'en raffole.

*
* *

Je n'insisterais pas autant sur cette tendance du
traducteur à l'optimisme, si elle n'avait généralement
pour effet d'épuiser tout ce qu'il y a en lui de bienveillance ; mais, malheureusement, par une réaction
naturelle à l'esprit humain, il n'a pas sitôt achevé
l'apologie à outrance de son auteur, qu'il tombe à
bras raccourci sur quiconque a eu avant lui la pré-
somption de le traduire.

« —Dans M. de M..., dit l'un d'eux, Démosthène est
« un malade que l'on voit bien avoir été un très-bel
« homme, mais qui est tombé dans un état de lan-
« gueur où ceux qui l'avaient vu et connu auparavant
« lui trouvent les yeux presque éteints, les traits à
« peine reconnaissables. Dans M. de T..., c'est un ma-
« lade d'une autre espèce, d'autant plus incurable
« qu'il se doute moins de son mal, et qu'il prend
« pour embonpoint ce qui n'est que bouffissure. »

« — On convient généralement, dit un professeur
« d'éloquence, membre, comme toujours, de l'Aca-
« démie des Inscriptions, que Tacite n'a pas trouvé
« parmi nous d'interprètes dignes de lui. D'A... traite
« son auteur avec une licence effrénée... il le mutile,
« le disloque, le décharne, le dessèche, et, sous pré-
« texte de lui donner plus de santé, il lui laisse à
« peine un souffle de vie. La traduction d'A... de la
« H... est précisément l'antipode de celle dont nous

« venons de parler; rien de plus servile et de plus
« rampant; nul choix, nulle finesse dans les tours;
« point d'expressions saillantes, point d'agrément dans
« le style; un bégayement perpétuel, un langage froid
« et trivial. C'est Tacite en laid et revêtu de haillons. »

Un M. B... a traduit un livre sanscrit d'après la traduction anglaise de M. J... Que dira M. C... qui, lui,
a fait sa traduction sur l'original même ? Il commen-
cera par mettre la version de M. B... fort au-dessous
de celle de M. J... : « Que le lecteur, s'écriera-t-il,
« veuille bien la comparer avec la traduction si élé-
« gante de J..., et qu'il dise s'il y retrouve la moindre
« trace de ce charme entraînant qui distingue si
« éminemment le style du célèbre orientaliste an-
« glais! »

Voilà donc M. B... *éreinté* avec l'aide de M. J...,
mais si cela allait profiter à ce dernier, si, au lieu de
la traduction française de M. C..., on s'avisait de recourir à la traduction anglaise de M. J..., cela ne ferait
pas l'affaire de M. C... : aussi se hâte-t-il d'ajouter que
la traduction anglaise, cette traduction si élégante, si
charmante, si entraînante, « est malheureusement
« défigurée par cinquante-deux contre-sens d'une im-
« portance majeure, outre un grand nombre de
« passages où mille petites nuances d'une délicatesse
« exquise (voir plus haut à *Nitambini*) ont échappé à
« la pénétration du savant traducteur. »

*   *
*

M. L. G... n'use pas de tant de circonlocutions :
« Une traduction de ***, dit-il ouvertement, était un
« ouvrage qui manquait à notre littérature. M... en

« donna une écrite en style barbare...; celle de des
« C..., quoique postérieure, n'a pas mieux rempli les
« vœux des lettrés... Le premier a eu au moins le
« mérite d'avoir senti quelquefois les beautés poé-
« tiques de son original, et d'avoir essayé de les rendre
« dans son langage gothique ; mais on ne peut attri-
« buer l'espèce de réputation dont a joui quelque
« temps la traduction du second qu'aux éloges de
« B..., et les éloges de B... *ne peuvent s'expliquer que*
« *par une prévention aveugle.* »

Ainsi, gare à ceux même qui auront osé approuver
une traduction antérieure à celle de M. L. G...

* *

Au reste, il paraît que même après M. L. G... une
traduction de ***** « manquait encore à notre littérature, » car ce poëte athée et matérialiste a eu encore
nombre de traducteurs. Un d'eux, même, s'est si
complétement identifié les doctrines de son auteur,
que le nom de Dieu, prononcé devant lui, fût-ce par
mégarde, lui paraît une attaque personnelle, une
pierre jetée dans son jardin, ou au moins une distraction impolie. Il a pour ceux qui s'oublient à ce point
le regard qui tua Racine, quand ce poëte trop sensible
eut prononcé devant Louis XIV le nom odieux de
Scarron. Aucun de ses enfants n'a été baptisé. Il leur
a donné à tous des noms empruntés de la Fable, et
ne leur a enseigné d'autre prière que la fameuse
invocation à Vénus. Encore a-t-il eu soin de leur expliquer que Vénus n'est que la personnification, le petit
nom collectif des atomes. Il nous semble qu'un traducteur de cette force mérite bien le nom d'original.

Aucun autre, en tout cas, n'avait encore poussé si loin la religion de son auteur, mais, malheureusement, dans cet accroissement de ferveur, il ne faut voir que la dernière lueur plus vive d'une lampe ou d'une étoile qui s'éteint. Personne aujourd'hui ne met plus vingt ans à traduire un auteur, mais on traduit, à ses moments perdus, une ou deux centaines d'auteurs. Comment? je n'en sais rien; est-ce à l'aide des traductions précédentes, et en y changeant çà et là quelques mots, ou n'est-ce qu'une des merveilles produites par la division du travail? Quand on voit annoncée *Traduction complète des classiques grecs, par M. X...*, les mots *et compagnie* sont-ils sous-entendus? Quoi qu'il en soit, comment proclamer tour à tour chacun de ces auteurs le plus grand de tous les auteurs? Comment s'identifier désormais les doctrines de tant de monde? Hélas!

> Encore une étoile qui file,
> Qui file, file, et disparaît.

CHAPITRE XIII

L'HOMME D'UNE IDÉE

§ I

C'est comme en Norvége.

Comme il y a l'homme *d'un livre*, il y a l'homme d'une idée ; vous n'êtes pas, lecteur, sans le connaître.

L'homme d'une idée, qu'il ne faut pas confondre avec l'homme de l'Idée — celui-là n'a aucune idée — ne diffère du monomane qu'en ce que sa manie n'est dangereuse ni pour la société ni pour lui-même : aussi ne l'enferme-t-on pas, et on a raison, ce serait dommage : l'homme d'une idée peut amuser quelquefois... un moment.

*
* *

Paul, étant jeune, a fait un voyage en Norvége : voici le fruit qu'il en a rapporté.

Parle-t-on de quoi que ce soit, d'un usage local, d'un trait de mœurs particulier à tel pays ou à telle ville, comme la *vendetta* des Corses ou l'hospitalité arabe,

— C'est comme en Norvége, dit Paul.

Vous vous plaignez des brouillards de l'Angleterre, vous vantez l'éclat et la pureté du ciel de la Grèce...

— C'est comme en Norvége.

Les magnifiques costumes des femmes de Genzano et de Velletri...

— C'est comme en Norvége.

— Malheureusement, ajoutez-vous, ces costumes si pittoresques tendent de plus en plus à disparaître, et peut-être est-ce là un symptôme du progrès que fait tous les jours l'*unification* de l'Italie.

— Hélas! soupire Paul, sans s'apercevoir que vous faites un barbarisme, hélas! c'est comme en Norvége, Messieurs : là aussi le costume est de plus en plus menacé. Après tout, ce n'est pas un mal : la Norvége et la Suède, réunies sous un même sceptre, ne sauraient trop tôt effacer ces nuances qui les divisent. Qui se ressemble s'assemble, comme disent les Norvégiens.

— En vérité, Messieurs, s'écrie un troisième interlocuteur, je vous admire avec votre *unification*. Je ne sais pas si ce mot est français, je ne connais pas la Norvége ; mais je viens de passer deux ans en Italie, et les beaux costumes dont vous parlez ne sont nullement près de disparaître ; pas plus, au reste, que les différences de mœurs et de dialectes, qui seront toujours un obstacle à votre *unification* de l'Italie.

— Eh bien! Monsieur, dit Paul, c'est comme en Norvége. On voit bien là quelques pauvres diables qui renoncent au costume national pour acheter à bon marché des *confections* anglaises ou françaises; mais les masses, Monsieur, les masses restent fidèles au pittoresque. La Norvége et la Suède ont beau ne faire qu'un royaume, elles ne *s'unifieront* jamais par le costume ni par les mœurs, et peut-être n'est-ce pas un mal ! Qui se ressemble se gêne, comme nous disons en Norvége.

§ II

Chi disprezza ama.

Au premier abord, l'idée de Marius paraît double, errante, changeante, mais ce n'est là qu'une illusion d'optique. En réalité, elle est une, elle ne varie pas, c'est une étoile fixe. Marius a fait de l'aristocratie de naissance l'étude, l'amour, la haine, — en un mot, la passion de toute sa vie. Il a pour elle cette sorte de sentiment qu'Alceste a dû garder dans son désert pour Célimène.

Là, je vois « l'homme aux rubans verts » uniquement et sans cesse occupé d'Elle, toujours prompt à médire de l'impitoyable coquette, à s'emporter contre son souvenir, à la charger d'imprécations... à moins qu'un autre ne s'avise de faire chorus avec lui, auquel cas vous apprendriez que c'est à lui, à lui seul, le jaloux, de la haïr, de la maudire.

Quelque tort dont vous l'accusiez, quelque tache que vous trouviez dans cette froide et radieuse étoile : « Oh ! pour cela, c'est faux ! s'écrie Alceste ; je ne suis pas payé pour la défendre, mais je ne peux souffrir de l'entendre calomnier. »

Ainsi, croyez-moi, n'y revenez pas, ne touchez pas

à Célimène. On vous l'abandonnerait toujours pour tout le reste... mais jamais sur le point où vous la croiriez attaquable.

Si, au moins, elle eût toujours été impitoyable, inaccessible, on se consolerait, on l'aurait oubliée peut-être; mais s'être vu si près.... et si loin d'elle, à un cheveu... à un abîme!

De tout cela, il y a quelque chose dans le sentiment complexe qu'inspire à Marius l'aristocratie de naissance. Ce publiciste sans cachet, petit esprit et petit cœur, est de toute façon à cent lieues d'Alceste; mais, devant la passion, quelles distances ne s'effacent?

Érudit comme un Mabillon, ferré comme un d'Hozier sur la matière de son choix ou de son instinct, Marius, cet *homme aux opinions avancées,* sait par cœur la généalogie de toutes les maisons de France.

Emploie-t-on devant lui à faux l'expression de gentilhomme :

— Ça, dit-il du ton le plus méprisant, ça un gentilhomme! Plaisantez-vous? famille de robe, anoblie en 1507. On vous en donnera des gentilshommes à ce prix-là; mais rappelez-vous donc une distinction bien simple, une distinction élémentaire : ce qui fait le gentilhomme, ce n'est pas le titre, ni les dignités, ni la position, ni les alliances : c'est la race. Le premier anoblissement date de 1399. Tout ce qui remonte au delà est de fait et de droit gentilhomme; tout ce qui vient après, néant. Les souverains font des nobles, les peuples font des souverains; mais des gentilshommes, il n'y a que Dieu pour en faire, et il n'en fait plus; il a tiré l'échelle en 1399. Un anobli, c'est un roturier titré, voilà tout.

7.

*
* *

— Quoi ! pensez-vous, est-ce bien là ce Marius qui écrivait hier encore dans son journal : « ... l'aristo-cratie de mérite, la seule vraie, la seule qui ait une importance, une signification quelconque..., » etc., etc.

— Mon Dieu ! oui ; et dans un moment il en dira bien davantage... Et, tenez, le voilà parti contre le faubourg Saint-Germain, ce pauvre faubourg Saint-Germain, l'endroit du monde où on parle le moins noblesse, où on sait le moins le blason.

— Moi, s'écrie Marius avec son rire sardonique, je ne suis pas *né*, comme on dit au *noble faubourg ;* je suis vilain, et très-vilain, vilain comme Béranger, comme Racine, comme Shakspeare, comme Newton, comme Raphaël.

— Comme Michel-Ange, ajoutez-vous machinale-ment.

— Comme Michel-Ange ? s'écrie Marius scandalisé ; ah çà ! où avez-vous la tête ? Michel-Ange, un vilain ! Michel-Ange Buonarotti ! lui, un rejeton direct de l'il-lustre maison des comtes de Canosse, et par sa mère de celle des Neri ! Peste ! je voudrais bien être vilain comme Michel-Ange Buonarotti.

*
* *

Vous vous excusez humblement ; vous reconnaissez votre erreur. Marius pardonne à votre ignorance, et là-dessus, insensiblement, de fil en aiguille, il en arrive à parler de sa mère :

— Une demoiselle de Tartempierre, qui avait une fleur de lis dans ses armes, une fleur de lis, une seule, et vous savez que moins il y en a, plus c'est beau. Et voici à quelle occasion cette pièce fut ajoutée par Charles V au blason des Tartempierre qui portaient d'or fascé de gueules, comme, au reste, on le voit à Versailles, salle des Croisades. Figurez-vous qu'un jour, à la bataille de...

Laissez, laissez-le s'enferrer, et il vous fera bientôt remarquer la cambrure de son cou-de-pied, la finesse de ses cheveux, la délicatesse de ses attaches, autant de signes de bonne race.

Mais tout à coup il s'interrompt :

— Bagatelles que tout cela, enfantillages, niaiseries, qui ne prouvent rien, absolument rien ; car enfin, tel que vous me voyez, mon grand-père était un charron, un simple charron ; mon père, constituant d'abord, puis conventionnel, mais non régicide — rien que par égard pour ma mère, il ne serait pas allé jusque-là — il est mort préfet de l'Empire, un homme de fer, un géant de la grande époque !

Toutes ces belles choses, Marius les débite en se dandinant, en chevrotant, en grasseyant, comme Samson dans le *Marquis de la Seiglière*. Et, à le voir, à l'entendre, vos idées se confondent, vous ne savez plus qui vous parle. Est-ce un écrivain libéral, un élève de Paul-Louis Courier, — vigneron, — ou un voltigeur de Louis XV ? — un *progressiste*, un soldat de l'*idée* ou un vétéran de Royal-Cravate ? un Marius ou un Sylla ?

Ni l'un ni l'autre, c'est le meilleur garçon du monde, ce qui revient à dire le plus nul : son seul malheur, c'est qu'il y a en lui du charron et du Tartempierre. Tout l'un ou tout l'autre, il serait parfait.

Et voilà ce que c'est que les mésalliances.

§ III

L'antifonctionnaire.

Il arrive parfois que l'idée de l'homme d'une idée est une idée juste; cette idée alors le possède à un point dont on ne peut pas se faire une idée.

L'idée du statuaire Léonidas est que le *fonctionnarisme* — passez-lui ce barbare néologisme — est le ver rongeur des sociétés modernes. Mort au *fonctionnarisme!* écrasons le *fonctionnarisme!* Léonidas ne sort pas de là, ou, s'il en sort, tout l'y ramène. C'est sa thèse, son triomphe, sa chose à lui, sa propriété, son fromage; il y vit retiré des choses d'ici-bas, comme le rat de La Fontaine. Ratopolis est-elle bloquée, c'est la faute du *fonctionnarisme*. Un nouveau scandale s'est-il produit, Ratapon a-t-il passé à l'ennemi, Psicarpax a-t-il accepté un plumail de Rodilardus, Méridarpax a-t-il prêté son sixième serment dans les mains de Grippeminaud, — que voulez-vous? s'écrie Léonidas, qu'attendre de mieux d'un peuple de fonctionnaires? quelle indépendance de caractère, quel dévouement à un principe, pouvez-vous demander à qui vit de l'État? L'État change, on change avec lui. Ne me parlez pas du *fonctionnarisme*.

*
* *

L'idée de Léonidas s'est déclarée chez lui de très-bonne heure, et il faut lui rendre cette justice, qu'il y a conformé sa vie, au prix de bien des sacrifices.

Tout jeune, il refusa d'entrer dans un lycée, où son père — un fonctionnaire — avait obtenu pour lui une bourse. Il trouva plus digne de ne rien faire que de devoir son éducation aux fruits du *fonctionnarisme.*

Un même sentiment de fierté l'empêcha de prendre un emploi qui lui eût permis de soutenir sa mère restée veuve, et, comme on blâmait ce refus :

— C'est toujours, dit-il, par des considérations de ce genre qu'on arrive aux plus honteuses transactions de conscience. Le sentiment a fait commettre plus de lâchetés que la faim.

*
* *

Léonidas n'est pourtant pas un mauvais fils, loin de là, et il l'a fait voir ; mais que deviendrait l'homme d'une idée, si, pour une raison ou pour une autre, il lui fallait planter là son idée ?

Il est facile à des gens qui, comme M. Émile de Girardin, par exemple, ont de quoi changer d'idée et de linge trois fois par jour, de s'en passer de temps en temps ; on ne se lève pas ce jour-là, voilà tout ; mais Léonidas n'a pas envie de rester au lit éternellement, ou de se montrer dans l'état où madame de G. va au bal.

Donc, bien que son idée, avec le temps, ait perdu un peu de sa fraîcheur, il la garde, il y tient, et ne la donnerait pas pour une neuve.

*
* *

Le plus grand sacrifice que Léonidas ait fait à son idée, ce fut d'embrasser la profession de sculpteur; il n'avait pour les arts aucune disposition, et il s'en rendait parfaitement compte; mais, la carrière des beaux-arts passant pour la plus indépendante de toutes, et l'art sculptural, en particulier, exigeant moins d'idées qu'aucun autre, moitié instinct, moitié réflexion, il se lança à corps perdu dans cette voie, voie épineuse, voie douloureuse, s'il en fut.

Homme de volonté et de suite, comme tous ces hommes d'une idée, un succès inespéré devait couronner ses efforts : Léonidas est depuis vingt-cinq ans un de nos sculpteurs les plus médiocres, et, grâce à sa seule persistance, malgré l'intrigue, malgré Minerve, malgré tout, il en est arrivé à vivre de privations qu'il partage, en bon fils qu'il est, avec sa vieille mère.

*
* *

Inutile de dire que Léonidas est demeuré célibataire. Le mariage, suivant lui, ne peut plus être désormais qu'une pépinière de fonctionnaires; bien plus : c'est la pente la plus rapide qui mène au *fonctionnarisme* : « J'ai une femme et des enfants. » Avec ces six mots, dits d'un certain air, il n'est sorte de bassesse qu'on ne pallie; ils légitiment à nos propres yeux toutes nos faiblesses. Combien de démissions imposées par l'honneur, écrites même, dans un premier mouvement de vergogne, se sont envolées par la cheminée, devant cette magique formule : « J'ai une femme et des enfants! »

*
* *

⸱ Tout cela est fort bien, dit un inconnu qui écoutait ce long panégyrique avec humeur — je dis un inconnu pour abréger; entre nous, c'était un employé du ministère des finances, — tout cela est fort bien, mais votre monsieur Léonidas, de quoi vit-il, en somme ?

— De rien.

— Quoi ! rien ?

— Peu de chose.

— Mais encore ?

— Oh ! mon Dieu ! il a de loin en loin une petite *commande*, une statue de mauvaise pierre pour une ville de département, un saint peu répandu pour une église de village, un vase à mettre quelque part, un bout de frise dans un coin.

— C'est en effet peu de chose ; mais enfin ces commandes, qui les lui fait, qui les lui paye ?

— Qui ? parbleu ! le gouvernement.

— Le gouvernement ? mais alors, votre monsieur Léonidas qui crie tant contre le *fonctionnarisme*, c'est un fonctionnaire, après tout.

— Eh bien ! oui, Monsieur, oui, un fonctionnaire sans le savoir : de grâce, ne l'éclairez pas ! laissez-lui son illusion : c'est un si bon homme, mais, que voulez-vous ? il a *son idée*.

* *

Le poëte Lucrèce a dit d'après un des oracles de la sagesse antique :

> Le connais-toi toi-même est descendu du ciel.

Faut-il le croire ? en est-il vraiment descendu ? Tout ce que je peux dire, c'est qu'il ne se trouve plus dans les étoiles. Léonidas nous l'a déjà fait craindre, et son exemple pourrait suffire à le prouver, vu la foule d'individus que représente ce bonhomme dans l'art statuaire et ailleurs. J'en sais cependant un autre si curieux, si particulier, que ce ne sera pas trop pour ses coudées franches de tout le chapitre suivant.

D'autant plus qu'il est d'une espèce beaucoup plus rare que celle de l'artiste fonctionnaire sans le savoir.

CHAPITRE XIV

L'ÉTOILE DU BERGER

§ 1

Le comte de Daphnis, le pape Mélibée et l'Académie des Arcades.

Et lui aussi, il fut berger en Arcadie... et receveur particulier à Paris sous le nom de comte de S.

On l'appelait aussi le comte de Daphnis, quand on voulait caresser à la fois ses prétentions aristocratiques et sa tocade pastorale. Son portier n'y manquait jamais aux approches du jour de l'an.

Quant à l'Arcadie dont il est ici question, on a compris qu'il s'agissait de l'Académie des Arcades ou Arcadiens, fondée à Rome le 15 octobre 1690, sous l'invocation de Jésus-Christ naissant. La nouvelle colonie arcadienne ne pouvait manquer de s'accroître et de prospérer, sous les auspices d'un Dieu né dans une étable et adoré par des bergers : aussi voit-on qu'elle comptait déjà, dans la première année de son institution, onze cent quatre-vingt-quinze membres, tous bergers de cœur, et pas un de fait.

En tête figurait le pape Innocent XI, qui, sur la liste égalitaire des Arcades, avait pour nom pastoral Mélibée.

Des souverains tels que Léopold IV sollicitèrent la

faveur d'être admis à jouer au berger dans cette arène bucolique :

..... Habitarunt dî quoque silvas.

Aussi la plus parfaite convenance y était-elle de rigueur.

..... Silvæ sint consule dignæ.

De graves magistrats, des princes de l'Église, s'y disputaient le prix de la flûte et du chant.

Des inquisiteurs s'y plaignaient en vers langoureux de l'inconstance de leur bergère.

Des auditeurs de Rote y célébraient en acrostiches les charmes d'Églé ou d'Amarillys.

Et tout cela jusqu'en plein xviiie siècle, au moment que Voltaire écrivait *Zadig*.

Il est vrai qu'à la même époque Bernardin de Saint-Pierre travaillait à son Arcadie, que la révolution l'empêcha d'achever.

*
* *

Quoi d'étonnant, au reste, que la philosophie et la pastorale faisant alors si bon ménage ensemble? Virgile n'a-t-il pas commenté Épicure dans une églogue? De tout temps la pastorale a laissé percer des prétentions philosophiques. Et que voulait, il y a cent ans, la *philosophie,* sinon paître le monde entier sous sa houlette?

Elle aurait volontiers écrit sur son chapeau :
C'est moi qui suis Guillot, berger de ce troupeau.

§ II

Quoi qu'il en soit des susdites prétentions, le xviiie siècle est celui de tous où a pu le mieux s'observer la conjonction de l'Idylle et de la Philosophie.

Sous l'influence combinée de ces deux étoiles majeures, de Trianon à l'Ermitage, de Sans-Souci au Janicule, où se tenaient les états d'Arcadie, c'était à qui bêlerait le plus tendrement; on n'entendait que pipeaux et musettes; on ne voyait que lacs et entrelacs d'amour, trophées champêtres, avec râteaux et houlettes en croix, danses autour du mai et menuets sous la coudrette.

Le monde, dégoûté de la chevalerie, semblait prêt à se faire berger comme don Quichotte, ce type des grands *étoilés*.

Si bien que, la veille encore de la prise de la Bastille, nombre de gens attendaient le retour de la divine Astrée, et cette paix universelle que prédisent encore aujourd'hui pour demain les Tircis phalanstériens et les Daphnis humanitaires.

Car l'Idylle est impérissable.

Les moutons passeront peut-être, mais les bergers ne passeront pas. Les loups non plus : il y aura toujours des loups pour manger les moutons et même les bergers.

Le loup est le grain de sel de l'Idylle; mais n'y eût-il plus ni loups, ni moutons, ni bergers, l'Idylle n'en vivrait pas moins, car on ne sait pas une seule idylle qui ait pour auteur un berger.

Théocrite, Bion, Moschus, ont gardé les moutons comme vous et moi, comme l'auteur des *Bucoliques,* comme Sannazar, qui fut un sujet très-fidèle, mais non un fidèle berger.

L'auteur de *Daphnis et Chloé,* un sophiste, a eu pour meilleur traducteur un évêque.

Cervantes ne fut qu'un héros.

Le poëte du *Pastor Fido* et celui de l'*Aminta* gardèrent les moutons à la façon de Sannazar et de Virgile.

Racan était monsieur le marquis de Racan.

Segrais a composé toutes ses églogues à Paris, et Gessner les siennes à Zurich.

L'auteur d'*Estelle et Némorin,* le traducteur de la *Galatée* de Cervantes, M. de Florian, fut capitaine de dragons.

*
* *

Chaque siècle a eu son étoile; mais on peut dire de l'Idylle qu'elle a été l'étoile de tous les grands siècles.

L'Idylle se transforme, mais ne meurt pas: pourquoi? parce qu'elle est essentiellement humaine.

Quoi de plus humain, en effet, que de prêter suivant les temps à des bergers et à des pastourelles les sentiments des habitants des villes, les théories sociales des partis, les subtilités de l'école, la politesse des salons, les convoitises de la mansarde et les raffinements des conversations de boudoir?

Quoi de plus humain, en un mot, que ce qui n'est

pas naturel ? L'art comme la civilisation est une con-
quête de l'homme sur la nature : or l'Idylle est la dernière expression de l'art et de la civilisation. Là où
l'Idylle est en honneur, là est un centre de civilisation éminente, mais inquiète et déjà lasse de sa grandeur.

Que ce point central se déplace, qu'il passe, par
exemple, d'Athènes en Sicile, et vous avez Théocrite,
Bion, Moschus.

Semble-t-il un moment vouloir se fixer à Alexandrie
en Égypte, Callimaque le Libyen y exhale le chant du
cygne de la civilisation grecque.

L'Églogue alors est déjà en chemin pour Rome. Elle
y entrera dès qu'Auguste aura limé les dents des enfants de la louve, quand le latin des Plaute, des Lucrèce, des Lucile, déjà poli par Térence et les Scipions,
aura dépouillé tout à fait sa rudesse archaïque, sa
verdeur, sa concision.

Singulière coïncidence ! pendant que la Pastorale
inaugure à l'Occident de l'ancien monde l'apogée
d'une civilisation qui n'a plus qu'à décroître, l'Orient,
presque à ce moment même, a, lui aussi, son Virgile.
Dans un des plus grands États de l'Asie, un prince
ami des lettres comme Auguste inspire au poëte Cali-
dâsa une pastorale historique et religieuse, et ce poëme
est encore aujourd'hui le monument le plus parfait
de la poésie orientale.

Ainsi l'Idylle marque chez tous les peuples le plus
haut point de leur culture intellectuelle, ce degré de
maturité où la corruption commence, le commencement de la fin. Pourquoi donc lui reprocherait-on son
manque de couleur locale, sa préoccupation, ses ré-

miniscences continuelles d'un milieu autre que les champs, si c'est par là qu'elle nous touche? Plus vraie elle nous plairait moins.

§ III

Comment le comte de Daphnis fut reçu membre correspondant de l'Académie des Arcades.

Revenons-en au comte de Daphnis, à qui appartient tout entier le panégyrique de l'Idylle qu'on vient d'admirer ci-dessus. Tout est de lui dans ce morceau : les vues neuves et profondes qui le distinguent, les contradictions qui le déparent, et aussi la pointe d'ironie qui y perce de temps en temps.

Quant à cette étrange opinion que la Pastorale est tenue à s'écarter le plus possible de son objet, le comte de Daphnis avait d'excellentes raisons pour la concevoir et la soutenir.

Le secret de notre fortune en ce monde est peut-être moins dans nos aptitudes que dans la première direction donnée à nos idées : né avec un esprit enjoué et même caustique, le malheur voulut que les premiers ouvrages qui lui tombèrent entre les mains fussent du genre pastoral. Ce genre était alors en grande vogue, mais cette vogue était déjà passée lorsque âgé de vingt ans à peine il publia à ses frais un certain *Actéon,* soi-disant pastorale qui ne trouva pas un lecteur, et dont pas un journal ne daigna même dire un mot.

Ses Églogues, Bergeries, Sylves, et autres compositions prétendues bucoliques, n'eurent pas plus de succès. Il leur dut néanmoins d'être reçu membre correspondant de l'Académie des Arcades, à qui il les avait adressées. Cet encouragement acheva de le perdre.

Mais à quoi tiennent les choses de ce monde ! que de ricochets, de vicissitudes, de fluctuations, de cascades, dans cette nomination de membre correspondant de l'Académie des Arcades ! dans l'octroi de cette faveur qui exerça une si déplorable influence sur toute la carrière du comte de Daphnis ! Et qu'il s'en est même fallu de peu qu'il ne fût pas le comte de Daphnis !

Mais ceci vaut la peine d'être examiné en détail.

*
* *

Le comte de S. envoie ses ouvrages magnifiquement reliés, et accompagnés d'une lettre respectueuse et digne, à l'Académie des Arcades.

L'Académie des Arcades nomme une commission pour examiner ces ouvrages.

La commission choisit un de ses membres pour procéder scrupuleusement à cet examen.

Ce membre se trouve être feu le marquis Terremuoto dei Sacripanti — en Arcadie Damœtas.

Le marquis Terremuoto dei Sacripanti jette scrupuleusement un coup d'œil sur les ouvrages du candidat, et pense que des livres si admirablement reliés peuvent se passer d'examen. L'admission du candidat est arrêtée dans son esprit, il fera donc un rapport favorable, pas plus tard que demain matin.

Mais, dans la soirée, il lui vient un remords ; il

craint de n'avoir pas rempli assez scrupuleusement ses obligations, et se décide à examiner plus à fond les ouvrages du candidat.

Mais il se trouve que par grand hasard, et seul peut-être de tous ses confrères, il ne sait pas un mot de français. Il ne faut pourtant pas que l'auteur en pâtisse, se dit le marquis; et il en revient à sa première intention de faire un rapport favorable, pas plus tard que demain matin.

Mais le marquis a un cuisinier français et par conséquent de beaucoup d'esprit; il s'en souvient tout à coup, et le charge d'examiner les titres du candidat au titre de membre correspondant de l'Académie des Arcades.

Le cuisinier français lit avec beaucoup de plaisir les ouvrages de son compatriote. Seulement il remarque avec une extrême surprise que les Sylves, Églogues et Bergeries du comte de S. ne sont autre chose que des satires dialoguées, et moins dans le goût de Virgile que dans celui des petits journaux de Paris.

Il en conclut avec regret que l'auteur n'est pas dans les conditions voulues, et il rédige, séance tenante, un rapport concluant, dans les termes les plus polis, à la non-admission du candidat.

Mais il lui en coûte énormément de rendre un si mauvais service à un compatriote. Les satires d'ailleurs l'ont énormément diverti. N'importe : quand le devoir a parlé, les sympathies n'ont plus qu'à se taire; il remettra le rapport à son patron.

Mais, il n'a pas sitôt pris ce parti qu'il se ravise en vrai Français, par conséquent homme d'esprit, et trèsporté aux jeux de mots! Au fait, se dit-il, de quoi suis-je chargé? d'examiner les *titres* d'un candidat à l'Académie des Arcades. Or ,quoi de plus arcadien que des *titres* comme ceux-ci : Actéon, Bergeries, Églogues, Sylves, etc., etc., etc. ?

Et il déchire son rapport.

Et il en fait un autre concluant à l'admission.

Et l'auteur d'*Actéon* est reçu membre de l'Académie des Arcades.

Et le comte S. devient le comte de Daphnis.

Et ce n'est pas la première fois ni la dernière qu'un écrivain n'aura dû qu'à ses titres d'être élu académicien.

§ IV

Receveur au rez-de-chaussée, berger au cinquième étage.
Le chant du cygne.

Que serait-il arrivé cependant, si le secrétaire du marquis Terremuoto dei Sacripanti avait eu seulement un peu moins de goût pour les équivoques? s'il s'en était tenu à son premier rapport? Le comte de S. aurait-il enfin compris sa véritable vocation? Aurait-il renoncé à des titres passés de mode, et qui rebutaient le lecteur ? Nous n'hésitons pas à le croire : ce sacrifice qu'aucun éditeur n'a jamais pu lui arracher, il eût été amené à le faire devant l'opinion émise sur lui par l'Académie des Arcades.

Au moins est-il certain qu'il n'eût pas eu à opposer la décision contraire à ceux de ses amis qui s'efforçaient de l'éclairer.

Cette décision, au reste, à notre avis, fit plus pour

8

son bonheur qu'elle ne nuisit à sa gloire. Aucun succès dans le genre satirique, lors même qu'il y eût excellé, n'eût jamais pu lui causer une joie aussi pure, aussi folle, que son admission à l'Académie des Arcades.

Lui qui s'était moqué de toutes les Académies, lui, ce même comte de S. si fier de sa naissance, il ne trouva plus son blason assez beau pour un gentilhomme reçu de l'Académie des Arcades. Désormais il eut pour armes un agneau d'argent en champ de sinople, au chef d'azur à l'étoile d'or (l'étoile du berger, sans doute) avec couronne d'églantines, et deux colombes pour supports.

C'était du reste un homme aux dehors suffisamment graves pour les besoins de son état : longue barbe blanche, cheveux séparés au milieu du front, et retombant sur les épaules, à la Bernardin de Saint-Pierre. Esprit curieux et très-cultivé, il était au courant de tout, suivait les théâtres, s'occupait des plus minces détails de la vie littéraire, mais sans fréquenter les littérateurs, et ne sacrifiait à ses goûts particuliers aucun des devoirs de sa charge.

Ce n'est que dans la vie privée qu'il donnait carrière à ses fantaisies pastorales; mais là, par exemple, il se rattrapait largement.

De première force sur la flûte de Pan, il était encore passé maître dans l'art d'enfler un léger chalumeau.

Marié un peu tard, mais selon son cœur, il avait deux filles charmantes, et aussi naïves que lui. L'une s'appelait Estelle et l'autre Galatée. Pour le baptême de celle-ci, un ami voyageur lui avait rapporté tout exprès une fiole d'eau du Ladon : aussi était-elle

sa favorite. Il les faisait habiller toutes deux en ber-
gères, ainsi que leur mère, et jouait en particulier
avec elles des scènes de l'*Aminta* et du *Pastor Fido*.

Le comte de Daphnis avait son bureau au rez-de-
chaussée de la maison qu'il habitait. Là rien ne sentait l'Arcadie, mais son appartement, bien qu'au cinquième étage et donnant sur la cour, témoignait
hautement de son goût pour la pastorale. Son cabinet
de travail était même en ce genre un vrai chef-d'œuvre :
disposé en forme de crèche, avec rocailles et plantes
grimpantes, il était en outre tapissé d'un gazon artificiel, émaillé de coucous et de pâquerettes ; mais l'humble violette ne s'y trahissait que par son parfum. Enfin
l'on n'y voyait que meubles du genre rustique, la
plupart du temps encombrés de revues, de petits journaux et de vaudevilles.

C'est là que, en avril 1858, la mort le surprit, sa
pannetière au cou, sa houlette dans une main, le *Charivari* dans l'autre, et comme il venait à peine de terminer l'églogue suivante ; nous la donnons pour
l'achever de peindre.

Hélas ! ce fut le chant du cygne.

TITYRE ET MÉLIBÉE

ÉGLOGUE

La scène se passe à Croissy,
Où la Seine se passe aussi.
Baigneurs pansus, baigneuses maigres.
Les saules rendent des sons aigres.
Le soleil, comme un gros souci,
S'incline à l'occident roussi.

Rien ne va. Le flot, sans cadence,
Dans les glaïeuls sifflotte et danse.
Pour animer la discordance,
    Un mirliton
    Donne le ton.

MÉLIBÉE.

Tranquille, cher Tityre, à l'ombre de ce hêtre,
Vous brûlez un cigare à la Muse champêtre;
Moi je viens, éludant la crise des loyers,
En collaborateur m'asseoir à vos foyers.
Ça vous va-t-il? Mon offre est-elle mal tombée?

TITYRE.

Comme larron en foire, honnête Mélibée,
Je cherchais en ces lieux sauvages avec art
Un titre: en auriez-vous un sur vous, par hasard?

MÉLIBÉE.

Peut-être. Mais encor faudrait-il que je susse...

TITYRE.

O Mélibée! on trouve une idée, une puce,
Un sujet; mais un titre est un présent des cieux,
Qu'on n'obtient pas souvent de la bonté des dieux.

MÉLIBÉE.

O Muses de Croissy, naïades cabotines,
Qui sur ce sable fin délacez vos bottines,
Et plongeant parmi nous, sœurs des jeux et des ris,
Répandez sur ces flots tant de poudre de riz,
C'est peu que de vous voir en sortir toutes bleues,
Étoiles sans rayons et sirènes sans queues,
Il me faut plus encore, ô Muses de Croissy!
Venez, inspirez-moi! J'attends de vous ici
Un titre que Lévy, Dentu, Garnier, Hachette,
N'aient pas fait déposer à la Banque en cachette;
Car c'est ainsi: pour peu qu'il ait de la valeur,
Un titre, aujourd'hui, c'est un titre, une valeur.
Voyons! Si nous faisions : *Ce Crétin de Voltaire?*
Ou *Saint Voltaire?*

TITYRE.

Peuh!

MÉLIBÉE.

Ou *Voltaire à Volterre?*

TITYRE.

Voltaire est-il jamais allé...?

MÉLIBÉE.

Je n'en sais rien.

Mais Voltaire deux fois, cela ferait si bien!
Voltaire redoublé, c'est de quoi mettre en terre
Tout ce qui vit d'encens ou d'injure à Voltaire.

TITYRE.

Oui, mais...

MÉLIBÉE.

J'entends : si fort qu'on en soit entêté,
Voltaire est, pensez-vous, un parfum éventé.
— Et celui-ci, voyons : *Contes atrabilaires,*
Qu'en dites-vous?

TITYRE.

Mauvais!

MÉLIBÉE.

Eh bien! *Contes en l'air?*

TITYRE.

Mais la rime?

MÉLIBÉE.

C'est juste. Et *Contes Baudelaires?*

TITYRE.

Du coup vous le tenez; mais gare les procès!

MÉLIBÉE.

Les procès ont du bon.

TITYRE.

Même avec le français?

MÉLIBÉE.

Le français beau joueur aime assez qu'on le triche.

TITYRE.

Pourtant...

8

MÉLIBÉE.

Et *le Roman d'un jeune serin riche,*
Qui meurt faute de quoi s'acheter du millet?

TITYRE.

Ne serait-ce pas trop retourner le Feuillet?

MÉLIBÉE.

Et *Lettres à Fanny?*

TITYRE.

Sur quoi?

MÉLIBÉE.

Sur Sainte-Beuve.
Le trouvez-vous trouvé, celui-là?

TITYRE.

Je le treuve
A la fois pas assez et trop charivari.
Laissons Fanny, laissons madame Bovary,
Et, si vous m'en croyez, procédons avec ordre.
Trois mots sur le public ont le secret de mordre,
Et, dûment exploités, donnent des chiffres ronds.

MÉLIBÉE.

Un moment! Pardonnez, si je vous interromps :
Ce que nous voulons faire, est-ce une histoire, un drame,
Un roman-feuilleton, un vaudeville?

TITYRE.

Dame!
Je n'en sais rien, et vous?

MÉLIBÉE.

Moi non plus.

TITYRE.

Ce sera
Le titre, je crois bien, qui nous décidera.

MÉLIBÉE.

Soit! Mais la chose au moins sera-t-elle grivoise
Ou chaste?

TITYRE.

C'est selon.

MÉLIBÉE.

Romaine ou bien chinoise?

TITYEE.

Oh! rien de tout cela; nous changeons trop souvent.
Qui peut savoir demain d'où soufflera le vent?

MÉLIBÉE.

Paraîtrons-nous l'hiver ou l'été?

TITYRE.

Je suppose
Que le temps, n'est-ce pas? ne fait rien à la chose.

MÉLIBÉE.

Erreur! Un titre chaud, c'est un épouvantail
L'été; mais supposez un peu : *Sous l'Éventail,*
Ou : *La Sœur de la brise,* ou : *L'Esprit de la source.*
Le voyageur s'arrête, et, dénouant sa bourse :
— Tiens! ce livre a l'air frais, je m'en vais l'acheter;
Il me servira bien toujours pour m'éventer.

TITYRE.

Oui, mais l'été, l'hiver, l'équateur ou le pôle,
Tout enfin aujourd'hui change si bien de rôle,
Que je ne m'y fîrais qu'à demi pour ma part.

MÉLIBÉE.

Eh bien! revenons-en à ce point de départ :
Vous disiez, n'est-ce pas? procédons avec ordre.

TITYRE.

Oui, trois mots sur la foule ont le secret de mordre :
Le premier, c'est MYSTÈRE et tous ses composés,
Puis AMOUR et PARIS.

MÉLIBÉE.

Tous trois sont bien usés.

TITYRE.

Tous trois?

MÉLIBÉE, poursuivant.

Séparément; mais celui-là, peut-être,
Qui les réunirait, ferait un coup de maître.

TITYRE.

Comment l'entendez-vous?

MÉLIBÉE.

Mon idée est *Paris*
Malheureux en ménage, ou... vous m'avez compris?

TITYRE.

Fort bien, mais c'est trop long ; Paul de Kock et Molière
Ont certaine façon concise et familière...

MÉLIBÉE.

Oui ; mais on ne peut plus... Par quels nœuds, par quels joints,
Rendre?... Si nous mettions : Paris avec . . .

TITYRE.

Paris avec trois points ! C'est cela ; quelle amorce !
O collaborateur plein de grâce et de force !
A l'œuvre, compagnon ! chauffez vite le four !
Mettez-y votre esprit, votre cœur, votre humour !
Quant au prix, vous savez, jamais on ne dispute
Avec moi : cinq pour cent sur la recette brute.
Est-ce bien ?

MÉLIBÉE, avec enthousiasme.

Si c'est bien? Merci, mon Dieu, merci !
Je cours...

TITYRE.

Où ça?

MÉLIBÉE.

Dîner.

TITYRE.

Vous dînerez ici.
Grâce au Dieu qui m'a fait ce paisible ermitage,
Nous aurons des marrons, des pommes, du laitage
Et des vers.

MÉLIBÉE, avec frénésie.

Oh! des vers!

TITYRE.

Des vers et des marrons.

MÉLIBÉE.

Rôtis?

TITYRE.

Je ne dis pas. Travaillez, nous verrons.
Mais déjà le soleil, en route pour la Chine,
Allonge sur le val l'ombre de la machine.

Rentrons! Philis remet ses bas sur le gazon,
Et l'amoureux Vesper scintille à l'horizon.

EXEUNT

La brise souffle par rafales,
Le temps se gâte; il fait très-chaud.
Comme deux flûtes inégales,
Le mirliton et le crapaud
Se répondent par intervalles.

CHAPITRE XV

... SANS LE SAVOIR

Vous n'admettez pas, Démophile, la vérité de ce dernier portrait. Quoi! dites-vous, avoir l'esprit tourné à la satire, et même à la scurrilité, et passer sa vie à se croire un poëte bucolique, un émule de Gessner et de Florian? s'aveugler à ce point sur sa vocation, sur ses goûts, sur son caractère? Non, ce n'est pas possible, ce n'est pas dans la nature. J'avais des rancunes à satisfaire, des colères de titres rentrés, et de tout cela j'ai gonflé la bile d'un personnage fictif. Daphnis est une pure invention, aussi bien que Mélibée, ce prétendu martyr de la collaboration littéraire. Mais vous n'êtes pas ma dupe. Je n'ai pas assez bien contrefait ma voix sous le masque.

Je vais essayer de vous répondre, Démophile; aussi bien ne suis-je pas fâché de trouver cette occasion de causer un peu avec vous.

Ah! vous me contestez Daphnis : Daphnis est selon vous un masque sous lequel j'ai donné cours à ma malice; mais ce n'est pas à vous qu'on en donne si facilement à garder. En êtes-vous bien sûr, Démophile? Suis-je si malin, et si peu malin? et vous, êtes-vous donc si pénétrant? voilà pourtant bien des panneaux dans lesquels je vous vois donner depuis six mille

ans, car il y a six mille ans que je vous connais, Démophile.

Au reste, peu importe, je veux bien admettre, pour
un moment, que Daphnis est un type de convention :
mais s'ensuit-il qu'il soit aussi peu vrai que vous le
dites, j'entends vrai de cette vérité générale et abs-
traite, la seule dont l'art ait à se préoccuper?

En d'autres termes, ne rencontre-t-on pas dans le
monde des gens aussi abusés sur leur propre compte
que mon ami le comte de Daphnis?

Déjà vous hésitez à me répondre. Eh bien! je vais
encore élever mes prétentions : croyez-vous que dans
ce petit espace (j'allais dire dans ce petit carré de papier), où nous nous trouvons tous deux, par le plus
grand hasard du monde, croyez-vous, dis-je, qu'il soit
impossible de renouveler l'équivalent de cette merveille, dont vous me niez la réalité?

Ne me regardez pas ainsi : ce n'est pas moi, Démophile, c'est vous qui êtes cet équivalent, ce pendant
du comte de Daphnis, ou, pour parler plus exactement, vous et Daphnis vous n'êtes que deux variétés
d'un même genre de toqués.

Ne vous gendarmez pas encore : un ara a beau être
rouge, et un kakatoës être blanc, chacun d'eux n'en
est pas moins et aux mêmes titres que l'autre un perroquet, oui, un perroquet, Démophile.

Voyons d'abord les différences d'accident : peut-être
en ressortira-t-il la parité essentielle du kakatoès et de
l'ara, je veux dire du Démophile et du Daphnis.

*
* *

Le Daphnis, nous le connaissons. Le Démophile, en

voici un croquis, un simple croquis d'après le portrait qu'il a si souvent fait de lui-même, vous ne le désavouerez pas.

A l'âge où Daphnis épelait encore *Estelle et Némorin,* vous, Démophile, vous lisiez déjà couramment l'*Émile* de Jean-Jacques Rousseau, les chansons de Béranger, les pamphlets politiques de Paul-Louis Courier, et autres ouvrages de même sorte, dont je ne nie pas la haute valeur... littéraire. C'est là que vous avez puisé cet ardent amour du peuple, que n'a démenti aucun acte de votre vie.

Depuis les premières années de la Restauration, où vous aiguisâtes vos ongles dans le *Constitutionnel,* jusqu'à ce jour, où vous les imprimez dans un journal à vous, votre carrière politique offre l'exemple de la plus imperturbable unité.

Député, publiciste, toujours des premiers sur la brèche, chaque fois qu'un pouvoir injuste et oppresseur a menacé l'imprescriptible droit des peuples, l'*Opposition* n'a jamais eu besoin de faire appel à votre plume et à votre éloquence. — La phrase est de votre journal, je n'ose pas dire de vous.

Qui, en effet, plus à propos que Démophile, a su interrompre et abasourdir un ministre odieux au peuple? et quel ministre n'a pas été odieux au peuple? Qui plus haut a crié : l'ordre du jour! ou : la clôture! quand il fallait dérouter la faconde, l'insidieuse faconde d'un orateur vendu au pouvoir? et quel orateur de la droite n'a été vendu au pouvoir?

Quelle mesure impraticable, absurde, n'avez-vous pas réclamée explicitement ou implicitement pour le peuple, pour ce pauvre peuple? quelle prétention du peuple n'avez-vous pas soutenue et encouragée? Quel de ses jouets ou de ses fétiches n'avez-vous pas tour à tour adoré ou brûlé sur un signe de lui? quelle fantaisie grotesque ou brutale, homme fier, homme digne, n'avez-vous pas soufferte à cet enfant gâté, à cet enfant terrible?

Il vous a donné sur les doigts, mangé dans la main, tiré le nez et les oreilles, et vous l'avez trouvé charmant, homme impatient de tout frein!

Vous vous êtes mis à quatre pattes devant lui, il vous a sauté sur le dos, il a crié : hue! et vous avez marché, à gauche, à droite, en avant, et même en arrière, homme aux opinions avancées!

Il vous a sifflé dans ses clubs, il s'est moqué de votre gaucherie à porter sa blouse, à singer ses belles manières; il a jeté des pierres dans vos vitres, il a mis des lampions à vos fenêtres; il vous a tiré des coups de fusil; il a brisé vos presses, Démophile, ceci est plus grave.

Et, en fin de compte, un beau matin, il a laissé jeter à bas votre tribune; il a nié tous vos services, il vous a accusé de ne travailler que pour vous; il a ri de vos mécomptes aussi bien que des nôtres; il vous a confondu avec nous, Démophile, oui, Dieu me pardonne, il vous a traité d'*aristo*.

N'importe, dites-vous, il ne peut pas faillir, il est le maître, il est le souverain; vous vous inclinez, et vous baisez les verges qu'il a données pour vous fouetter. Certes, c'est là du désintéressement.

*
* *

N'oublions pas cependant qu'à ce métier-là, Démophile, vous avez fait d'assez bonnes affaires : votre journal n'est pas seulement demeuré une autorité malgré tout, ou plutôt à cause de tout : fondé sur la simplicité humaine, — vous voyez que je suis poli. — Votre journal est aussi une propriété, une propriété de rapport, de très-grand rapport, une propriété privilégiée, car entre nous vous savez bien qu'elle échappera à toutes ces mesures qui ont réduit à rien les nôtres, des propriétés d'agrément, de peu d'agrément, Démophile.

En somme, tout en ne combattant que pour des sentiments et des idées, vous vous êtes fait largement payer les frais de la guerre, tandis que nous, plumes vénales, nous la faisons depuis trente ans à nos dépens.

Les honneurs même ne vous ont pas manqué autant que vous le dites, que vous le croyez, Démophile : la fleur des champs ne brille pas seule à votre boutonnière, et, tenez, pas plus tard qu'hier encore, ce ruban... vous ne l'avez pas demandé, j'en conviens, vous ne demandez jamais rien, on ne vous en laisse pas le temps. Ce n'est même en vue d'aucun avantage que vous servez la cause populaire, encore une fois je l'accorde ; je ne vous confonds pas avec Démagogue votre voisin, je prétends seulement que vous êtes un courtisan.

Oui, Démophile, un courtisan, comme vous l'avez dit si souvent de nous autres ; car la cour est là où est le pouvoir, où est le maître ; or, depuis longtemps, le maître effectif, notre maître à tous, c'est le peuple ; vous l'avez dit cent fois vous-même, Démophile. Vous avez fait mieux encore, vous l'avez prouvé, en ne bougeant pas de son antichambre, en insultant, en

traitant de valet quiconque ne portait pas comme
vous sa livrée, en l'appelant avec un de vos grands
poëtes :

La grande populace et la sainte canaille.

Et cela de bonne foi, Démophile, innocemment,
naïvement, vous qui soutenez qu'on ne peut pas
composer des satires en croyant faire des idylles.

* *
*

Figurez-vous, honnête Démophile, que j'avais commencé une collection des plus plates flagorneries
adressées à un certain roi. Je ne l'ai pas poussée bien
loin ; le dégoût m'a pris à la seconde page. Jetez un
coup d'œil là-dessus, Démophile : ne voilà-t-il pas,
convenez-en, de quoi prendre en horreur la courti-
sanerie et les courtisans ? n'est-ce pas assez pour
justifier ces deux vers d'un poëte de cour :

Détestables flatteurs, présent le plus funeste,
Que puisse faire aux rois la colère céleste?

Eh bien ! toutes ces flatteries qui vous font lever le
cœur, autant d'extraits de votre journal : je n'y ai
changé qu'un seul mot, chaque fois que je l'ai trouvé :
j'ai mis Roi au lieu de Peuple.

* *
*

Mais, je perds mon temps, Démophile, je ne vous
convaincrai jamais ; vous persisterez à vous croire un
ardent ami de la vérité, franc du collier, austère, ri-
gide, un Alceste sans rubans verts, un paysan du
Danube en habit noir.

Exactement comme le comte de Daphnis s'est cru
toute sa vie un berger du Lignon, un émule de Théocrite.

CHAPITRE XVI

PETIT DIALOGUE ENTRE UN CHASSEUR ET UNE DAME

Le chasseur. — C'est à vous, maintenant, que j'aurai à faire, Stella, vous me faites un reproche grave : on ne voit pas, dites-vous, assez de femmes dans mes étoiles ; vous avez pourtant des amies qui auraient droit d'y figurer, et s'il ne me manque que des renseignements sur elles, vous ne demandez pas mieux que de m'en donner.

Mon Dieu ! je le sais bien, vous n'êtes pas la première à me faire des offres si obligeantes ; mais c'est que, voyez-vous, en chasse, je n'aime pas à tirer au jugé. Je veux avoir la pièce au bout de mon fusil, et pour peu qu'elle vous ressemble, alors, ma foi, je perds la carte, la main me tremble, j'y vois double. Je suis d'ailleurs, vous le savez d'une galanterie excessive : avant de tirer, ce sont des salutations, des protestations, des excuses à n'en plus finir. Un peu plus, et je dirais comme à Fontenoy : A vous, mesdames des gardes françaises. Alors, qu'arrive-t-il ? Le gibier qui n'est plus habitué à tant de façons, s'impatiente : il me plante là, et je fais chou blanc. C'est étonnant, combien d'étoiles cette faiblesse m'a fait manquer !

En un mot, Stella, et sans plus d'images, j'ai pour votre sexe une admiration si particulière, si naïve peut-être, que je lui trouve bien parfois des vices, de

grands vices, mais des ridicules jamais, ou si légers,
si vagues qu'ils ne méritent guère d'être notés.

La belle chose, par exemple, quand j'aurai dit que
Cassiopée votre cousine, avec le plus petit pied de
Paris, et le mieux fait, après le vôtre, est de toutes
nos connaissances celle qui marche le plus mal; et
pourquoi? Parce qu'elle se chausse trop à l'étroit, si
bien que d'une beauté elle a su se faire un supplice
de tous les instants, et presque une difformité.

Vous souriez, je comprends; il en est de même de
sa taille, une taille parfaite, mais qui perd toute sa
souplesse à force d'être serrée.

Vous souriez encore; est-ce pour me forcer à dire
qu'elle en fait autant de son esprit? Mais ne voilà-t-il
pas une observation bien neuve! n'a-t-on pas écrit, il
y a longtemps :

> L'esprit qu'on veut avoir gâte celui qu'on a?

Cherchons ailleurs, avec vous, Stella, je veux au
moins faire preuve de bonne volonté.

* * *

Mélanie et Flavie ne se quittent pas; on les a sur-
nommées les inséparables. On les rencontre ensemble
dans le monde, aux théâtres, à l'église, dans les concerts, aux Tuileries, au bois. Leur amitié est célèbre,
elle est éprouvée, car voilà six ans qu'elle dure; six
ans une amitié de femme! Décidément, je la crois sincère; mais je ne me l'explique pas. Mélanie et Flavie
se ressemblent si peu : c'est l'eau et le feu, le jour et
la nuit; Flavie est blonde... eh bien! quoi? n'est-elle
pas blonde?

Stella. — Blonde comme un soleil couchant.

Le chasseur. — Oh !

Stella. — Mettons blonde alezan, et ne nous querellons pas pour si peu. Vous disiez donc : Flavie est blonde, et...

Le chasseur. — Ma foi, je ne sais plus ce que je disais.

Stella. — Je le vois en effet, vous êtes facile à troubler. Reprenez vos sens, mon pauvre ami, je vais continuer pour vous : donc, Flavie est rousse, c'est entendu — qu'est-ce que cela me fait, à moi ? — et très-laide.

Le chasseur. — Très- laide, très-laide... on n'est jamais très-laide avec tant de physionomie.

Stella. — Oh ! vous autres hommes, pour peu qu'on ait l'air provoquant...

Le chasseur. — L'air provoquant, Flavie ? ah ! pour le coup...

Stella. — Nous n'arriverons jamais si vous m'interrompez toujours. Voyons, je vous rends la parole. Vous faisiez le parallèle de Mélanie et de Flavie. Flavie, disiez-vous, est rousse et très-laide.

Le chasseur. — Soit.

Stella. — Tandis que Mélanie est brune et peut passer pour belle, belle d'une beauté régulière et insignifiante. C'est bien là ce que vous disiez, n'est-ce pas ?

Le chasseur. — Du moins, c'est à peu près ce que j'allais dire.

Stella. — Eh bien ! en faut-il davantage pour vous expliquer la liaison de Mélanie et de Flavie ? Ne voyez-vous pas que la laideur de l'une fait valoir la beauté de l'autre? Voilà ce qui les rapproche, ce qui en a fait les inséparables, bon gré, mal gré.

Le chasseur. — Fort bien pour Mélanie, mais quel intérêt autre qu'une amitié dévouée peut engager Flavie dans un commerce si peu avantageux pour elle?

Stella. — Un intérêt égal pour les deux parties : Flavie a dix fois plus d'esprit qu'elle n'est laide, et cent fois plus qu'elle n'est blonde; Mélanie, au contraire, est presque aussi sotte que brune; elles se servent l'une à l'autre de repoussoir. Voilà tout le mystère. Y êtes-vous enfin?

Le chasseur. — Je suis au moins où vous vouliez me conduire, Stella ; mais dans tout cela je vois l'alliance offensive de deux puissances, un calcul plus ou moins habile; mais rien qui se rattache à mon sujet.

Stella. — Oh! si vous vouliez bien...

Le chasseur. — Oui, mais je ne veux pas, Stella.

Stella. — Avec une petite transition bien ménagée... le lecteur n'y regarde pas de si près.

Le chasseur. — C'est que j'ai déjà tant abusé de sa complaisance !

Stella. — Eh bien, n'en parlons plus : cherchons encore ; vous connaissez Astérie de la M***.

Le chasseur. — Parfaitement.

Stella. — Oh ! parfaitement...

Le chasseur. — Vous allez voir.

*
* *

Tout fait le compte de la vanité d'Astérie. Son premier mari avait de grands talents : elle se les attribuait; elle l'effaçait, elle l'absorbait. Elle recevait les

compliments, lui coupait la parole, répondait avec
hauteur, et ne comprenait pas qu'il prît quelquefois
pour lui un éloge.

— Comment trouvez-vous, disait-elle, que nous
avons parlé ce matin à la Chambre?

Ou :

— Je ne sais pas ce que j'ai fait au journal des *Dé-
bats,* mais il tronque tous nos discours. Je lui parle-
rai, moi, à ce M. Bertin.

Et une autre fois :

— Je ne suis pas contente du roi ; si je n'ai pas la
première vacance, gare à ses fortifications !

On était rarement reçu chez Astérie lorsque ce
n'était pas son jour; les gens vous disaient : Monsieur
se promène.

— Et madame?

— Madame travaille.

Et comment en douter lorsque Astérie, même à ses
mercredis intimes, avait toujours quelque part une petite tache d'encre. Elle s'en apercevait tout à coup, elle
en était confuse : « en vérité, elle ne savait pas comment... » C'était pourtant bien simple, dites-vous.
Ah ! Stella, je finirai par vous croire méchante.

Et vous rappelez-vous encore — non, vous étiez
trop jeune, — je veux parler de la peine qu'on eut à
l'empêcher de mettre sur ses propres cartes : *un des
quarante de l'Académie française.*

Mais, si, au fait, vous devez vous en souvenir :
« Stella me l'a conseillé, » disait-elle; elle ne sortait pas
de là; elle vous aimait tant, elle avait en vous tant de
confiance.

Aujourd'hui la scène a changé : son second mari

est un homme moins qu'ordinaire. Tant mieux! il n'en
ira que plus loin, et Astérie pourra s'attribuer tout ce
qu'il ne devra qu'à sa propre insignifiance. Le voilà
déjà sénateur; quand il sera ministre, tout ce qu'elle
croira avoir fait pour l'amener là, pour l'y maintenir,
on le saura sans qu'elle le dise. Elle le dira cependant,
elle ne pourra pas s'en empêcher. — Non? vous
croyez qu'elle ne le dira pas? Ah! Stella, vous êtes
cruelle : pourquoi calomnier les gens quand il est si
aisé d'en médire? mais vous n'êtes jamais contente
que si l'on emporte la pièce.

*
* *

Que diriez-vous cependant si je vous prenais vous-
même à partie? si, sous le casque épais et d'un noir
bleu qui orne et défend votre tête charmante, j'es-
sayais, du bout de la plume, de trouver une fente,
une petite fente?... Mais je ne vous fais pas peur, je
le vois bien, vous vous croyez inattaquable, invulné-
rable, et aussi l'êtes-vous pour moi : j'ai beau chercher, je ne vous trouve que des grâces; pas un ridicule, pas un défaut, pas une étoile, vous n'avez plus
assez de naïveté pour cela. — Tiens! voilà que je vous
intrigue. Seriez-vous encore assez naïve pour vous
croire de la naïveté? ·

Non, mais quel rapport, dites-vous, entre naïveté
et ce que j'entends par étoile? Rien de plus simple :
supposez qu'Astérie, par exemple, se connaisse aussi
bien que vous vous connaissez, qu'elle ait analysé
avec autant de suite, et une méthode aussi sûre, les
moindres phénomènes de son être moral; qu'elle
n'ait pas enfin la naïveté de croire aux talents et à

9.

l'importance qu'elle se donne, et aussitôt, au lieu
d'une étoile, nous n'avons plus qu'un calcul, un rôle,
et un rôle mal joué, car il ne faut pas seulement de
l'art, il faut encore une certaine naïveté pour bien
jouer la comédie, la naïveté de croire à ce qu'on fait.

Mais, à propos de comédie, pourquoi ne parlerions-
nous pas de la comédie de salon, puisque, sur ce
point, il vous reste une ombre, un soupçon de naïveté?
n'est-ce pas là d'ailleurs une des étoiles de votre sexe?
Ne croyez-vous pas toutes, mesdames, jouer et même
très-bien jouer la comédie?

*
* *

La comédie de salon est aujourd'hui en grande faveur : on la joue dans le plus grand monde sinon encore dans le meilleur, et nulle part aussi bien que
chez vous, Stella. Est-ce un bien? est-ce un mal? Vous
me répondrez : c'est la mode, et la question est
tranchée.

Je vous avoue pourtant qu'il me reste quelques
doutes, et même quelques appréhensions, non pas
précisément sur la chose en elle-même, mais sur la
tournure qu'elle a prise depuis un certain temps.

On a joué à plusieurs reprises la comédie dans les
salons, c'est une mode qui va et vient; mais jusqu'ici
les gens du monde avaient un répertoire à eux, et fait
pour eux : il se composait de proverbes, de saynètes
en harmonie avec la perspective, le personnel et les
mœurs des salons.

La perspective est encore aujourd'hui la même, et
le point de vue aussi rapproché; nos salons ne sont
pas plus grands que ceux d'autrefois; mais le per-

sonnel et les mœurs sont-ils donc tellement changés qu'aux innocents proverbes de Leclerq, de Sauvage, et d'autres auteurs plus modernes, il faille nécessairement ajouter les farces du Palais-Royal et des Délassements-Comiques ? Cela, vous en savez quelque chose, Stella ; mais moi qui n'en sais rien, je répugne à le supposer.

Les églises toujours remplies, les sermons de charité et les concerts spirituels plus courus que jamais, les saluts, les adorations où l'on ne voit en entrant dans la nef que montagnes de crinoline, autant de signes qui me rassurent.

Comment admettre que tant de dames patronesses, tant de pieuses demoiselles suivant encore, à dix-huit ans, le catéchisme de persévérance, puissent jouer délibérément et par goût : *Tronquette, Polkette, Frisette, Allons-y tout de même,* ou *Embrassons-nous, Folleville* ?

L'exemple a beau venir de haut, il ne justifie pas, il n'explique même pas l'invasion d'une pareille littérature dans un monde tel que le vôtre. Des femmes comme vous, Stella, dont la trisaïeule jouait l'Esther de Racine à Saint-Cyr, ne se vouent pas de gaieté de cœur au répertoire de mademoiselle Déjazet. Elles n'étudient pas sans de graves motifs le petit hoquet d'Alphonsine.

Mais ces motifs, je crois les deviner : ce changement de répertoire est comme en guerre un changement de front ; il se rattache à un plan stratégique. Vous avez entrepris, mesdames et mesdemoiselles, d'arracher notre sexe aux séductions de ce qu'il y a de pire dans le vôtre et de moins aimable dans tous les deux.

De là le cigare accepté, le sans-gêne admis en principe et le débraillé en fait, les poignées de main à tour de bras, l'argot toléré quand il fait image, le juron s'il est bien jeté, et, enfin, pour dernier attrait, la comédie de boui-boui naturalisée au salon.

En un mot, la montagne s'éloignait de vous, vous courez après la montagne. Mais si vous alliez dépasser le but?

Certains hommes se font justice, ils désertent vos salons; faut-il, pour les y ramener, donner à la bonne compagnie les allures de la mauvaise?

Vous n'y parviendrez pas, d'ailleurs; je vous en défie. Votre débraillé aura de l'emprunt, votre sans-gêne de la grâce, vos poignées de main n'auront pas de griffes, votre argot manquera d'accent. Vous aurez beau jouer des pièces du Palais-Royal ou des *Délasses,* comme ils disent, vous ne désapprendrez pas le français, non, pas plus que ces dames ne l'apprendront.

Jusqu'à ce petit hoquet d'Alphonsine que vous n'attraperez jamais.

Les chroniqueurs ont beau vous exalter dans leurs colonnes, — car c'en est là, oui, vous avez votre feuilleton du lundi, — personne n'est leur dupe; entre nous, ce sont des flatteurs. Loin d'égaler, comme ils le disent nos meilleures cabotines, vous ne leur allez pas seulement à la cheville. Dieu merci !

Vous entendre, vous voir dans des rôles écrits pour elles, créés par elles, c'est tout bonnement un supplice; on les plaint et on vous plaint, car ni les unes ni les autres vous ne gagnez à être comparées. Si tout le monde était sincère, tout le monde vous parlerait comme je le fais à présent.

Savez-vous ce que disait l'autre soir une de ces dames devant plusieurs de vos amies : — Je sors de jouer chez la princesse L., c'est à dégoûter du métier : cette petite grue de Léontine (la fille aînée de la princesse) ne m'a pas donné une seule fois à temps la réplique. Madame de R. ne songeait qu'à montrer ses dents. La baronne C., qui n'a de bien que les épaules, tournait constamment le dos au public. Personne ne savait son rôle. Je passais mon temps à souffler mon amoureux. Et cet animal de colonel H. qui me fait manquer mon entrée ! ça veut jouer les valets, et ça ne sait même pas annoncer. Parole d'honneur ! je me demande où tout ce monde-là a été élevé. Décidément, j'en ai plein le dos de leur comédie de salon.

Là-dessus, Titine avec sa verve coulissière vous a passées toutes en revue, et vous jugez si *l'éreintement* a dû être *carabiné*. Vous seule, Stella, vous avez été un peu ménagée. Dois-je vous en faire mon compliment?

—Oh! pour celle-là, disait Olympe, n'y touchez pas! je la défends, c'est mon amie. D'ailleurs, elle n'est pas si mauvaise pour une comtesse. Elle a même du *sacréchien*, mais ça manque de *planches*.

— Au reste, ajoutait Félicie, elle ne joue que par complaisance.

— Et par politique, achevait Titine, pour répéter avec l'ambassadeur de ***.

—En v'là un serin ! Que diable est-ce qu'elle en veut faire ?

*
* *

Vous comprenez, Stella, qu'on ne vous a pas défendue ; c'eût été faire trop d'honneur à Titine et à Félicie. De même qu'il est de tradition dans les grandes familles de ne jamais procéder légalement contre certaines usurpations de nom, de même vos amis, et ceux de la princesse, ont laissé courir des propos qui ne sauraient vous atteindre. Il n'en est pas moins un peu agaçant de vous voir, vous et les vôtres, mises sur un pareil tapis. Mais cela ne pouvait manquer du jour où, fatiguée de jouer de petits proverbes faits à sa taille, la bonne compagnie se lança dans de véritables ouvrages dramatiques. Incapable de les monter à elle seule, elle dut faire appel au personnel même des vrais théâtres, et là, pour un acteur digne de sa confiance, elle devait rencontrer dix actrices prêtes à l'en payer comme Félicie et Olympe.

Encore une fois, cela ne tire pas à conséquence ; je le sais bien, et je ne m'étonne nullement de vous en voir si peu émue ; mais voici qui pourra bien vous toucher davantage.

Savez-vous ce que vous gagnez de plus clair à ce beau commerce ? Ne prenez pas cet air distrait, vous êtes inquiète, il y a sujet. — Ce que vous y gagnez, Stella, ce n'est pas du talent, le talent ne se gagne pas ; mais, j'aurai le courage de vous le dire, le *sacréchien* qui vous manque à la scène, faute de *planches,* vous commencez à l'avoir dans le monde, et d'une terrible façon. Vous êtes à cent lieues de Titine au théâtre, mais vous avez déjà son rire et quelques-unes de ses manières à la ville.

*
* *

Enfin, je vous ai donc blessée !

STELLA. — Pas même effleurée, mon ami ; vous ne pensez pas un mot de ce que vous dites.

LE CHASSEUR. — Pas un mot?... Eh bien, non! pas un mot, en effet, Stella ; j'avais contre vous je ne sais trop quoi.

STELLA.— Je le sais, moi, et je vais vous le dire : vous m'en voulez de ne pas vous avoir demandé un proverbe pour mon petit théâtre.

LE CHASSEUR. — Oh! par exemple...

STELLA. — Et voilà tout le secret de la belle morale que vous me faites.

LE CHASSEUR. — Ma foi! cela pourrait bien être. — Mais, au fait, comment se fait-il que vous ne m'ayez rien demandé depuis quinze ans que je suis votre ami.

STELLA. — Et comment se fait-il que vous ne m'ayez jamais demandé quelque chose depuis quatorze ans que je suis veuve?

LE CHASSEUR. — Par la raison que j'étais sûr d'être refusé.

STELLA. — Et moi, par la raison contraire.

LE CHASSEUR. — Vous êtes aimable.

STELLA. — Oui, j'avais peur que vous ne me fissiez quelque chose de trop... de pas assez...

LE CHASSEUR.—De pas assez sacré-chien, n'est-ce pas?

STELLA. — Justement. Vous autres chasseurs moralistes, vous êtes toujours un peu guindés.

LE CHASSEUR. — Bah! vous ne nous connaissez guère : il n'y a qu'à savoir nous prendre. Eh! tenez, je vous dirai en confidence que j'ai tout exprès pour vous un petit proverbe, assez... là, entre-nous, passez-moi le terme, assez coquin.

STELLA. — En vérité ? oh ! quel bonheur !

LE CHASSEUR. — Et qui, de plus, pourra faire avaler quelques bonnes petites couleuvres à cinq ou six de vos bonnes amies.

STELLA. – Comme vous me connaissez bien ! Et quand m'apporterez-vous ça ? Mais vous l'avez sur vous, convenez-en.

LE CHASSEUR. — Sur moi ?

STELLA. — Oui, là, dans cette poche de côté.

LE CHASSEUR. — Mais comment avez-vous pu voir ?

STELLA. — A votre manière d'entrer : vous marchiez comme une femme enceinte.

LE CHASSEUR. — Eh bien ! Stella, voici l'enfant. Tâchez d'en faire quelque chose.

STELLA. — Soyez tranquille ! pour peu qu'il soit né seulement viable, j'en ferai un enfant terrible.

LE CHASSEUR. — On vous croira sa mère, alors.

STELLA. — Je serai au moins sa marraine, puisque vous avez laissé son nom en blanc. Voyons, de quoi parle-t-il cet enfant ?

LE CHASSEUR. — De la question des domestiques.

STELLA. — Tiens ! c'est de l'actualité. Eh bien ! appelons-le *Tels maîtres, tels valets,* et la question sera bien près d'être tranchée.

TELS MAITRES, TELS VALETS

ou

LA QUESTION DES DOMESTIQUES

PERSONNAGES

LA BARONNE DE SAINT-LUC, 25 ans, lingère à la mode.
MADEMOISELLE DE LASTIC, de 16 à 20 ans, première demoiselle
de la Baronne.
MADAME DE BOISPRÉAU, de 30 à 45 ans, riche bourgeoise.
JEAN, de 25 à 30 ans, laquais de la Baronne.

La scène se passe à Paris, au faubourg Saint-Germain,
chez la baronne de Saint-Luc.

Le théâtre représente un salon style Louis XIV. Portes au fond donnant sur
l'antichambre. A droite, portes ouvrant sur un second salon, où se tiennent ces demoiselles. A gauche, grandes croisées. Riche ameublement,
portraits d'ancêtres, etc., etc.

SCÈNE PREMIÈRE

LA BARONNE, JEAN

La Baronne entre par la porte du fond, en toilette de ville. Pendant toute la scène,
elle se défait, se rajuste, et parle ou écoute en feuilletant un carnet.

La Baronne. — Il n'est venu personne, Jean?

Jean. — Non, madame la baronne.

La Baronne. — Comment! et ce domestique qu'on
m'avait annoncé?

JEAN. — Ah! oui, c'est vrai, je demande pardon à Madame, il est venu.

LA BARONNE. — Eh bien?

JEAN. — Un homme impossible, Madame : de gros pieds, des jambes de coq, des mains qui ont l'air d'avoir tout fait. Pas de race enfin, pas ombre de race. Pour rien au monde je n'aurais servi avec ça.

LA BARONNE. — Alors, vous l'avez renvoyé?

JEAN. — Nous sommes plus polis que ça entre nous, madame la baronne : je lui ai fait entendre qu'il ne pourrait pas me convenir... c'est-à-dire qu'il ne pourrait pas convenir à madame.

LA BARONNE. — Et il a répondu...

JEAN. — Il a répondu que... mais, je n'oserai jamais le dire à Madame.

LA BARONNE. — Laisse donc! tu en meurs d'envie. Allons, parle! je t'arrêterai si tu vas trop loin.

JEAN. — Eh bien, Madame, il a dit qu'à présent les maîtres auraient tort de faire trop les renchéris; que si madame voulait absolument m'appareiller, elle pourrait chercher longtemps; que des domestiques comme moi on ne les remue pas à la pelle, et, enfin, qu'il ne comprenait pas comment je pouvais rester au service d'une lingère, étant fait comme je le suis.

LA BARONNE sans s'émouvoir. — D'une lingère? Ah! il a dit d'une lingère?

JEAN. — Oh! mon Dieu, oui, madame la baronne, d'une lingère. Vous voyez ce que c'est que ce garçon-là : pas la plus petite éducation. Et il a même ajouté qu'à ma place il lui faudrait d'autres gages que ceux que j'ai.

LA BARONNE. — Et, alors, toi, tu as répondu?...

JEAN. — J'ai répondu qu'il n'était qu'un mal appris ; qu'il y avait lingère et lingère ; que, d'ailleurs, Madame est baronne, et que, si elle s'est mise dans la lingerie, c'est qu'elle avait perdu son mari et sa fortune dans les malheurs ; et que, enfin, ce n'était pas tout ça, mais que Madame est si bonne, si bonne, qu'on la servirait volontiers pour rien.

LA BARONNE. — Ah ! voilà qui s'appelle répondre : il a dû demeurer bien sot.

JEAN. — Mais pas trop, Madame, pas trop. Ces gens-là, ça vous a un front !... Il a dit que c'était comme ça qu'on gâtait les maîtres, et que des baronnes comme Madame, on sait ce que c'est. Et, est-ce que je sais ? moi, des bêtises... et que j'étais trop attaché à Madame... et que ça finira par me compromettre, et ci et ça, si bien qu'enfin j'ai été obligé de le prier de s'en aller.

LA BARONNE. — Avec tout cela, moi, je n'ai personne.

JEAN. — Oh ! que Madame ne se tourmente pas ; c'est une crise, ça passera : les maîtres finiront par être raisonnables.

LA BARONNE. — Peut-être aussi, mon pauvre Jean, es-tu trop exigeant pour moi ? Ce garçon, faute de mieux, eût pu faire mon affaire pour quelques jours.

JEAN. — Oh ! si Madame y tient absolument... pour quelques jours, on pourra faire un sacrifice. Il y a moyen de le retrouver, ce garçon.

LA BARONNE. — Ah ! il t'a laissé son adresse ?

JEAN. — Nous avons échangé nos cartes. Comme il y a eu entre nous des mots un peu vifs...

LA BARONNE. — Eh bien ! si d'ici à demain il ne

m'en vient pas d'autre, on pourra voir. Ah! à propos, Jean, madame la vicomtesse de Saint-Marc, la nouvelle modiste de la place Vendôme, doit venir aujourd'hui me faire sa première visite. De la tenue, entends-tu bien? Mais, comme tout tombe mal : un seul laquais pour introduire! Et elle qui en a quatre!

JEAN. — Madame, on se mettra en quatre.

LA BARONNE. — A la bonne heure! (à part) pauvre garçon! c'est vrai qu'il m'est bien attaché. (haut) Eh bien! qu'attends-tu donc? Comme tu me regardes. — Jean, vous ruminez quelque chose.

JEAN. — Eh bien! oui, Madame, oui, c'est vrai : j'aurais quelque chose à dire à madame.

LA BARONNE. — Pas à présent, toujours; une autre fois, quand je serai moins occupée. Et d'ici là, réfléchissez, Jean. Vous lisez de mauvais journaux, des feuilletons qui donnent pour vrais des dénoûments monstrueux, impossibles.

JEAN. — Madame...

LA BARONNE. — Non, encore une fois, non, je ne veux pas vous entendre. Allez! je n'ai plus besoin de vous. — Ah! dites à mademoiselle Première que je suis revenue, que j'ai à lui parler.

JEAN, ouvrant la porte de droite. — Madame la baronne demande mademoiselle Première.

(Il laisse relevée la portière de droite, et sort par la porte du fond.)

SCÈNE II

LA BARONNE, puis MADEMOISELLE DE LASTIC

LA BARONNE, seule encore. — Et dire qu'il faudra le chasser, ce pauvre garçon, et que même je devrais l'avoir déjà fait; le premier, le seul être qui ait eu pour moi quelque chose qui ressemble à de l'attachement!... — Allons! viendra-t-elle cette petite? En voilà encore une qui se gâte terriblement... mais pas de la même façon. Une enfant que j'ai ramassée dans la rue, à qui j'ai fait un sort, à qui j'ai donné un nom magnifique! (appelant) Mademoiselle Première! Mademoiselle Première! — Est-elle sourde, ou est-ce mauvaise volonté? (appelant encore) Mademoiselle de Lastic!

MADEMOISELLE DE LASTIC (entrant à droite). — Enfin, c'est, bienheureux : je commençais à croire que vous aviez oublié mon nom.

LA BARONNE. — Pardon, ma chère enfant; mais j'oublie tout ce que j'ai fait. Je ne sais plus, vraiment, où j'ai la tête. — A-t-on passé chez madame Jourdain?

MADEMOISELLE DE LASTIC. — Madame, il n'y a plus de madame Jourdain.

LA BARONNE. — Comment! il n'y a plus de madame Jourdain?

MADEMOISELLE DE LASTIC. — Ni de mademoiselle Jourdain, ni de petits Jourdain, ni même de M. Jourdain.

LA BARONNE. — Oh! de M. Jourdain, pour ce qu'il y en avait... Mais, qu'est-ce que cela veut dire?

MADEMOISELLE DE LASTIC. — L'hôtel est habité, depuis un mois, par la famille de Boispréau. On n'y a jamais connu de Jourdain.

LA BARONNE. — Voilà qui est un peu fort, par exemple. Heureusement que le trousseau n'est pas marqué.

MADEMOISELLE DE LASTIC. — Cela vous apprendra, Madame, à vous commettre avec des Jourdain.

LA BARONNE. — Certainement; mais on nous dit de

tous côtés : faites des concessions, faites des concessions !

MADEMOISELLE DE LASTIC. — Pour moi, comme je le disais à M. Anatole, si j'en fais jamais, une concession, ce ne sera pas pour un M. Jourdain !

LA BARONNE. — On dit de ces choses-là à votre âge, et, plus tard, on fait...

MADEMOISELLE DE LASTIC. — Comment fait-on, Madame?

LA BARONNE. — On fait comme on peut, mon enfant.

MADEMOISELLE DE LASTIC. — Bonne maîtresse! je vous taquine; mais je vous aime bien, allez! et je n'aime pas grand monde pourtant. — Ah! ah! une voiture à la porte.

LA BARONNE. — Regarde donc si c'est pour nous.

MADEMOISELLE DE LASTIC, revenant de la croisée. — Madame Jourdain, c'est madame Jourdain.

LA BARONNE. — Nous allons avoir le mot de l'énigme.

MADEMOISELLE DE LASTIC. — Vous me le direz; moi, je me sauve. Elle me déplaît cette femme : elle est d'un commun, et bavarde!... (fausse sortie.)

JEAN, annonçant. — Madame la comtesse de Boispréau.

MADEMOISELLE DE LASTIC. — Je m'en doutais. Alors, je reste. (Elle s'assied et prend un livre.)

SCÈNE III

MADAME DE BOISPRÉAU, LA BARONNE, MADEMOISELLE DE LASTIC

MADAME DE BOISPRÉAU, entrant. — Pardieu! chère Madame, vous avez là un beau laquais, et très-bon genre,

il ne voulait pas m'annoncer. Je lui ai dit : mon garçon, je sais fort bien qu'on n'annonce pas chez des
lingères...

MADEMOISELLE DE LASTIC, à part. — L'impertinente !

MADAME DE BOISPRÉAU, poursuivant. — Mais j'ai mes raisons cette fois. Vous comprenez, chère Madame, je
voulais d'un seul coup vous étonner et vous instruire.

LA BARONNE. — Vous m'instruisez toujours, Madame.

MADEMOISELLE DE LASTIC, à part. — Attrape !

MADAME DE BOISPRÉAU, achevant pour la baronne. — Et je ne
vous étonne jamais. Au fait, vous avez dû voir tant
de choses !

MADEMOISELLE DE LASTIC. — Aïe !

LA BARONNE. — Moins que vous ne pensez, Madame ;
mais, quand j'aurai l'âge de Madame...

MADAME DE BOISPRÉAU. — Oh ! l'usage supplée à tout ;
et vous comprenez déjà, j'en suis sûre, vous vous-
êtes dit, en me voyant, que ce nom de Jourdain ne
pouvait plus aller avec notre état de maison. Oui, nous
nous sommes fait... comment donc cela se dit-il? Feu
le baron a dû vous l'apprendre, Madame.

MADEMOISELLE DE LASTIC. — Réhabiliter.

MADAME DE BOISPRÉAU. — Tiens! elle parle, cette petite. Moi qui la prenais pour une poupée. Eh bien!
oui, réhabiliter comme dit M. Jourdain... Je veux dire
M. de Boispréau ; mais ce n'a pas été sans peine, ni
sans frais, entre parenthèses. Figurez-vous, chère Madame, qu'il y a en France une multitude de Boispréau. Vous ne vous en seriez pas doutée. Il y en a
dans l'armée, dans l'église, dans la robe; il y en a
jusque dans les cotons. Ils sont même très-riches
ceux-ci, et nous n'avons eu affaire qu'à eux. Les au-

tres n'ont pas protesté. Mais, comme dit notre archi-
viste : la question ce n'est pas le nom, c'est le fief. Or
le fief, voyez quelle chance, le fief, Madame, c'est
justement nous qui l'avons, et depuis plus de soixante
ans ; et à telle enseigne que c'est le grand-père de
mon mari qui a jeté à bas l'ancien château, une vieil-
lerie, une horreur, pour en faire le neuf, un bijou,
un amour de petit château, tout en plâtre imitant la
brique, avec créneaux et *sarbacanes*.

MADEMOISELLE DE LASTIC (à part). — Oh! *sarbacanes!*

MADAME DE BOISPRÉAUX (poursuivant). — Il est entré dans
notre maison par alliance... attendez donc... est-ce
par alliance?... non, c'est ma foi bien par acquisi-
tion. A cela, qu'avez-vous à dire?

LA BARONNE. — Moi? absolument rien, Madame.

MADAME DE BOISPRÉAU. — Eh bien! moi non plus.
On a dit pourtant, on dit, et on dira encore, et puis
on ne dira plus rien. Ce sera un fait accompli. Nous
aurons le fief, nous aurons le sac, nous serons les
vrais Boispréau. Et là-dessus, chère Madame, où en
est le trousseau de ma fille?

LA BARONNE. — Il est presque achevé, Madame.
Mais vous avez oublié jusqu'ici de donner le chiffre
à broder.

MADAME DE BOISPRÉAU. — Le chiffre d'Emma? c'est
bien simple : un E et un J, Emma Jourdain... mais
qu'est-ce que je dis? un E et un B, Emma de Boispréau.

MADEMOISELLE DE LASTIC. — Mais non, Madame, vous
oubliez que c'est l'initiale du futur qu'il nous faut.

MADAME DE BOISPRÉAU. — Ah! c'est que le futur, le
futur... il n'est pas encore décidé le nom du futur.

D'abord c'était Gifflard ; Jourdain et Gifflard, ça allait tout seul ; mais à présent, vous comprenez, Gifflard et Boispréau, ça cloche.

Mademoiselle de Lastic. — On trouvera bien quelque fief.

Madame de Boispréau. — Tiens! mais, savez-vous qu'elle est très-gentille, cette petite-là? Elle se moque de moi ; mais, c'est égal, elle est charmante... avec son livre. — Et, vous lisez là, mon enfant?

Mademoiselle de Lastic. — Un traité sur les fiefs, Madame.

Madame de boispréau. — De mieux en mieux. Elle me roule, parole d'honneur! elle me roule. (A la Baronne) C'est votre lectrice, Madame?

La Baronne. — Mieux que cela, Madame : c'est mon imagination, c'est mon goût : elle a des idées qui ne sont qu'à elle, des coupes d'un imprévu... des formes...

Madame de Boispréau (interrompant). Comme ce laquais — sans comparaison, ma petite — en voilà un qui a des formes! Je ne viens pas ici de fois que je ne vous l'envie, Madame; aujourd'hui surtout, que deux des miens m'ont plantée là, sans crier gare. Mais comment faites-vous? Bien sûr, vous avez un secret, car, enfin, personne à présent ne peut plus se faire servir. Le nombre des valets diminue tous les jours.

Mademoiselle de Lastic. — C'est peut-être celui des maîtres qui augmente.

Madame de Boispréau. — Ah! décidément, elle est à croquer. Mais oui, mais oui, c'est que c'est ça, n'est-il pas vrai? Ce ne sont plus les rois aujourd'hui,

10

ce sont les valets qui s'en vont. Ajoutez qu'on ne parle plus d'autre chose.

La Baronne. — Il est bien certain qu'à présent on cause moins des maîtres dans les antichambres que des domestiques dans les salons. Cette question des domestiques...

Madame de Boispréau. — La question des domestiques? Mais c'est la question du jour, c'est la question d'Occident. Il faudra pourtant bien trouver moyen de la trancher.

La Baronne. — J'y songe tous les jours, Madame ; mais jusqu'ici, je n'entrevois que des moyens si extrêmes, si violents...

Madame de Boispréau. — Nous devrions nous mettre en grève ; car, enfin, si ça continue, il faudra bientôt se servir soi-même, et Dieu sait comme ça ira !

La Baronne. — Mais nous y arrivons, Madame, nous y arrivons : voici mademoiselle de Lastic qui ne peut pas trouver une femme de chambre.

Madame de Boispréau. — Pauvre petite chatte !

La Baronne. — Eh, tenez ! quelque chose de bien plus fort : ici même, dans cette maison, à l'étage au-dessus du mien, demeurait un ancien pair de France du dernier règne. Seul, et célibataire, il n'avait pour tout domestique qu'une grande vieille sèche, avec de la barbe, qui passait toutes ses soirées à lire nos journaux et à causer dans la loge du concierge. Du reste, il ne sortait jamais, et ne recevait âme qui vive. Or, savez-vous ce qu'on a appris à sa mort?

Madame de Boispréau. — Qu'il était immensément riche ?

La Baronne. — Non, mais que lui et sa vieille

servante n'étaient qu'un seul et même individu.

MADAME DE BOISPRÉAU. — Comment? c'était donc lui, qui, habillé en femme?... un ancien pair de France?...

LA BARONNE. — Eh! mon Dieu! oui, Madame, il n'avait trouvé que ce moyen-là de trancher la question des domestiques.

MADAME DE BOISPRÉAU (riant). — C'était la trancher dans le vif. Tenez, ma chère madame de Saint-Luc, parole d'honneur! on ne rit plus que chez vous. En savez-vous beaucoup d'histoires comme celle-là?

MADEMOISELLE DE LASTIC. — Il y a celle de la déesse.

MADAME DE BOISPRÉAU. — Une déesse?

MADEMOISELLE DE LASTIC. — Oui, Madame, une ancienne déesse de la liberté.

MADAME DE BOISPRÉAU. Oh! mais, c'est déjà très-joli. Allez! allez donc, ma petite... mais, attendez! cette ancienne déesse de la liberté, n'est-ce pas aujourd'hui la comtesse... la comtesse...

MADEMOISELLE DE LASTIC. — La comtesse de Montefiasco.

MADAME DE BOISPRÉAU. — Qui a un si bel appartement dans les Champs-Élysées, un appartement qu'elle loue en garni l'été, et où elle reçoit, et donne à jouer en hiver?

MADEMOISELLE DE LASTIC. — Précisément. Oh! mais, je vois que vous savez tout.

MADAME DE BOISPRÉAU. — Mais, non, mais non, je ne sais que cela.

MADEMOISELLE DE LASTIC. — Oh! alors, vous ne savez rien. Donner à jouer l'hiver, louer son logement l'été, faire manger dans sa vaisselle et coucher dans ses draps le premier venu, c'est ce que font tous les gens riches. La comtesse a d'autres talents.

MADAME DE BOISPRÉAU. — Ah !

MADEMOISELLE DE LASTIC. — Oui : elle fait imprimer des petits volumes de vers, qu'elle envoie, reliés et armoriés avec luxe, à tous les souverains de l'Europe, avec une dédicace particulière à chacun d'eux.

MADAME DE BOISPRÉAU. — Comment ? une déesse...

LA BARONNE. — Oh ! ça n'empêche pas, Madame.

MADEMOISELLE DE LASTIC. — Elle s'est ralliée.

MADAME DE BOISPRÉAU. — Charmant ! charmant ! Elle a tous les vices, cette enfant-là. Moi, je l'adore.

MADEMOISELLE DE LASTIC. — Si bien, Madame, qu'il y a un prince de je ne sais plus quel pays, du côté de...

MADAME DE BOISPRÉAU. — Ça ne fait rien, ça ne fait rien : qui dit un prince dit un prince.

MADEMOISELLE DE LASTIC. — Le prince donc s'habille en domestique pour aller voir incognito la belle dame qui lui avait adressé de si beaux sonnets. Vous comprenez : il avait la tête montée, il la croyait jeune et belle d'après ses vers. Enfin, il voulait être aimé pour lui-même. Le voilà donc parti pour les Champs-Élysées avec un paquet sous le bras. La déesse, à ce moment-là, se trouvait dans une position extrêmement critique. Elle avait pour locataire et pensionnaire à la fois un Américain immensément riche, mais brutal comme un revolver. Et, justement, tous les domestiques étaient partis le matin même, ne voulant plus être traités comme des nègres.

MADAME DE BOISPRÉAU. — Toujours les mêmes prétentions.

LA BARONNE. — Les mêmes exigences, Madame.

MADEMOISELLE DE LASTIC (poursuivant). — Le prince arrive sur ces entrefaites. Il sonne. Une vieille femme lui ouvre, toute barbouillée de cirage, et une main fourrée dans une botte. — Madame la comtesse de Montefiasco, s'il vous plaît? — Madame la comtesse est à la campagne. — Ah! c'est fâcheux! J'étais chargé par le prince, mon maître, de lui remettre ce paquet, un objet de valeur, et que je ne dois laisser qu'en mains propres. — Un objet de valeur, dit la vieille, c'est différent : Madame y est, je vais sur-le-champ l'avertir. En attendant, rendez-moi le service d'achever de cirer cette paire de bottes, car c'est extrêmement pressé. — Mon Dieu! répond le faux domestique, je le ferais bien volontiers; mais, entre nous, je vous dirai que je suis le prince lui-même. Voilà un louis pour ne pas me trahir.

— Oh! alors, s'écrie la fausse servante, en mettant le louis dans sa poche, confidence pour confidence, je suis moi-même la comtesse.

Madame de Boispréau éclate de rire. — Jean qui écoutait à la porte entr'ouverte la referme en se retirant.

MADAME DE BOISPRÉAU. — Nous rions, nous rions; mais, savez-vous, Mesdames, qu'au fond tout cela n'est pas gai. Cette question des domestiques prend des proportions énormes.

LA BARONNE. — Des proportions colossales, Madame. Avant longtemps on ne trouvera plus à se faire servir qu'au prix des derniers sacrifices.

MADAME DE BOISPRÉAU. — A qui le dites-vous, Madame? Tenez! voulez-vous savoir ce qui s'est passé ces jours-ci à ma connaissance, car je n'entends pas

10.

être en reste avec vous, et, moi aussi, j'ai mon histoire.

Jean reparaît à la porte du fond, et s'assied pour mieux écouter.

MADEMOISELLE DE LASTIC. — Ah! écoutons l'histoire de Madame; bien sûr, ce sera la meilleure!

MADAME DE BOISPRÉAU. — Sachez donc qu'il y a dans mon voisinage une pauvre vieille dame, une ancienne émigrée, tout ce qu'il y a eu dans le temps de plus comme il faut, mais qui, à présent, en est réduite à mille écus de rente viagère. C'est fier, ça vit toute seule, ça ne cause jamais avec les bonnes, et, à présent, vous le savez, il faut savoir faire à propos des concessions : il ne suffit plus de bien payer ses domestiques et de les laisser vous voler, il faut encore les distraire, leur faire la conversation. La bonne dame n'entendait pas de cette oreille-là, d'autant mieux qu'elle est un peu sourde; si bien que depuis plus d'un mois, elle n'avait plus de servante, lorsqu'enfin une fille très-convenable se présente. Excellente tenue, bonnes recommandations, prétentions modestes, tout l'arrange, tout lui convient. — Seulement, dit la fille, au moment de conclure, il y a une chose dont je dois prévenir Madame, c'est que j'ai l'habitude de prendre tous les matins mon café au lait dans mon lit, et comme je ne vois que Madame...

LA BARONNE. — Oh! c'est trop fort! Et votre dame l'a mise à la porte, j'espère.

MADAME DE BOISPRÉAU. — Eh! mon Dieu! non, que voulez-vous? impossible d'en avoir d'autre. Elle a cédé, la pauvre femme ; elle se lève au petit jour, fait le café, et le porte à sa bonne, après quoi elle se recouche, et, tout le reste de la journée, par exemple, elle est servie à la baguette.

SCÈNE IV

JEAN, LES MÊMES

JEAN. — Ah! bien! elle est forte, celle-là. Ah! ah! ah! oui, elle est forte.

MADAME DE BOISPRÉAU, riant aux éclats. — Ah! ah! ah! charmant! charmant! il est ravissant, ce laquais.

LA BARONNE, à Jean. — Jean, vous avez perdu la tête?

JEAN, interdit. — Au fait, j'en ai bien peur, Madame. Je ne sais ce qui m'a pris, mais je n'ai pas pu m'empêcher...

LA BARONNE. — Vous écoutiez donc à la porte?

MADAME DE BOISPRÉAU. — Eh! ma chère, ils écoutent tous à la porte.

JEAN. — Oui, n'est-ce pas, Madame? Qu'est-ce qu'on ferait autrement toute la journée dans une antichambre?... Mais, je m'en vais, madame la baronne, je m'en vais, ne vous fâchez pas... et, pourtant, moi aussi, j'en sais une histoire.

MADAME DE BOISPRÉAU. — Oh! ma bonne madame de Saint-Luc, allez-vous nous priver de l'histoire de Jean? Je suis sûre qu'elle est charmante.

JEAN. — Je ne dis pas ça, mais elle peut servir de pendant à la vôtre.

LA BARONNE. — Allons, Jean, puisque Madame le désire.

JEAN. — Oh! non, Madame, je suis déja bien assez en faute.

MADAME DE BOISPRÉAU. — Jean, nous vous en prions, mon ami.

JEAN. — Impossible, Madame, je sais trop bien ce que je suis et qui vous êtes.

MADAME DE BOISPRÉAU. — Mademoiselle de Lastic, joignez vos instances aux nôtres!

MADEMOISELLE DE LASTIC, contrefaisant Madame de Boispréau. — Jean, nous vous en prions, mon ami.

JEAN. — Enfin, puisque vous le voulez absolument, mesdames : il y avait une fois... mais, tiens! c'est drôle, voilà que je n'ose plus maintenant.

MADAME DE BOISPRÉAU. — Il est même timide! Mais, va donc, mon garçon, va donc!

JEAN. — Et puis, je vais vous dire : je ne peux pas raconter debout, ça m'embarrasse, ça m'ôte mes moyens.

MADAME DE BOISPRÉAU. — Eh bien! assieds-toi, mon enfant, assieds-toi. Le plus fort est fait, à présent. Tiens, voilà justement un fauteuil qui te tend les bras. (A madame de Saint-Luc.) Puisque nous sommes sur la voie des concessions...

JEAN. — Une de plus ou de moins, n'est-ce pas? J'obéis. (Il s'assied.) Hem! Hem! — Figurez-vous donc, belles dames.—Vous m'excuserez, je prends un genre, ça me soutient.

MADAME DE BOISPRÉAU, à part. — C'est que c'est vrai qu'il a des formes.

JEAN. —Figurez-vous donc que j'avais au collége deux camarades...

MADAME DE BOISPRÉAU. — Au collége? oh! alors rien ne m'étonne plus.

LA BARONNE. — Tu as donc été au collége?

JEAN. — Un peu, belles dames, un peu. Malheureuse-ment j'ai bifurqué. Oui, j'ai bifurqué presque tout de

suite : il y avait les sciences, il y avait les lettres, j'ai
choisi la livrée, c'était plus vite fait, et plus lucratif.
Ce qui m'a décidé, en partie, c'est qu'un beau matin
je m'étais réveillé orphelin de père et de mère, et
sans un sou pour payer ma pension. Mais, par bonheur,
le maître de l'institution était un brave homme ; il me
dit : Mon enfant, je ne te mettrai pas dans la rue.
Comme ce qu'il y a de pire au monde, c'est une
demi-éducation, tu pourras achever ici la tienne ;
mais à la condition que tu cireras les souliers de tes
camarades aux heures de récréation. — Ma foi ! lui
dis-je, si ça ne vous fait rien, Monsieur, j'aimerais
mieux jouer aux heures de récréation, et cirer les
souliers pendant les études. — Eh bien ! dit-il, ça me
va. — Eh bien ! dis-je, c'est entendu. Et voilà comment j'ai bifurqué.

(Il offre une prise de tabac à Madame de Boispréau, qui l'accepte, en prend une
lui-même et secoue son jabot du revers de la main.)

LA BARONNE. — Jean, vous prenez l'histoire de bien
haut. Ne pourriez-vous aller plus droit au fait ?

JEAN. — On y va, Madame, on y va. — Donc, comme
j'ai eu l'honneur de le dire à ces dames, j'avais au
collége deux camarades : l'un très-fier et très-travail-
leur, l'autre paresseux, mais pas fier. Je les ai re-
trouvés dans le monde exactement tels qu'au collége.
Le premier affectant de ne pas me connaître, le second toujours très-gentil, et m'empruntant même de
l'argent pour aller le manger avec l'autre.

MADAME DE BOISPRÉAU.—Ah! il t'empruntait de l'argent!

JEAN. — A chaque instant, Madame, à chaque instant ; mais je ne lui en prêtais jamais. Comme ça ne
leur suffisait pas, l'autre, alors, a eu une idée : il s'est

dit que son nom..., — Il a un très-beau nom, —
au collége, il s'appelait Durand, mais à présent, ah
dame! c'est le comte de Durandal! — Il a donc pensé
qu'un si beau nom pouvait lui faire faire un mariage,
d'autant plus qu'il est beau garçon, et, là-dessus, ma
foi! il s'est lancé dans le grand monde. Un tapissier
et un tailleur lui ont fait crédit sur sa bonne mine; il
s'est installé grandement; mais, ce qui lui manquait,
c'était un domestique : ça ne se trouve pas à crédit
un vrai domestique, un domestique qui représente.
C'est alors que l'autre a eu à son tour une idée : il a
dit à son camarade; écoute : toi, tu es actif, labo-
rieux, tu ne crains pas de te donner du mal; mais tu
es fier, très-fier; moi, je ne suis pas fier, mais j'aime
mes aises, je suis paresseux. A toi, il te faut un domestique pour la forme; à moi, il m'en faut un pour
tout de bon. Arrangeons-nous : je vais prendre ta
livrée; en apparence, je serai ton domestique; mais,
en réalité, c'est toi qui me serviras.

MADAME DE BOISPRÉAU. — Tiens! au fait, c'était une
idée. Et l'autre a-t-il consenti?

JEAN. — Sur-le-champ, et bien lui en a pris, comme
vous allez voir; mais tout autrement qu'il n'avait
pensé. A peu de temps de là, il avait trouvé une riche
veuve arrivant de Californie, et toute prête à convoler.
L'affaire allait être conclue, lorsque la dame, ayant eu
des soupçons sur les mœurs de son prétendu, tombe
chez lui un beau matin, au petit jour. Justement, le
porteur d'eau avait laissé la porte ouverte; elle entre
comme une bombe, et que voit-elle dans l'antichambre?... Le comte de Durandal en train de brosser
la livrée de son domestique.

MADAME DE BOISPRÉAU. — Et, naturellement, le mariage a été manqué?

JEAN. — Au contraire, Madame, au contraire, c'est ce qui l'a fait réussir. Vous comprenez; la dame s'est dit : s'il en fait tant pour son domestique, que ne fera-t-il pas pour sa femme?

MADAME DE BOISPRÉAU. — Mais, oui, au fait, c'était puissamment raisonné. Je ne m'y serais pas fiée, pourtant.

LA BARONNE. — Ni moi non plus.

MADEMOISELLE DE LASTIC. — Ni moi non plus.

JEAN. — Vous ne savez pas, vous ne savez pas : (A Madame de Boispréau.) Vous, Madame, vous n'êtes pas veuve. (A la baronne.) Vous, vous n'avez pas la candeur d'une femme de cinquante ans; et vous, enfin, Mademoiselle Première, vous n'arrivez pas de Californie. Vous y irez peut-être en Californie, vous pourrez même aller plus loin; mais, enfin, vous n'en revenez pas. — Encore un mot, et je me sauve : la moralité de tout ça, c'est qu'il n'est pas toujours mauvais de faire l'ouvrage de ses domestiques. Et là-dessus, Mesdames, je vous réitère un million d'excuses, et je retourne à mes travaux. (Il sort).

SCÈNE V

MADAME DE BOISPRÉAU, LA BARONNE,
MADEMOISELLE DE LASTIC

MADAME DE BOISPRÉAU. — Ma chère madame de Saint-Luc, voulez-vous que je vous donne un conseil? c'est

un bijou, ce garçon-là, c'est un trésor, prenez garde
qu'on ne vous l'enlève. Surveillez bien toutes les personnes qui viennent chez vous, et ne l'envoyez jamais
à aucune ; car, c'est affreux à dire, ce qui complique
énormément la question des domestiques, c'est l'in-
délicatesse des maîtres. On ne sait plus à qui se fier,
c'est un pillage, un vrai pillage. Savez-vous ce qui
m'arrive dans ce moment-ci ? J'avais un valet de pied,
un homme superbe : il ne valait certainement pas
votre laquais, d'abord il ne contait pas aussi bien ;
mais, enfin, il n'allait pas mal, il me suffisait, et ce
n'est pas peu dire à son éloge. Eh bien ! avant-hier je
l'envoie faire une commission à deux pas, chez la vicomtesse de Boisfutaie. D'abord, il reste au moins
deux heures, et, en revenant, après m'avoir rendu
compte de sa commission, voilà qu'il me dit que son
père est mourant à cent lieues d'ici, et qu'il faut qu'il
aille lui fermer les yeux. Je respecte ces sentiments,
je lui donne huit jours de congé, et voilà mon drôle
parti. Ce matin, il me prend l'idée d'aller voir cette
bonne madame de Boisfutaie ; je traverse la rue, car
c'est en face de chez moi, et, dans le vestibule,
qu'est-ce que je trouve ? Mon coquin de Baptiste en
train d'en conter à la dame de compagnie. Il avait
déjà la livrée feuille-morte des Boisfutaie. Naturellement, je soupçonne la vicomtesse ; j'entre furieuse
chez elle ; je lui fais les plus vifs reproches ; elle me
répond, en riant, que cela se voit tous les jours ; que
je n'avais qu'à mieux garder mes gens ; qu'on lui a
joué dix fois de ces tours-là, et à telle enseigne qu'elle
a maintenant un judas sur son antichambre pour
s'assurer que ses amies ne subornent pas ses laquais.

Vous pensez si j'étais outrée! je suis sortie pour ne pas lui faire une scène, et je me suis dit : Allons voir cette bonne madame de Saint-Luc; elle a tant de chance en fait de domestiques, qu'elle m'en trouvera peut-être un.

La Baronne. — Hélas! Madame, vous vous adressez bien mal aujourd'hui : un de mes deux laquais m'a quittée hier, et je pourrais me croire aussi indignement trahie que vous, si les personnes qui veulent bien m'honorer de leur confiance...

Madame de Boispréau, interrompant. — Voulez-vous me croire, ma chère amie? car vous me permettrez de vous donner ce titre : méfiez-vous de tout le monde, entendez-vous?

La Baronne. — Je ne pourrai jamais m'y résoudre, Madame.

Madame de Boispréau. — Eh bien! alors, attendez-vous à tout, à tout, c'est moi qui vous le dis. Mais il est temps que je m'arrache de vos bras. C'est samedi prochain mon jour, et il faut d'ici là que j'aie trouvé ma perle. (A Mademoiselle de Lastic.) Ma chère enfant, je vous embrasse; vous m'avez infiniment plu. Vous irez loin, comme dit maître Jean, et il s'y connaît, le gaillard. (A Madame de Saint-Luc qui se lève pour la reconduire.) Au revoir, chère Madame, et à bientôt, si vous le permettez. Ah! si vous vous dérangez pour moi, je me fâche. Pas de façons entre nous, je vous en prie, non, je vous en supplie.

La Baronne, s'arrêtant. — Puisque vous l'ordonnez, Madame...

SCÈNE VI

LA BARONNE, MADEMOISELLE DE LASTIC

LA BARONNE. — Eh bien! vraiment, elle gagne à être connue. Elle est bavarde, elle est commune, elle est brouillon; mais, au fond, je l'ai toujours dit, c'est une très-bonne femme.

MADEMOISELLE DE LASTIC. — Je ne m'y fierais pas, Madame.

LA BARONNE. — Oh! vous êtes si méfiante!

MADEMOISELLE DE LASTIC.—Moi! je ne me méfie que de ceux qui me disent : méfiez-vous de tout le monde. Les bonnes gens sont comme vous, Madame, ils ne se méfient de personne. Et tenez! que fait-elle à présent, votre madame de Boispréau? Savez-vous bien qu'elle n'est pas encore sortie de la maison? Si vous appeliez Jean, Madame?

LA BARONNE. — Jean? précisément, le voici. Qu'en dites-vous, petite soupçonneuse?

MADEMOISELLE DE LASTIC. — Ma foi! je dis qu'il a un air... un air téméraire, Madame.

MADAME DE SAINT-LUC. — On ne vous a pas sonné, Jean.

JEAN. — Non, Madame, non; mais c'est que... j'aurais quelque chose à dire à Madame (regardant Mademoiselle de Lastic) à... à Madame.

MADEMOISELLE DE LASTIC, à Madame de Saint-Luc. — Comme ça se trouve! il me vient, justement, une inspiration.

(Elle sort.)

SCÈNE VII

LA BARONNE, JEAN

LA BARONNE. — Allons! Jean, parlez, et tâchez de ne pas trop donner raison à mademoiselle de Lastic, qui vous trouve un air téméraire. Soyez bref, en tout cas. Il peut me venir du monde, et l'on ne trouverait personne à qui parler, puisque votre camarade m'a quittée hier si brusquement.

JEAN. — Oh! ça, Madame, c'est bien mal de sa part, et je le lui ai assez dit; car, lui, enfin, il n'avait pas une raison... il aurait dû donner les huit jours à Madame. Ce n'est pas comme quand on a une raison. N'est-il pas vrai?

LA BARONNE, à part. — Est-ce qu'il aurait une raison? (Haut.) Au fait, Jean, au fait.

JEAN. — Le fait, madame la baronne, c'est que depuis plus de huit jours je désirais faire part à Madame d'un bonheur qui m'est arrivé; quand je dis un bonheur, c'est un bonheur et un malheur, car ça va me forcer à demander mon congé à Madame.

LA BARONNE. — Votre congé! C'est là ce que vous aviez à me dire?

JEAN. — Madame ne s'y attendait pas?

LA BARONNE. — Non, franchement, je ne pouvais pas m'y attendre... mais, que voulez-vous, mon pauvre Jean? il faudra bien en prendre son parti, comme vous l'avez pris vous-même. Est-ce un héritage qui vous arrive?

JEAN. — Un héritage? Oh! je ne quitterais pas Madame pour si peu, Madame qui a toujours été si bonne pour moi, qui m'a gardé malade pendant un an, avec les premiers médecins, qui m'a soigné elle-même, qui m'a guéri... Mais il y a de ces questions de haute convenance avec lesquelles un homme comme il faut ne peut pas transiger.

LA BARONNE. — Jean, vous lisez trop, je vous le répète; ce que vous dites là, c'est une phrase qui a traîné partout. Mais, où voulez-vous en venir, avec votre question de convenance? se passerait-il ici quelque chose d'irrégulier, d'inconvenant? Ces demoiselles...

JEAN. — Oh! madame la baronne, des demoiselles qui ont toutes des noms! et puis, d'ailleurs, quand même j'aurais vu quelque chose, ce n'est pas ça, n'est-il pas vrai?... dans ma position... non, je veux dire seulement qu'après la découverte que j'ai faite, je ne peux plus décemment continuer...

LA BARONNE. — Il faudrait pourtant continuer, Jean; il serait même bon d'en finir.

JEAN. — Madame est bien agacée, aujourd'hui!

LA BARONNE. — Oui, très-agacée, en effet, et à tel point que, si vous me faites encore une observation de ce genre...

JEAN. — Eh bien! franchement, ça me fait plaisir...

LA BARONNE, hors d'elle. — Ah! c'est trop fort.

JEAN poursuivant. — J'ai tant de regrets d'être obligé de quitter Madame, que j'aime à voir que Madame elle-même n'en est pas tout à fait bien aise.

LA BARONNE.—Si j'avais pu le regretter, j'en serais ravie à présent.

Jean. — Eh bien! ça me fait plaisir encore, je ne voudrais pas non plus que Madame prit trop de chagrin à mon sujet.

La Baronne, riant aux éclats. — Ah! pour le coup, cela passe tout à fait au comique. (Elle s'assied.) Jean, tu peux à présent dire tout ce que tu voudras.

Jean. — Eh bien, Madame, en deux mots, voilà ce que c'est. Madame la baronne aura bien entendu parler du fameux Laporte, ou plutôt de La Porte, premier porte-queue d'une certaine Anne d'Autriche?... non, je vois que Madame ne se rappelle pas; mais c'est égal. Cette Anne d'Autriche a été dans le temps reine de France, à ce qu'il paraît. Eh bien, j'ai découvert que je descends...

La Baronne. — D'Anne d'Autriche?

Jean. — Pas précisément, non, Madame; mais de ce fameux de La Porte. J'en ai les preuves par écrit sur du papier très-fort, comme on en met...

La Baronne, interrompant. — Sur les pots de confiture.

Jean. — Oui, Madame, trempé dans l'eau-de-vie, pour les empêcher de moisir. Madame comprend qu'après ça je ne peux pas rester plus longtemps au service...

La Baronne. — Ah! tu renonces tout à fait au service?

Jean. — Tout à fait... non. Ça dépendra de bien des choses: il y a service et service, comme il y a noblesse et noblesse. Ce qui est sûr, pour le moment, c'est que j'ai le cœur fendu d'être obligé de quitter Madame, qui a toujours été si bonne pour moi. Et, pas plus tard que la nuit dernière, je me disais, en pensant à Madame, car j'y pense souvent à Madame : Est-ce malheureux qu'il n'y ait pas quelque biais, quelque moyen d'arranger ça! Quelle bonne affaire autrement pour une maison comme la maison de Madame, une maison si comme il faut, où il ne vient que du monde ancien! Voyez-vous, en grande livrée, dans l'antichambre, un descendant du fameux de La Porte? c'est ça qui serait un peu distingué.

LA BARONNE, à part. — Où veut-il en venir?

JEAN, poursuivant. — Quel effet, quel tapage dans tout le faubourg Saint-Germain, et surtout aux approches du premier de l'an! Vous figurez-vous ça, Madame, quand on dirait chez les Croï, chez les Biron : En voilà une maison soignée! jusqu'aux domestiques, tout noble.

LA BARONNE, avec négligence. — Oh! le faubourg Saint-Germain devient bien tiède ; il a vu tant de choses!

JEAN. — Oh! pas encore de cette force-là : un de La Porte, un gentilhomme, domestique chez une lingère! Après ça, je sais bien qu'aujourd'hui tout le monde est noble, à commencer par cette madame de Saint-Marc, qui doit venir vous voir tout à l'heure en calèche. Aussi faites-vous déjà un peu moins d'affaires, et à tel point que vous en êtes descendue à fournir des femmes d'hier, des bourgeoises, des parvenues, comme celle qui sort d'ici; mais c'est là justement pourquoi je me disais que vous ne feriez pas mal d'ajouter à *l'attraction* de votre maison l'appât d'un nom comme le mien.

LA BARONNE. — Jean, je ne sais pas où vous voulez en venir; mais vous êtes trop fort pour moi ; je commence à croire que vous n'avez pas bifurqué comme vous le dites.

JEAN. — Oh! pour ça, Madame, ce n'est malheu-

reusement que trop vrai ; autrement tout serait ouvert
à un homme de ma naissance. Avec la connaissance
du monde que j'ai prise dans le service, je pourrais
me lancer dans le feuilleton. Mais, pour cela, il me
manque le style, et je ne suis plus à temps de l'ac-
quérir. Ainsi, tout bien considéré, si Madame, dans
son propre intérêt, voulait me faire une petite concession, me porter seulement à deux mille francs, par
exemple...

LA BARONNE, à part. — Ah ! il se démasque à la fin.
(Haut.) Deux mille francs ?

JEAN. — Oui, Madame, deux mille francs, et c'est
donné.

LA BARONNE. — Mais ce n'est pas possible, ce n'est
pas sérieux tout cela. Tant de détours, tant de protestations de reconnaissance et de dévouement pour en
venir à demander deux mille francs de gages.

JEAN. — Que voulez-vous ? ce n'est pas par intérêt,
Madame ; mais, sachant qui je suis, je ne peux plus
servir à moins : noblesse oblige. — Bien plus, j'ose
dire que je suis modeste, que je fais même une grande
concession à Madame : on m'a offert mieux que cela,
et pas plus tard que tout à l'heure.

LA BARONNE. — Tout à l'heure ?

JEAN. — A l'instant même, la dame qui sort de chez
vous.

LA BARONNE. — Madame Jourdain ?

JEAN. — Madame Jourdain de Boispréau.

LA BARONNE. — Mais, je suis donc entourée de piéges,
de mensonges ? Je n'ai plus que des ennemis.

JEAN. — Eh ! mon Dieu ! oui, Madame, et vous
n'êtes pas de force à lutter : une femme toute seule,

sans protecteur... il manque ici une main d'homme.

La Baronne. — Oh! madame de Boispréau! elle qui, à l'instant, se disait mon amie!

Jean. — Ainsi va le monde, Madame. — Après ça, écoutez, elle vous avait prévenue.

La Baronne. — Mais, enfin, vous au moins, Jean, vous me donnerez bien huit jours pour trouver à vous remplacer.

Jean. — Huit jours? oh! impossible : ma nouvelle maîtresse ne m'a donné que dix minutes : elle doit même commencer à s'impatienter.

La Baronne. — Eh bien! partez, partez à l'instant même! Je voulais voir jusqu'où vous pousseriez l'ingratitude; maintenant je suis satisfaite. A aucun prix je ne vous garderais chez moi. Ce n'est pas de La Porte que vous descendez, Jean, c'est de Scapin.

Jean. — Madame me flatte.

La Baronne. — De Mascarille.

Jean. — Madame me comble.

La Baronne. — Et, par les femmes, de Figaro.

Jean. — De Figaro? de Figaro, Suzanne? mais, alors...

La Baronne. — Suzanne! vous savez mon nom?

Jean. — Moi? Je sais tout, ma bonne Suzanne. Mais, toi, as-tu donc oublié le petit berger avec qui tu cueillais des fraises dans les fossés du château de Saint-Luc?

La Baronne. — Jeannot? quoi! ce petit Jeannot...

Jean. — Qui, en sa qualité de descendant de Figaro, joue la comédie depuis un quart d'heure pour en venir à te dire qu'il t'aime, et qu'il a bien le front d'oser te demander ta main.

La Baronne. — Alors, madame de Boispréau?

Jean. — Oh! pour celle-là, par exemple, je n'ai dit que la vérité : elle est là qui attend ma réponse au coin de la rue, et moi, la tienne à tes genoux, Suzanne.

La Baronne. — Mon Dieu! certainement, je ne dirais pas non... mais, que pensera le monde? une baronne!

Jean. — Voyons, ma petite Suzanne, feu monsieur le baron, d'abord, n'était-ce pas un baron... un baron?... le respect me ferme la bouche; et toi, lorsqu'il t'a épousée, n'étais-tu pas un peu, chez madame sa mère, comme ton aïeule Suzanne chez la comtesse d'Almaviva?

La Baronne. — Eh bien! mettons que cela soit.

Jean. — Eh bien! il t'a épousée, je t'épouse, où est le mal? Je dirai même plus, Suzanne : en conscience, parole d'honneur! tu lui dois ça. — Allons! courage! cette jolie petite main...

La Baronne. — Eh bien! je consens, je te l'accorde; mais la gauche.

Jean. — La gauche?

La Baronne. — Certainement, il le faut bien : noblesse oblige.

Jean. — C'est vrai, au fait.

La Baronne. — Et, encore, j'y mets une condition.

Jean. — Tout ce que tu voudras, pourvu que j'aie le principal.

La Baronne. — Jusqu'à ce que j'aie vendu mon fonds pour nous retirer dans nos terres, tu conserveras ta livrée, qui te va si bien. Tu resteras, en public...

Jean. — Ton laquais. Comme ça se trouve! moi qui ne

11.

craignais qu'une chose, d'être obligé de passer maître. Avec ça qu'on ne peut plus trouver de domestiques. Ces coquins-là vous demandent des prix !...

La Baronne. — Eh bien! alors, vite à ton poste! J'entends une voiture à la porte. (Changeant de ton.) Mais, allez donc, Jean, allez donc!

Jean. — On y va, madame, on y va! (Il sort en envoyant un baiser à Suzanne.)

SCÈNE VIII ET DERNIÈRE

LA BARONNE, puis MADEMOISELLE DE LASTIC, puis JEAN

La Baronne, à part. — On y va! on y va! comme dans un café. Oh! mais, j'y mettrai ordre : c'est moi qui le tiens à présent. (Apercevant mademoiselle de Lastic debout à la porte de droite.) Ah! vous étiez là, petite fûtée? vous serez discrète, j'espère.

Mademoiselle de Lastic. — Oh! Madame, quand ce ne serait que dans l'intérêt de ma dignité... Mais, dites donc, ma bonne maîtresse, en voilà une concession!

La Baronne. — Oui, mais ce sera la dernière.

Mademoiselle de Lastic. — Si celle-là, en effet, ne tranche pas la question des domestiques, il n'y aura plus qu'à y renoncer.

La Baronne. — D'ailleurs, voilà assez longtemps que je m'immole aux vains préjugés de ma caste.

Mademoiselle de Lastic. — Ma foi! à parler franchement, je commence, moi aussi, à en être bien lasse; et, quand M. Anatole voudra...

LA BARONNE. — Enfin, qu'est-ce que c'est que M. Anatole?

MADEMOISELLE DE LASTIC. — C'est le nègre du second, Madame.

LA BARONNE. — Le nègre du second! mais c'est providentiel. Crois-tu qu'il descendrait bien quelques marches?

MADEMOISELLE DE LASTIC. — Pour moi? il dégringolerait, Madame.

LA BARONNE. — Eh bien! ma fille, qu'il dégringole!

MADEMOISELLE DE LASTIC. — Oui, n'est-ce pas? quand on prend du galon...

LA BARONNE. — Certainement. Et puis, disons-le, après tout, nous dérogeons, mais pour être servies, au moins, et combien d'autres aujourd'hui ne dérogent que pour servir!

JEAN, sur le seuil de la porte du fond. — Madame, le nègre du second demande à parler à Madame.

LA BARONNE. — Qu'il entre! mais, qu'il entre! (A mademoiselle de Lastic.) Tu l'avais donc fait prévenir?

MADEMOISELLE DE LASTIC. — Oui, voyant l'embarras où était Madame, j'ai cru qu'il était temps d'en abuser.

LA BARONNE. — Tu es une petite fée. Ah! madame la vicomtesse de Saint-Marc!...

JEAN annonçant. — Monsieur Anatole de Saint-Domingue.

LA BARONNE. — Un gentilhomme nègre! Ah! j'ai trop de chance aujourd'hui.

FIN

CHAPITRE XVII

LA PROPRIÉTÉ LITTÉRAIRE

Vous connaissez peut-être Lélio, jeune écrivain qui a peu produit, mais ne donne aucune espérance, charmant du reste dans le monde, où il allait beaucoup avant le malheur dont il a été frappé... à la tête.

En littérature, Lélio a donné sa mesure dans ses *Fables sans animaux*. On ne lui connaissait guère d'autre étoile que celle-là, et on la lui passait bien volontiers en raison des qualités de cœur qu'on aimait à lui supposer.

Mais il n'y a pire eau que l'eau qui dort; un événement littéraire ou soit disant tel, un événement auquel personne ne songe plus, mais qui a fait extravaguer toute la presse voilà deux ans, un événement qui n'était pas même un événement, quoi qu'en ait pensé Lélio, a suffi un beau jour pour faire tourner cette crème des hommes, pour faire verser dans le feu cette soupe de lait d'ânesse.

En deux mots, depuis le congrès littéraire de Bruxelles, Lélio n'est plus Lélio : tour à tour taciturne, furieux ou amer, tantôt il interpelle ses amis en plein boulevard, leur reprochant vivement leur indifférence dans une question si importante, si décisive pour les lettres et les beaux-arts, tantôt on le voit s'égarer dans les allées les moins ratissées du bois de Boulogne, de l'air d'un homme qui cherche un arbre pour se pendre. Heureusement la police des bois est aussi active que celle des rues ; sans cela, croyez-le, sceptique lecteur, un nom de plus eût déjà figuré dans le martyrologe littéraire : Lélio ne prend pas les choses comme vous.

Les bijoutiers, accommodant leur industrie aux exigences de notre énorme vanité et de nos petites fortunes, ont imaginé des parures en conséquence : ce qui faisait hier des pendeloques, une rivière, un diadème, fera demain des bracelets, de riches boutons, une broche. Certains écrivains aujourd'hui ressemblent à ces parures : ce matin, c'était Jean qui pleure, ce soir ce sera Jean qui rit ; on fait la pluie de midi à deux heures, et le beau temps de quatre à six.

Mais Lélio n'est pas un écrivain qui se démonte ; Lélio n'est pas un poëte à trucs. Lélio, en un mot, s'il n'est pas un talent, est à coup sûr un caractère, comme vous allez en juger.

*
* *

Lélio, de même que plusieurs grands poëtes modernes, avait trouvé une Anglaise sentimentale qui s'était éprise de lui sur première lecture de ses *Fables sans animaux*. A défaut de fortune, de beauté, de jeunesse, cette preuve de goût l'avait fait payer de retour par le sensible et trop désintéressé Lélio.

Le mariage allait donc se conclure, lorsque, précisément la veille du grand jour, le Congrès littéraire de Bruxelles, au mépris de toutes les lois divines et humaines, rendit la décision que vous savez. .

A cette funeste nouvelle, Lélio, pour rester honnête

homme, crut devoir restituer à sa prétendue la parole qu'il avait d'elle. Celle-ci n'ayant pas voulu la reprendre, Lélio poussa la délicatesse jusqu'à lui retirer la sienne.

La propriété des œuvres littéraires, *fables* y comprises, n'étant assurée aux conjoints et héritiers d'un écrivain que pendant cinquante ans après la mort de celui-ci : — Je ne veux pas, dit Lélio, que ma femme et ses enfants soient exposés à mourir de faim un demi-siècle après mon décès.

On eut beau insinuer timidement à Lélio que sa future, ayant passé la cinquantaine, mourrait vraisemblablement avant lui, et peut-être même sans lui avoir donné d'enfants; il n'en a point voulu démordre, et je crains fort, je vous l'avoue, non-seulement que Lélio ne reste garçon, mais encore que, de dégoût, il ne brise à jamais la plume qui a écrit les *Fables sans animaux.*

Ces maudits congrès n'en font jamais d'autres.

CHAPITRE XVIII

LES PETITES IDOLATRIES

§ I

Monsieur Légion.

— Moi, moi, et toujours moi ; M. Légion ne sort pas de là. C'est comme moi, dit-il à tout propos, et il le prouve à sa façon.

On parlait un jour devant lui de l'héroïsme des Spartiates aux Thermopyles,— il n'y a que M. Légion pour avoir de si belles chances.

— On ne voit plus de ces traits-là, fait un classique, le dernier classique peut-être, encore une chance de M. Légion.

— Oh ! réplique notre homme, on n'en voit plus, c'est bientôt dit. En Crimée pourtant... Et, tenez, sans aller si loin, — je n'ai pas l'habitude de parler de moi, de me mettre en scène; — mais figurez-vous qu'un jour... j'étais jeune à la vérité; montrerais-je à présent autant de courage? je n'en réponds pas : tout s'use à la longue. A Cologne, donc, à l'hôtel du *Rhin*, il était environ quatre heures du matin, c'était en été, le jour commençait à poindre. Un monsieur bien mis, ma foi ! entre tout doucement dans ma chambre; il fait main basse sur mes effets, tranquillement, sans se presser. Il décroche ma montre, que j'avais pendue à un clou à la cheminée ; il prend jusqu'à mes pistolets, qui étaient tout chargés sur ma table de nuit ; il en retire les capsules, les désarme, les met dans sa poche, et s'en va. Eh bien, Monsieur, croiriez-vous que, pendant tout ce temps-là, plus d'un quart d'heure, moi, moi qui vous parle, j'ai eu le courage de ne pas bouger, de faire semblant de dormir ? Un mouvement, le plus petit mouvement, et j'étais perdu ; car c'était un voleur, oui, Monsieur, un voleur, j'avais vu ça tout de suite, MOI.

*
* *

Qu'est-ce que monsieur Légion ? que fait-il ? d'où sort-il ? Il doit me l'avoir dit plus de cent fois ; mais j'ai si mauvaise mémoire ! Et cependant, je le connais, évidemment je le connais beaucoup ; je dois même croire que nous sommes dans une grande intimité, car chaque fois que je le rencontre, il vient à moi d'un air triomphant, et me conte en détail toutes ses affaires, — sans jamais s'informer des miennes, il faut lui rendre cette justice.

Sa femme a été légèrement indisposée ; mais elle va mieux, beaucoup mieux. Sa petite Henriette devient de première force sur le piano. Quant à son Georges, un garçon qui n'a pas encore douze ans, il a eu tous les prix de sa classe à la dernière distribution ; c'est un gaillard qui fera son chemin.

— Au reste, dit M. Légion, je ne lui souhaite qu'une chose, c'est de réussir en tout comme MOI.

*
* *

Il y a huit jours, je me sens touché à l'épaule; je me retourne :

— Eh! bonjour, monsieur Légion, vous vous portez bien? et Madame? et le petit gaillard?

— Oh! celui-là, il n'y a pas à s'inquiéter pour lui. Mais regardez-moi donc! Vous ne me dites rien? vous ne me faites pas compliment?

— Si fait, si fait; mais... de quoi donc?... Ah! j'y suis : ce ruban...

— Oh! je ne l'avais pas demandé (on ne l'a jamais demandé). Je ne tiens pas à ces bagatelles, mais le monde est si bête ! Et puis ma femme, ma belle-mère surtout... Les femmes, vous savez, ça aime ce qui brille. D'ailleurs, sans ce bout de ruban, aujourd'hui on ne compte pas, on n'existe pas. Mais, à propos, dites-moi donc, et vous? quand est-ce que l'on vous décore?...

— Moi, monsieur Légion, y pensez-vous? moi, décoré! à quel propos?

— Au fait, c'est vrai. Mais il y en a tant qui ne l'ont pas mérité mieux que vous! Mon Dieu, tenez, si vous voulez... et cependant, il faudrait pouvoir donner une raison, une apparence... Ah! m'y voilà : vous êtes bien au moins de la garde nationale?

— Hélas ! non; je suis parvenu à y échapper jusqu'à présent.

— C'est dommage, sans cela je connais quelqu'un qui a fait décorer des gens... j'aurais pu lui parler, et je ne doute pas qu'il n'eût fait la chose pour MOI.

§ II

Une présentation dans le monde.

Gustave L. est un sot de talent, anomalie beaucoup moins rare qu'on ne pense chez les écrivains,
et chez les artistes surtout. Éclectique, il jouit du
rarissime privilége de charmer le vulgaire, tout en
plaisant modérément aux délicats. Son procédé est
un compromis, de même que sa morale. Son œuvre
est un salon où le classique et le romantique, la
tradition et le progrès, la religion et la philosophie,
à force d'égards mutuels, peuvent être pris les uns
pour les autres. Le vice et la vertu s'y appellent devoir
et plaisir, c'est moins crû; ils se font toute sorte de
politesses, et finissent par convenir qu'il n'y a entre
eux qu'un malentendu regrettable, et qu'il serait temps
de faire cesser.

Au fond, la muse de Gustave L. manque absolument de race; mais elle a du monde et sait s'habiller.

Sa réputation est maintenant arrivée à son comble;
je lui défierais de l'accroître. Après certains honneurs
qu'il a reçus, Gustave L. aura beau mal faire, il ne
pourra jamais grandir.

Sa grande vogue a commencé avec le déclin de son
talent. La foule est allée à lui quand les esprits d'élite,
un moment séduits par les apparences, commençaient
à en revenir.

Ce qu'on voudrait savoir, c'est si un même phénomène, une même antithèse, s'est produite dans sa

conscience. Gustave L. grandit-il à ses propres yeux, en raison directe de la décroissance de son talent?

J'aime à supposer le contraire. Où s'arrêterait-il autrement? Jusqu'où s'élèverait son amour-propre? Quand sa réputation n'était encore qu'à zéro, on va voir combien de degrés marquait déjà son infatuation de lui-même.

La belle duchesse de R.,—un des plus grands noms de l'Empire, — avait devancé l'opinion : elle aimait le talent de Gustave L. à une époque où ce talent avait grand'peine encore à se produire. Un peu éclectique elle-même, elle y trouvait comme un passage du *Romantisme*, d'où elle était partie, au *Réalisme*, où nous l'avons vue s'embourber.

Ce passage, cette transition, il s'agissait de la faire accepter, de la produire, de la répandre dans le monde qui accepte tout ce qui est bien présenté.

Un jour, à cet effet, elle offrait à Gustave de le présenter dans un salon qui a pour spécialité de créer des réputations. La maîtresse de la maison a fait, dit-on, trois académiciens de plus que madame Récamier, et elle ne s'en tiendra pas là.

Mais Gustave se fit prier; il n'aimait pas le monde; et puis ceci, et puis cela, des façons à n'en plus finir. Humble violette, ce qu'il craignait par-dessus tout, c'était de voir l'attention fixée sur sa personne.

— Enfant que vous êtes, dit la duchesse, qui y songe, à votre personne? qui voulez-vous qui s'en occupe? sait-on seulement si vous existez? Demain, à la bonne heure, quand on vous aura vu un instant avec moi, vous pourrez vous cacher : vous serez célèbre.

Gustave L. était d'un autre avis, et l'événement devait lui donner raison, interprété surtout comme il le fut par cet incorrigible égotiste.

Il arriva, en effet, ce qui ne pouvait manquer d'arriver, ce qui arrivait partout où se montrait la duchesse : au lever de cet astre, à l'apparition de cette éclatante beauté, qui n'en était pas même encore à son midi, tout le reste fut éclipsé, il n'y eut plus d'yeux que pour elle.

— Eh bien! fit Gustave, que vous disais-je? Voilà précisément ce que je craignais, ce que je ne peux pas souffrir : tous les regards fixés sur MOI.

§ III

Un coup de canon mal compris.

On croit généralement qu'Élias T., un de nos romanciers les plus en vogue, n'a jamais lu autre chose que ses romans : c'est une erreur : Élias T. n'a pas l'esprit tellement inventif qu'il ne cherche parfois quelques idées dans celles des autres, et même dans les journaux.

Un jour donc qu'il venait de lire un article sur l'inauguration de la statue de Corneille à Rouen : — Décidément, s'écria-t-il, rien de tel pour un écrivain que d'être né dans une ville de province de cent mille âmes pour le moins ; autant de compatriotes, autant de prôneurs qui trouvent leur compte à faire le vôtre.

Vivant, ils vous font arriver à tout ; mort, il vous dressent des statues. — Madame Élias, prenez vos mesures : nous partons la semaine prochaine. Il est temps que j'aille rappeler à la ville de R. qu'elle a eu l'honneur de me donner le jour.

Madame Élias, qui est une personne instruite, fit timidement observer que la ville de R. pouvait bien ne pas contenir tout à fait cent mille habitants. Le petit gaillard fut appelé, et cet enfant, qui est « vraiment étonnant pour son âge, » trouva sans hésitation dans le *Dictionnaire de Bouillet* que la ville de R. ne compte que 36,492 habitants.

M. Élias embrassa tendrement ce petit prodige ; et, à l'objection de la mère, corroborée par le *Dictionnaire de Bouillet*, il répondit modestement : Eh bien, j'aurai un buste, un simple buste ; il faut savoir borner ses vœux.

Trois jours après cet entretien, les principaux *organes* de la ville de R. donnaient la nouvelle suivante :

« Un écrivain que nous envie toute la France, le plus fécond, le plus dramatique, etc., etc., des romanciers modernes, M. Élias T., doit arriver très-prochainement dans notre ville, *destinée à devenir au premier jour le cadre d'un de ses plus piquants romans de mœurs.* Le séjour de M. Élias T. à R. sera de fort peu de durée, le but principal de cet honorable écrivain n'étant point de chercher parmi nous des types pour une de ses compositions, mais uniquement de revoir une ville à laquelle il a conservé depuis l'enfance un souvenir filial. A défaut des auteurs de ses jours, qu'il a perdus depuis plus de six lustres, l'éminent écrivain trouvera dans notre cité autant d'amis et d'admirateurs enthousiastes que la ville de ·R. compte de citoyens éclairés. »

Qui fut à la fois surpris et charmé en recevant les trois journaux qui contenaient cette annonce flatteuse ? ce fut madame Élias T. Elle les fit lire au petit gaillard, en lui recommandant bien le secret, et, au déjeuner, Élias les trouva, charmante surprise, sous le rouleau de sa serviette.

Il se plaignit bien un peu de l'indiscrétion, du bavardage des amis, car il fallait que quelqu'un eût parlé ; mais, au total, il parut assez satisfait.

— Plains-toi donc, gros gâté ! disait sa femme. A qui la faute, si tu ne peux pas te retourner sans que la France n'en soit à l'envers ?

Ce qui ravissait surtout l'excellente dame, — et elle en fit l'observation avec sa finesse ordinaire, avec ce tact qui n'appartient qu'aux femmes, — c'était l'identité des termes de ces trois annonces, dans trois journaux représentant trois opinions différentes.

— Ce sont là de ces choses qui n'arrivent qu'à toi, dit-elle.

Et voyant son mari rougir (il rougissait encore dans ce temps-là) :

— Allons, pas de fausse modestie ; ton talent et ton caractère t'ont mis au-dessus de tous les partis.

— Eh bien, ma pauvre enfant, soupira l'homme modeste, il suffit pourtant d'un hasard comme celui-là pour qu'on me soupçonne d'avoir moi-même rédigé et fait insérer ces annonces dans des journaux dont j'ignorais l'existence il n'y a qu'un instant.

— Toi, on te soupçonnerait d'une manœuvre si ri-

dicule, si basse, quand tout le monde me dit, au contraire, que tu ne sais pas te faire valoir! Toi, Élias,
tu serais accusé de charlatanisme! Va, tu n'as pas ce
danger-là à craindre.

LE PETIT GAILLARD, avec feu. — C'est bon pour D....

MADAME T., au petit gaillard. — Polisson! si vous conti-
nuez à répéter ce que vous entendez dire à votre père,
on vous mettra au collège à demeure. (A son mari.) Il est
unique!

*
* *

Le couple Élias T. serait parti pour R. à l'instant
même, si la couturière et la modiste de Madame eussent
répondu à son empressement. Mais la toilette simple
et riche que demandait la circonstance se fit attendre
au moins huit jours. Ce fut une terrible épreuve pour
la patience de madame T., qui, s'étant mise à lire
les journaux, n'y voyait plus que triomphes et ova-
tions littéraires. Un jour, c'était Jasmin à qui les ca-
pitouls de Toulouse apportaient sur un plat d'argent
les clefs de leur ville; le lendemain, venait le banquet
avec orphéon, offert par quelque autre grande cité au
jeune du Theil; puis Avignon faisant abattre un pan
de ses murs, par le Rhône, pour l'entrée du grand
Esquebiou, le fameux *Troubaïre*.

« S'ils en font tant pour de simples poëtes, se disait
madame Légion, que sera-ce pour Élias, qui n'a jamais
fait un vers de sa vie? — Malheureusement, ajoutait-
elle, cette pauvre ville de R. n'est peuplée que de
36,492 âmes. Oui, mais ce sont des âmes d'élite. Et
puis, nous aurons des costumes bretons et des cornemuses... des cornemuses! »

Et là-dessus, elle ne rêvait plus que sérénades sous
ses fenêtres, boîtes, fusées volantes, mâts vénitiens
avec cartouches et devises, et banderoles, et chœurs
de chroniqueurs, et cortége de jeunes filles vêtues de
blanc, semant de fleurs les pas du gros gâté.

*
* *

Les premières apparences réalisèrent en grande partie, au début, les rêves complaisants de madame T. et
les espérances de son époux. Lorsque ce digne couple
fit son entrée dans la bonne ville de R., les rues étaient
jonchées de fleurs de genêt et de bruyère. De riches
tentures pendaient au dehors des croisées; des draps
blancs semés de bouquets tapissaient toutes les mu-
railles. Les habitants de la ville et des campagnes en-
vironnantes, vêtus de leurs plus beaux costumes,
émaillaient les rues, pleines de mouvement et de babil.
Le soleil même par son éclat semblait s'être mis en
frairie.

— C'est comme L'AUTRE, pensait madame T., mon
Élias a toujours beau temps pour ses fêtes...

Inutile de dire qu'en traversant la ville, on ne manqua pas de distribuer au petit peuple de gracieux sou-
rires et des saluts à la fois reconnaissants et protec-
teurs; ce que voyant, nombre de gamins accompa-
gnèrent la diligence jusqu'à l'hôtel avec des cris et des
éclats de rire, les uns faisant la roue, d'autres jetant
leur bonnet en l'air, et tous ramassant les sous mêlés
de pièces blanches que leur jetait madame T.

A l'hôtel, on se rafraîchit, puis, après un peu de repos, la toilette simple et riche sortit des coffres; on se

mit en grande tenue, et on attendit la visite des autorités.

Au bout d'une heure, ne voyant rien venir, et commençant à craindre quelque malentendu, Élias se décida à faire la première démarche ; il se rendit chez le préfet maritime.

Ce personnage appartenait originairement à la spécialité du loup de mer ; mais, à la franchise quelque peu rude du marin, il joignit de bonne heure une femme aimable, une de ces femmes qui naissent préfettes, comme les Villeneuve de Bargemont naissaient préfets. Sans elle, son mari fût toujours resté maritime ; elle, sans son mari, n'eût peut-être été que préfette. Le mariage, heureux trait d'union, avait fait de ce couple le modèle, le type du genre préfet maritime.

Un des nombreux talents de madame la préfette de R. consistait à savoir tirer parti de tout le monde, à concilier son plaisir avec les devoirs de la charge de son mari ; à se divertir des gens les plus ennuyeux, tout en les laissant enchantés d'elle.

Ainsi, lorsque M. Élias T. eut décliné ses noms et qualités, et comme le préfet ouvrait la bouche, pour ne rien dire, avec sa franchise ordinaire, elle la lui ferma par un « Comment donc ! » qui alla droit au cœur du romancier.

— Comment donc ! monsieur Élias T. dans nos murs ! L'illustre auteur de *Cavalcados y Traballeras* a daigné se souvenir de notre ville ! Mais c'est une bonne fortune.

— Une très-bonne fortune, enchérit spirituellement l'homme de mer. Eh ! mais, n'est-ce pas aussi de monsieur, ce grand roman que je vois affiché sur les murs

de R. : *les*... oui, c'est bien ça, *les Villes de France*....
Mais non, au fait, qu'est-ce que je dis donc? *les Villes
de France*, c'est d'un monsieur... d'un monsieur Boi-
leau-Laffecteur. Excusez un marin, monsieur Élias T.
Moi, voyez-vous, en fait de romanciers, je ne connais
que le capitaine Marryat ; celui-là, par exemple, je le
sais par cœur, lui, bien entendu, pas ses romans, je
n'ai pas voulu en lire un seul ; mais je lui rends cette
justice, que c'était un excellent manœuvrier. Je l'ai vu
avec peine abandonner son pavillon pour se faire
d'évêque meunier.

Madame la préfette, qui, je l'ai déjà dit, a toujours
su se faire un plaisir de ses devoirs, trouva sans doute
ici que son devoir l'amusait trop, car, sur un signe
d'elle :

— Après tout, ajouta le préfet, il n'y a pas de sot
métier : ce Marryat avait, dit-on, peu de santé ; s'il fût
resté marin, peut-être bien serait-il mort à l'heure qu'il
est, et, comme dit un proverbe, mieux vaut goujat debout...

Là, comme il s'engravait de plus en plus, madame
la préfette prit résolûment le commandement du na-
vire. Elle interrompit son mari en lui rappelant qu'une
affaire intéressante le réclamait à l'Arsenal, et il n'était
pas encore à la porte, que déjà elle avait reconquis
toute la faveur du romancier en lui parlant de ses ouvrages.

Elle n'en avait pas lu un seul ; mais c'était encore un
des talents de cette aimable femme, que plus un sujet
lui était étranger, et plus elle en parlait pertinemment
et avec grâce. Son regard, son sourire, ajustaient, ap-
propriaient tout.

Elle savait aussi que les louanges peuvent se passer d'à-propos, et que là, comme dans le genre où excellait son auditeur, il vaut mieux frapper fort que juste.

D'ailleurs, le nom d'Élias T. et les titres de ses ouvrages sont de ceux qui crèvent les yeux : la préfette n'avait pas été sans voir de ces affiches-monstres dont la dimension n'est pas toujours proportionnée à la grandeur des noms qu'elles propagent. Elle put donc à peu de frais donner une haute idée de son instruction et de son goût, et, tout en se divertissant, mettre son auditeur aux anges.

Madame Sophie Gay disait d'un de nos meilleurs poëtes : « Ce pauvre Amaury, il croit être bon, il se trompe. » Ce n'était pas le cas de madame la préfette maritime de R.; elle était, sur son propre compte, dans une illusion toute contraire : cette excellente femme se croyait méchante; elle se trompait.

La bonté n'exclut pas, loin de là, elle implique ce que les Italiens appellent *la necessaria malignità*. Que serait, en effet, la bonté sans cet appoint, sans ce grain de sel? Toute la question, c'est la dose. Un sot n'est jamais bon : il n'a pas la mesure, sa main est lourde, il est ou fade ou trop salé.

La preuve que cette charmante préfette—je regrette vraiment de n'en pouvoir donner qu'une si légère esquisse — la preuve, dis-je, que sa bonté était assaisonnée à point, c'est que tout le monde en redemandait. On la quittait bafoué et ravi. Elle avait la main si légère !

Une méchante femme, à sa place, n'eût congédié Élias qu'après lui avoir fait entendre qu'elle s'était moquée de lui. Peut-être même eût-elle attendu pour

cela de l'avoir fait poser devant témoins. Notre belle
préfette n'était pas de ce caractère, elle ne travaillait
que par amour de l'art; ce qu'elle en faisait, c'était
pour elle-même; quand elle se donnait la comédie,
elle ne laissait pas payer les violons aux acteurs, quelquefois même elle offrait à dîner à ceux-ci. Mais il y a
des comédiens si entêtés de leur métier, que, même
au delà de la rampe, ils continuent à jouer leur rôle.
Élias T. a cette infirmité. Ce comique est partout et
toujours en scène. L'excellente préfette ne pouvait
pas le deviner.

Ce jour-là même, elle avait à sa table une société
choisie, j'entends choisie en ce sens que la réunion se
composait de ces ennuyeux dont un festin nous débar-
rasse. Les traiter séparément, ce serait à n'y pas tenir;
on s'exécute en une fois. C'est ainsi qu'à Paris certaines gens ont *un jour* pour les fâcheux et les indiffé-
rents. Le *jour* de la préfecture de R. se levait une fois
par an, et encore ne durait-il que de six heures et demie à dix. La province a ses priviléges.

L'occasion d'égayer un peu ce repas était trop belle
pour qu'Élias ne fût pas invité à l'honorer de sa présence, avec Madame, bien entendu. Ce n'était pourtant
pas un piége, comme l'événement l'a fait supposer.
Encore une fois, on n'est pas devin. Si prévenu en sa
faveur que se fût montré Élias, ni la préfette, ni son
mari surtout, ne pouvaient prévoir que ce dîner, dont il
se trouvait prié par hasard, deviendrait à ses yeux une
fête donnée à son intention.

Non-seulement, d'ailleurs, on ne fit rien pour entretenir une illusion si comique, mais encore il se passa un
fait et il fut dit un mot qui la rendent impardonnable.

Au moment où l'on annonça le dîner servi, et lorsque la préfette allait prendre l'unique bras d'un vieil
amiral anglais en retraite, Élias se trouva lui offrir les
deux siens, tant il craignait qu'elle en manquât.

— Ah ! fit-elle, ce n'est pas bien : vous abusez de tous
vos avantages.

Élias a le caractère bien fait. Il ne lui entra même
pas dans la tête qu'il pût avoir manqué d'usage. Il prit
à la lettre le mot de la préfette, et se dit qu'en effet
avoir deux bras au service des dames est un de ces
avantages dont il ne serait pas généreux d'abuser. La
leçon qu'il reçut était d'ailleurs accompagnée d'une
révérence évasive et d'un sourire si pleins de grâce,
qu'il la tint pour une faveur signalée.

Madame Élias ne prit pas la chose en moins bonne
part. Une pointe de jalousie se glissa même dans ce
cœur dévoué ; mais elle n'en laissa rien voir ; elle avait
l'habitude de se commander. Si son Élias ne plaisait
pas à toutes les femmes, il ne serait pas ce qu'il est.
L'honneur d'appartenir à un homme célèbre a ses in-
convénients. Pour peu qu'il y eût bien tenu, Élias T.
eût persuadé à cette bonne créature qu'un si grand
honneur est de ceux qu'il faut de temps en temps se
résigner à partager.

A la table, qui était d'une trentaine de couverts, je
ne sais comment il se fit qu'une des moindres places
échut à Élias, nouvelle faveur à laquelle il fut très-sen-
sible : la préfette ne lui avait-elle pas dit tout bas
qu'elle entendait le traiter en intime ?

Avec ce mot, il n'eût tenu qu'à elle de faire manger
le gros gâté à une petite table à part, comme un enfant de la maison.

12.

Quant aux santés, on n'en porta aucune, pas même en l'honneur d'Élias, et par une raison toute simple, lui-même il en était tombé d'accord. Comme il prenait ses informations à cet égard, afin de pouvoir au besoin préparer un *speach* improvisé par la reconnaissance, l'aimable hôtesse lui avait répondu que, en raison de certaines susceptibilités et divergences politiques, on éviterait, pour cette fois, toute manifestation qui pourrait en autoriser d'autres.

— Vous autres Bretons, avait-elle ajouté bien bas, vous avez la tête si chaude !

Et encore plus bas, et presque à l'oreille :

— Il faudrait, vous comprenez bien, notre position l'exige, vous seriez le premier à nous le pardonner ; il faudrait commencer par porter la santé du roi ; or, il y a ici des gens... un vieux ferment de chouannerie...

— Ne le réveillons pas, Madame, avait interrompu Élias ; la position est déjà bien assez tendue. Avant tout, je suis un homme d'ordre, et je ne me consolerais jamais si ma présence devenait ici une cause d'agitation. Ma mission, d'ailleurs, n'a rien de politique, et, pour rien au monde, je ne voudrais réveiller le feu qui couve sous la cendre, fût-ce même le feu sacré.

— Monsieur, avait répondu la préfette, voilà un mot dont l'histoire profitera, si jamais j'écris mes mémoires.

Pauvre, pauvre madame Élias ! Et vous, ô le plus confiant, le plus agneau de tous les loups de mer ! Heureusement, ni l'un ni l'autre vous n'entendîtes ces paroles ! heureusement vous ne vîtes pas de quel regard elles furent accompagnées !

⁎

Madame Élias, il faut le dire, n'avait pas été traitée avec autant d'intimité que son mari : les femmes étant en très-petit nombre, on avait pu la placer à la gauche du préfet. La rude franchise de ce marin gagna du premier coup le cœur de cette excellente personne, et le loup de mer, de son côté, fut ravi de trouver en elle ce qu'il y a au monde de plus rare, une femme sachant écouter; — il n'était pas gâté chez lui sous ce rapport. — Aussi eut-il pour ce phénix des attentions dont la brusquerie même prouvait qu'elles partaient du cœur.

La voisine de droite n'eut pas autant à s'en louer. Au commencement, l'amiral oscillait de bâbord à tribord par un roulis assez régulier; mais, ayant mis le cap sur le récit d'une bataille qui paraissait charmer madame Élias, il s'inclina une bonne fois sur la hanche droite, et conserva cette allure coquette jusqu'à la fin du repas.

La préfette avait beau lui faire des signes, il allait, il allait toujours. On eût dit qu'il tenait à prendre sa revanche des avances faites au romancier. Quant à celui-ci, le triomphe de sa compagne lui inspirait une joie pure et sans mélange, tant la jalousie a peu de prise sur les grands cœurs.

Abrégeons. Au café, un des conviés qui repartait de R. le lendemain de grand matin exprima son regret de n'avoir pu visiter le bagne, un des plus importants de la France. C'était une triste chose que les bagnes, et dont on a bien fait de nous débarrasser; mais chacun tient à ce qu'il a, et les villes de province, qui généralement n'abondent pas en curiosités, étaient surtout fières de celle-là. Une visite au bagne et aux

autres établissements de correction est une politesse
à laquelle échappent difficilement les visiteurs de nos
villes de départements.

Le préfet prit donc la balle au bond, et répondit à
son hôte que l'on était encore à temps, et qu'il lui ferait dans la soirée même les honneurs du bagne de R.,
« un bagne vraiment magnifique. »

Tout le monde voulut être de la partie, dames en
tête ; mais celles-ci y ayant apporté le retard qu'elles
mettent à toute chose, on n'arriva au seuil de la *cité
dolente* que juste au coucher du soleil.

Au moment même un coup de canon retentit, ce
qui parut ne surprendre beaucoup personne, à l'exception d'Élias et de sa femme. A ce dernier trait, l'un
et l'autre éclatèrent en remercîments, disant que
c'était trop, qu'on les comblait ; que, quoi qu'ils eussent pu faire pour l'honneur de leur ville, un pareil
traitement dépassait leur peu de mérite ; qu'ils en con-
serveraient une éternelle reconnaissance, mais que,
encore une fois, après les fleurs, après les murs et les
fenêtres pavoisées, et le cortége, et le banquet, ce
coup de canon-là était vraiment de trop.

La femme du préfet, toujours la bonté même, ouvrait la bouche pour dire encore une fois : « Comment
donc ! mais c'est bien le moins. » Elle ne demandait
qu'à entretenir l'heureux couple dans sa méprise et à
s'en amuser le reste du temps ; mais un poètereau du
lieu la frustra de cette innocente distraction, en infor-
mant sèchement « son cher confrère » que ce coup de
canon n'était autre chose que le signal du coucher des
forçats, signal qu'on donnait ainsi chaque soir.

Le bon préfet fit ce qu'il put pour verser un peu le

baume sur la blessure de madame Élias. Mais le mal
était sans remède.

Le couple Élias se retira en bon ordre, mais sans se
dissimuler sa défaite, et il partit de la ville de R. le
lendemain de grand matin dans l'intérieur de la diligence, le coupé ne convenant plus à son humble
situation.

Il lui restait le souvenir de l'ovation de la veille, et
des fleurs semées sur son passage, lesquelles, foulées
et flétries comme ses illusions, jonchaient encore le
pavé, mais un des voyageurs ayant remarqué tout
haut ce détail, et en cherchant l'explication :

— Comment! lui répondit la petite dame du fond,
vous ne savez donc pas que c'était hier la Fête-Dieu?

*
* *

Mon ami Jules achevait à peine de raconter cette
anecdote, dont j'avais quelque vague souvenir, que je
me récriai sur son invraisemblance.

— Que le fond soit vrai, lui dis-je, c'est possible, à
la rigueur; mais, dans le détail, il y a des traits
qu'Élias ou sa femme auraient pu seuls redire, et je ne
crois pas qu'ils s'en soient jamais avisés. Évidemment
l'histoire a été arrangée.

— Oh! pour cela, j'en répondrais, repartit Jules;
car c'est vous qui me l'avez contée il y a environ trois
ans.

La réplique était bonne; j'en avais dans l'aile —
chasseur chassé — mais n'était-ce pas un coup de
Jarnac? Jules a l'esprit à fleur de peau comme une
dame de la halle; chez lui la réplique jaillit de source.
Qu'il ait trouvé piquant de me prêter la mise en scène

de cette petite comédie, au moment même où je la critiquais, je le comprends, je le lui passe; mais le fait n'en est pas plus vrai, je l'espère. Il y a dans sa narration certains passages qui ne dénotent pas un bon cœur.

L'un de nous serait-il, sans le savoir, aussi faible de cet organe que « ce pauvre Amaury qui se croyait bon... et qui se trompait? »

Mais non, évidemment non, ni Jules ni moi nous n'aurions fait une caricature de cette excellente madame Élias, nous savons trop combien doit être encouragée par notre sexe la naïveté dans le dévouement, le plus bel attribut de l'autre.

Mais alors, qui est le coupable? Oh! je le saurai, je le saurai.

§ IV

Un autographe qui aura un jour de la valeur.

Madame Élias ne vous rappelle-t-elle pas la folle du peintre Kaulbach, une pauvre femme qui berce dans ses bras une bûche soigneusement emmaillottée?

Ou plutôt ce dauphin de la fable, qui s'applaudit d'avoir sauvé un homme du naufrage

> Et s'aperçoit qu'il n'a tiré
> Du fond des eaux rien qu'une bête?

Puisse cette excellente femme *ne pas s'apercevoir*... Car toute la question est là pour elle comme pour bien d'autres. On n'a guère de bonheur en ce monde qu'à condition de *ne pas s'apercevoir*. Heureusement, il y a une foule de gens qui *ne s'aperçoivent* jamais. Cette grâce d'état, au reste, n'est pas uniquement le privilége des maris ; les femmes, les femmes d'artistes surtout, en bénéficient largement.

Madame Élias m'en rappelle une qui faisait, il y a dix ans, les honneurs et la joie d'une petite ville de bains de mer ; j'entends les honneurs en ce sens qu'elle se considérait comme dame et maîtresse du Casino et de la plage, et quand je dis qu'elle en faisait la joie, c'est que la naïveté de sa tendresse conjugale y prêtait quelquefois à rire.

Un jour, entre autres, elle organisa une loterie pour les pauvres. Chacun avait offert au moins un lot. De charmants ouvrages d'aiguille figuraient là au milieu de tableaux, de dessins donnés par des peintres, de bijoux même d'une certaine valeur, enfin de riches bagatelles et de curiosités de tout genre et de tout pays.

Un peu de vanité aidant, baigneuses et baigneurs avaient fait assaut de largesses. La lionne des bains, la providence des malheureux, l'épouse du célèbre Amédée Motin — un compositeur dramatique de troisième ordre — ne pouvait manquer de donner quelque chose d'inattendu, et, en effet, l'attente universelle fut énormément dépassée lorsqu'on vit figurer au bas de la liste des dons un autographe du fameux Amédée Motin.

On comprend quelle joie ce fut dans toute la société d'E. Cette heureuse petite ville allait donc ne plus avoir de pauvres, un pareil lot devait enrichir toute la contrée.

Pour hâter et enfler ce brillant résultat, madame Amédée Motin, dans tous ses atours, relançait sur la plage chaque nouvel arrivant, et pour mieux lui donner « du courage à la poche, » qu'on lui passe cette expression dramatique, — elle indiquait sur la liste des lots le précieux autographe qui s'y carrait modestement à la dernière ligne.

Les choses en étaient là, et il ne restait guère plus qu'une vingtaine de billets à placer, quand les journaux du lundi annoncèrent qu'un des théâtres les plus en vogue de Paris venait de reprendre avec un immense succès l'opérette la plus anodine de M. Amédée Motin. Tous les feuilletons étaient favorables, à l'exception d'un seul, et encore l'auteur avait-il bien eu l'intention maligne que lui prêtait le Casino ? Le lecteur en décidera.

Après un compte rendu succinct et assez froid de la partition de M. Amédée Motin, le critique, passant à une thèse générale, se plaignait que le feu sacré manquât souvent aux compositeurs de ce temps-ci, ce qui tout naturellement l'amenait à citer Boileau :

J'aime mieux Bergerac et sa burlesque audace,
Que ces vers où Motin se morfond et nous glace.

Et là-dessus il s'écriait :

— Les Motins ! les Motins ! voilà à qui j'en ai, voilà ma bête noire. Qu'ils soient quelque chose ou qu'ils ne soient rien ! Mais ils sont toujours quelque chose ; ils sont partout, ils sont de tout, ils tiennent tout, et ce qui fait leur force collective, c'est que chacun d'eux se rend très-bien compte de sa faiblesse individuelle.

Les Motins littéraires — il ne s'agit que de ceux-là

— savent à merveille qu'ils n'ont pas beaucoup de talent, ou, ce qui est bien pis, qu'ils ont un talent terre-à-terre, un talent ennuyeux, un talent de troisième main. Aussi, comme ils parent leur marchandise! comme ils la mettent bien dans son jour! comme ils en écartent la bonne pour éviter la comparaison! Et que d'annonces! que de réclames! comme pour la vendre ils comptent sur tout, excepté sur elle!

Les Motins! ils s'ennuient tellement eux-mêmes que la solitude leur est en horreur : aussi ne voyez-vous qu'eux dans le monde : « Où est Bergerac? — Il est dans la lune. — Et Motin? — Il est chez madame ou monsieur un tel en grande soirée. »

Le Motin n'a jamais fait un pas qui n'ait été une démarche. Il suffit au Bergerac que ceci ou cela puisse lui être utile pour qu'il ait envie de faire autre chose; et quand le Bergerac a une envie, ah dame! il faut qu'il se la passe, ou bien... et il a des envies à toute minute, il a même toutes les envies, excepté la seule qu'ait le Motin : l'envie.

Vous me direz :

Motin n'est jamais occupé que des autres.

Des autres Motins.

Il a placé un tel et un tel.

Deux Motins.

Il a chanté l'autre soir dans un salon une romance...

D'un Motin.

Le Motin a toujours des Motins en réserve; il en glisse partout, il en produit des masses dans le monde, au théâtre, dans les journaux; mais n'espérez pas qu'il s'avise jamais de vous présenter un Bergerac; le goût n'aurait qu'à vous en prendre.

13

De toutes les sociétés secrètes, la plus active, la mieux organisée et la plus dangereuse au fond, — car l'ennui est le ver rongeur des États les plus florissants, — c'est la société des Motins. Les Motins sont une franc-maçonnerie ; pis que cela. Vous vous rappelez bien tout ce qu'on disait il y a trente ans d'une certaine *congrégation*. Eh bien ! tout cela était vrai, exactement, rigoureusement vrai ; seulement il n'y a jamais eu en réalité qu'une seule congrégation, et celle-là, elle existe toujours, elle fait même des progrès effrayants, c'est la congrégation des Motins, etc.

*
* *

Madame Motin avait lu cet article, mais sans y voir la moindre allusion à l'objet de son culte. La similitude des noms, elle l'avait attribuée à quelque rencontre fortuite, — et, après tout, cela pouvait bien être. — La main tournée, elle n'y avait plus songé.

Elle était d'ailleurs absorbée par les vingt derniers billets de la loterie. Ces vingt billets devaient absolument être placés, il y allait de son honneur et de celui du cher objet.

Déjà elle pensait à les prendre elle-même sous un pseudonyme quelconque, lorsqu'un nouveau baigneur — un Parisien, disait-on , — ayant été signalé sur la plage, elle le prit au débotté.

Madame Motin, la plus honnête femme du monde, est habituellement aussi retenue dans ses manières qu'agréable de sa personne ; mais s'agit-il des pauvres, elle devient d'une coquetterie effrénée. Il n'y a sorte d'agaceries que ne lui inspire la charité. Une fois à la tête d'une bonne œuvre, elle devient irrésistible.

L'inconnu, au reste, n'était pas homme à résister. Au premier mot qui lui fut dit, il s'apprêtait à prendre cinq ou six billets pour le moins, lorsqu'on vit s'éclaircir sa physionomie jusque-là aussi sérieuse que le permettait la circonstance : il venait de voir briller sur la liste le nom bien connu d'Amédée Motin, de qui l'autographe, comme on l'a vu, était promis par la dernière ligne.

— C'est au dernier les bons, madame, fit-il avec un sourire ambigu, et, en échange des vingt derniers billets, il déposa dans la petite main de la jolie quêteuse deux jolis petits billets de cent francs.

Puis ce fut entre eux un échange de ces propos interrompus dont le désordre n'est pas le moindre charme, dialogue coupé dont on ne put saisir que des « Oh! monsieur... trop bon!... oh! vraiment trop bon! » d'un côté, et des « Impayable, madame! vraiment impayable ! » de l'autre.

Et tout le monde, on le comprend, de sourire et de chuchoter ; car il n'y avait là personne qui ne *s'aperçût*... Seule peut-être, madame Motin *ne s'apercevait pas*. L'incarnat du bonheur modeste s'était répandu sur ses joues, il menaçait déjà son nez. « Aux derniers les bons! pensait-elle, voilà au moins un connaisseur. » Et dans l'effusion de sa gratitude, elle lui lança pour adieu, à ce connaisseur, un regard, un regard!... Non, moi qui l'ai vu de près, ce regard, moi qui en ai reçu les effluves par ricochet, je renonce à lui trouver une épithète.

Dieu m'en garde d'ailleurs ! La jeune École normale n'en veut plus ; la jeune École normale a proclamé la déchéance de l'épithète. Vainement l'épithète a-t-elle

demandé un sursis, le temps seulement de laisser
mourir la poésie; vainement s'est-elle abaissée jusqu'à promettre de ménager dorénavant la jeune École
normale. La jeune École normale a répondu par la
phrase sans épithète, par la phrase normale d'un personnage trop connu : Il est trop tard.

*
* *

Le soir, au Casino, madame Motin, qui ne s'était
pas encore aperçue, raconta la chose à M. Motin. Elle
aurait désiré, il aurait peut-être été convenable que son
mari dit quelques mots à l'auteur du mot... Était-ce
un mot?

— Il a dit cela? fit M. Motin, et il lança un regard
de vipère à l'inconnu qui le lorgnait de loin. Ah ! il a
dit cela?

— Oui, mon ami ; eh bien?

— Eh bien, eh bien!... vous êtes une sotte, ma
femme.

Madame Motin resta confondue, elle *ne s'apercevait
pas* encore. Mais M. Motin s'était *aperçu,* lui; il avait
reconnu dans l'auteur du *mot* l'auteur de l'article sur
les Motins.

*
* *

Il faut avouer que le hasard a quelquefois bien de
l'esprit. Figurez-vous que l'autographe du fameux
Motin fut gagné par mon inconnu. On voit chez lui
cette pièce curieuse magnifiquement encadrée. Il ne
croit pas l'avoir payée trop cher ; il pense même qu'elle
pourra un jour lui être utile dans une de ces circonstances qu'un écrivain sincère ne saurait trop prévoir,

surtout quand il s'avise de faire la guerre aux Motins.

Mais, puisque je l'ai mis en scène, pourquoi ne pas l'y laisser un moment? N'y a-t-il pas tous les titres imaginables? Vous permettrez bien, lecteur, qu'il vous donne ici à ma place un certain exemple d'idolâtrie, qui, lui au moins, ne sera pas sans avoir sa moralité. Il va donc prendre la parole, et vous verrez que lorsqu'une fois il la tient, il ne la lâche pas volontiers.

Attendez-vous en outre à des paradoxes, à des bizarreries, à des digressions sans fin, car, entre nous, il a la tête un peu malade, et ce n'est pas moi qui la guérirai. Tout ce que je peux faire, c'est de vous avertir que le chapitre qui va suivre est d'un bout à l'autre de lui, et que la responsabilité lui en est laissée tout entière.

CHAPITRE XIX

SUITE DES PETITES IDOLATRIES

§ I

Rencontre fortuite de l'Inconnu et d'Henrion. — La tunique de Nessus.
Réflexions mélancoliques.

J'ai connu un digne garçon qui, abusé sans doute
sur sa vocation réelle par un goût très-vif pour les
choses de l'esprit, particulièrement les arts du dessin,
a vainement travaillé pendant quelque temps à se
faire un nom et une position dans la peinture. Assurément, s'il eût eu le goût moins délicat, s'il eût pu
se contenter lui-même à peu de frais, cette position,
il en jouirait à présent, elle eût même pu devenir
aussi belle, matériellement parlant, que celle de beaucoup d'artistes ; mais, sans cesser d'être un homme
vraiment modeste, celui que j'appellerai Henrion avait
mis plus haut ses visées.

Le jour où il comprit qu'il ne s'élèverait jamais au
premier rang, il rompit brusquement avec ses habitudes les plus chères, et, résolûment, il entra dans ce
que bien des gens, que nous ne contredirons pas,
appellent un peu vaguement le sérieux de la vie.

Henrion n'était pas de ces esprits-là. Il ne pensa
jamais qu'il fût plus sérieux d'exploiter une fabrique de
produits chimiques que de faire de bons tableaux ;

mais il se dit qu'un bon industriel est un citoyen plus utile et, en un sens, plus honorable qu'un artiste sans vocation.

Peut-être même ajouta-t-il ce corollaire à sa pensée : Un écrivain, à la grande rigueur, peut être bon à quelque chose, en consacrant un talent même très-ordinaire à propager des idées saines, et ne fît-il que tenir dans la presse la place que sans lui y occuperait un mauvais esprit; mais en est-il de même d'un artiste? A quoi peuvent servir un paysage médiocre, une marine ordinaire ou une partition honnête? Un article, d'ailleurs, un livre même, cela tient si peu de place! Mais une statue, une statue qui n'est ni bonne ni mauvaise, une grande Vénus passable, et toute nue, comme de juste, qu'en faire? où la mettre? comment la fuir?

*
* *

La première fois que je rencontrai Henrion transformé en industriel, — deux ans après son abdication, — il me parut que le nouvel homme ressemblait encore assez à l'ancien. Ses cheveux seulement avaient grisonné plus que de raison. A ma vue, il tressaillit, il hésita; le rouge lui monta au visage; son regard, en cherchant le mien, exprimait une crainte vague. Il me serra la main avec plus de chaleur que n'en comportait notre liaison, qui n'avait jamais été absolument intime; pourtant je n'en fus pas surpris; je me rappelai avoir embrassé à Cadix un commis voyageur, de qui l'unique droit à ma tendresse, c'est qu'il était de ma province. Peut-être même était-ce lui qui vendait de si mauvais vin à mon père.

A l'étranger on est *pays* à peu de frais, les démarcations s'y confondent comme les lignes dans le lointain; un Espagnol et un Italien sont compatriotes en Sibérie. Pour ce brave Henrion, passé dans le côté gris de la vie, je venais du soleil, j'étais un compatriote du bleu.

—Eh bien, me dit-il en parlant la gorge serrée, comment vont les amis?... C'est de leur santé que je parle, car autrement, oh! je ne les perds pas de vue; je suis avec le même intérêt qu'autrefois leurs progrès dans les lettres, dans les arts, au théâtre. Je ne vous dis rien de Ralph, celui-là, il est au pinacle. Mais Théo vient, dit-on, de publier un bien beau volume de vers. Lucien a le feuilleton dramatique d'un grand journal. On monte enfin l'opéra de Léon. Le grand bas-relief de Karl vient d'être refusé à l'unanimité par le jury de l'Exposition; j'ai toujours dit que ce garçon-là irait loin. Enfin tous marchent à pas de géants. Il n'y a que vous qui... jusqu'à présent... Mais cela viendra, il faut travailler, vous finirez par arriver. Moi qui vous parle, vous savez si j'étais un rêveur, un flâneur. Eh bien! maintenant rien ne m'arrête. Tenez, regardez ces mains-là, des mains de calfat, n'est-ce pas? Dans la chimie c'est comme dans la marine : pour arriver à quelque chose, quand on commence par le commencement, il faut changer trois fois de peau. J'en suis à ma deuxième; vous voyez que j'y vais bon jeu bon argent.

Et riant très-fort, mais très-fort, le pauvre garçon montrait ses mains, ses mains jadis si blanches, si délicates, aujourd'hui tannées, calcinées; et il en était fier, mais d'une fierté ambiguë, et, peut-être bien, plus légitime que sincère.

Tout en me questionnant, d'ailleurs, il me laissait à peine le temps de répondre. Il parlait avec un entrain factice, avec cette volubilité qui souvent dénote un fond de contrainte. A ces indices et à d'autres plus vagues, mais corroborant les premiers, on sentait combien avait dû lui coûter une résolution trop sévèrement qualifiée par lui de déchéance : sacrifice eût mieux convenu.

Je lui reprochais amicalement d'avoir rompu si brusquement et si complétement avec nous. Il s'excusa sur sa faiblesse : sa retraite, au début, ne devait être que momentanée. Il se proposait même d'abord de faire un jour de sa maison un centre de réunion pour ses amis. Pauvre Henrion ! en voilà une idée ! — Pour réaliser ce charmant projet, il n'attendait que de se sentir assez bien guéri, de n'avoir pas à craindre une rechute.

C'est là du moins ce qu'il me dit ; mais ce qu'il ne dit pas et ce que la suite a fait voir, c'est que la guérison ne fut jamais complète. La passion de l'idéal, c'est la tunique de Nessus.

Le motif qu'il me donna de sa persistance actuelle dans un isolement dont il souffrait peut-être encore était plus spécieux que vrai. A présent, à l'en croire il ne parlait plus notre langue ; il était un homme *encroûté, abruti, fini*. Que ferions-nous d'un ouvrier aux mains calleuses, d'un grossier fabricant ne parlant, ne rêvant que soude, et potasse, et chlorure, et hydrochlorure ?

Il n'y avait termes si bas, épithètes si amoindrissantes qu'il n'affectât de se les appliquer avec une amère coquetterie. Pauvre Henrion, vous étiez bien malade encore !

13.

*
* *

Ah! si vous pouviez donner aujourd'hui la fête que
vous rêviez en ce temps-là; si dans la jolie maisonnette
confinant à votre fabrique, et où vous aviez fait une
si douce vie à votre femme et à vos deux charmantes
filles; si dans cette oasis en plein désert, en plein
Grenelle, que domine, obélisque rose, la cheminée de
votre usine; si un jour — un dimanche, bien entendu
— vous essayiez de réunir à votre table la bohême
des anciens jours, combien manqueraient à l'appel!
Gérard, le plus doux, le meilleur, quitterait-il l'étroit
asile où nous l'avons conduit voilà quatre ans? — Déjà
quatre ans! — Peut-être. Oui, s'il était permis, nous le
verrions encore, ombre légère et discrète comme toujours, car, même vivant, Gérard fut une ombre, nous
le verrions se glisser sans bruit le long des charmilles,
et s'asseoir au bout de la table, par modestie, et puis
aussi pour être libre... de s'en aller.

Théo viendrait aussi, il le voudrait du moins, il en
aurait la ferme intention... Mais, à moitié chemin, il
ferait un crochet sur Constantinople ou Saint-Péters-
bourg, et n'arriverait qu'au dessert... à Madrid.

Lucien écrirait qu'il serait charmé, etc., *mais* qu'il
a, *ce soir-là-même,* une *première* aux Funambules.

Maurice répondrait, en trois mots secs et pointus
comme sa personne, que ses devoirs de magistrat, etc.

Karl ne répondrait même pas : de persécution en
persécution, Karl est arrivé à faire partie de ce corps
où trônent avec lui MM. Berlioz, Delacroix et Barye,
ces nobles martyrs; Karl est de ce même jury qui re-

fusait si obstinément ses tableaux ; c'est lui maintenant qui refuse.

Jules n'est pas de ceux à qui les grandeurs font tourner la tête... *mais* il n'a pas une minute à lui : il travaille à son discours de réception à l'Académie. Et puis Henrion demeure si loin !

Quant à Paul, celui-là, il se serait fait une vraie fête... *mais* il craindrait de se trouver avec Léon qu'il ne voit plus.

Léon, qui n'en veut nullement à Paul, eût été trop heureux... *mais* il est, depuis cinq ans, en délicatesse avec Lucien.

Ainsi, de la joyeuse troupe des enfants sans souci, inséparables autrefois, il ne viendrait peut-être à ce banquet, à cette fête commémorative, que celui de tous qui allait le moins vite, au dire d'Henrion, et Henrion ne disait que trop vrai ; en sorte que celui-là seul arriverait, qui n'est pas *arrivé.* Est-ce assez comique ?

A part la curiosité du fait, franchement, pour si peu, serait-ce la peine de mettre sens dessus dessous un ménage aussi bien en ordre que doit l'être celui de madame Henrion ?

Et d'ailleurs lui-même arriverait-il, celui qui n'est pas *arrivé ?* Oserait-il, sans être en force, sans se sentir au moins très-appuyé, affronter ce premier regard, ce regard de travers, que lance toute honnête femme à l'ancien compagnon, au complice, disons le mot, de la jeunesse du mari ?

Quoi qu'il en soit, pour une raison ou pour une autre, le banquet n'a jamais eu lieu.

Mais n'anticipons pas sur l'absence d'événements.

§ II

Une idole à bon marché... mais il n'y a rien de si cher que les bons marchés.

Dans cette agglomération toute fortuite d'esprits la plupart distingués, mais sans affinité entre eux, où ce brave Henrion s'était un moment fourvoyé, il avait ressenti tout d'abord une préférence dont le temps a fait une admiration exclusive. Pour lui, chacun de nous est demeuré un des amis; mais l'ami, le génie, l'idole, il y a longtemps que c'est Ralph, ce même Ralph dont Henrion disait aux premiers mots de notre causerie : « Celui-là, il est au pinacle. »

Au pinacle, en effet, à un certain pinacle. A chaque exposition, il y a foule devant les tableaux de genre et surtout les portraits de Ralph. Personne ne sait mieux tirer parti d'une figure ingrate. Il n'y a pas à Paris une couturière qui habille aussi *avantageusement* que Ralph.

Le talent de Ralph n'est cependant pas tout à fait commun; il danse sur le fil de soie qui sépare le métier de l'art. Comme la chauve-souris du fabuliste, Ralph peut dire au besoin :

Je suis oiseau, voyez mes ailes;

ou bien :

Je suis souris, vivent les rats.

Le premier tableau de Ralph appartenait au genre

sérieux. Personne n'y fit attention. Personne, je me
trompe : la critique le porta aux nues, et le second
plus haut encore. S'il eût persévéré dans cette première manière, Ralph eût bien pu arriver en même
temps à l'hôpital et à la gloire; mais ce n'était pas là
le pinacle où Ralph avait résolu de monter.

Il ne manque pas dans les arts, dans les lettres et
même dans la politique, de gens à qui sourient la
palme et l'auréole du martyre; mais les clous dans la
chair, les ongles arrachés, les grils, les chevalets, les
chaudières d'huile bouillante, ou tout simplement la
pauvreté, voilà qui ne fait pas leur compte. A la moindre épreuve, ils rebroussent chemin, fort indignés
qu'après le premier jour de jeûne dans le désert Dieu
n'envoie pas des légions d'anges pour leur servir des
alouettes toutes rôties.

Ralph n'était pas si exigeant; il se serait bien con-
tenté de quelques amateurs offrant de ses tableaux
deux ou trois fois ce qu'ils valaient; mais personne,
c'était trop fort.

Il se remit donc à étudier, non plus son art, mais
le public; et, ayant vu qu'en France c'est toujours au
sujet qu'est dû le succès d'un tableau, il exposa, en
1840, une grande toile dont la discrétion me défend
de donner le titre, qui, au reste, importe fort peu.

Ce fut *un immense succès de larmes*, que ce premier
succès de Ralph; il fit pleurer les femmes autant que
le second fit rire l'autre sexe : or, quand les femmes
ont pleuré et dès que les hommes ont ri, il n'y a plus
à aller contre, et la critique le vit bien : elle eut beau
accuser Ralph le renégat, Raph le traître, aujourd'hui
de sensibilité, demain de sensiblerie, le nom de Ralph

n'en fut pas moins ce qu'on appelle un nom fait.

Ralph sentit la justesse de ces reproches qui ajou-
taient à sa notoriété, et, pour s'en montrer de plus
en plus digne, il exposa, l'année suivante — en 1842
— un troisième *sujet*, qui, tiré du drame moderne,
concilia, dans une mesure parfaitement égale, les besoins de la rate et les exigences du cœur.

Pour le coup, ce fut du délire, on s'écrasait devant
ce tableau de Ralph. Les spectateurs riaient à droite,
ils fondaient en larmes à gauche. Au centre, le brave
Henrion pleurait et riait à la fois.

De ce jour, la critique cessa de s'occuper de Ralph;
mais ce nom, en grande partie fait par elle, elle ne
put pas le défaire, et, malgré ses dédains tardifs, le
Ralph, de plus en plus demandé sur la place, est
arrivé à des prix très-*avantageux*. Depuis vingt ans on
dit : c'est affaire de mode, le Ralph passera, il n'est
pas solide; et le Ralph, nonobstant, se maintient toujours. On n'en fait pas un cas énorme; mais on se
l'arrache : « il est au pinacle. »

* *
*

Des causes différentes produisent souvent des effets
semblables : de même que Henrion, Ralph, depuis
longtemps, ne voit plus ses anciens amis. C'est qu'il
en est de la réputation comme de toutes les conquêtes :
on s'entend, on s'unit, on s'accorde admirablement
pour les faire; mais, le succès une fois obtenu, la
dissension se met parmi les alliés. Chacun est mécontent de sa part de butin.

Ce n'était pas le cas de Ralph. Ralph, qui ne s'en
fait pas accroire, se trouve on ne peut mieux partagé;

mais ses alliés pensent que la fortune l'a traité un peu trop en lion.

D'autant plus que, à les entendre, qu'est-ce que ce Ralph après tout? Un *faiseur*. Il avait assez bien débuté, mais il a trouvé que la gloire n'enrichit pas assez vite son homme, et il a passé de l'art au métier. Lui-même, au reste, il est le premier à le dire.

Ralph avait bien dit, en effet, quelque chose comme cela; mais il avait fini par trouver qu'on le prenait trop à la lettre, si bien que, peu à peu, il s'était écarté de nous tous, hormis d'Henrion. Et Henrion, avec tous ses beaux projets de reclusion absolue, flatté, touché surtout de la préférence, Henrion s'était laissé faire le Parménion de cet Alexandre, et peu à peu l'adorateur de ce faux Jupiter Ammon.

Les deux amis ne se voyaient pas souvent, leur vie était si différente! Ralph, homme de plaisir et de travail à la fois, la tête tournée par ses succès de plus d'un genre, n'avait que bien peu de temps à donner à « cette brute d'Henrion, » comme il l'appelait familièrement. — Quel honneur! — Mais c'est si rare une amitié constante, égale, désintéressée, une oreille, une bourse, toujours ouvertes à vos épanchements! Il est si doux d'apporter l'épanouissement, la lumière, la vie, dans une âme qui vous donne en échange... tout ce qu'elle peut vous donner. Aussi Ralph trouvait-il, de loin en loin, à s'échapper une heure, et parfois même une soirée entière, pour aller faire un peu le soleil à Grenelle.

Ralph avait trouvé grâce devant madame Henrion elle-même. D'abord il était toujours très-bien mis, il avait voiture, c'était un artiste sérieux. On savait qu'il gagnait par an de trente à quarante mille francs, et on ne savait pas qu'il en dépensait de cinquante à soixante mille. Ralph envoyait souvent des loges de spectacle; il n'arrivait jamais sans un bouquet : or il y a bien des fleurs et de belles fleurs à Grenelle; mais il n'y a de bouquets qu'à Paris.

En outre, Ralph était très-gai, il faisait rire, et les femmes se défendent encore plus mal quand elles rient que quand elles pleurent. Si parfois, en entrant, il avait l'air préoccupé, ou même un peu sombre, Ralph n'avait pas causé un quart d'heure avec « ce gros animal d'Henrion, » que sa physionomie s'épanouissait de plus belle.

« Cette grosse brute » d'Henrion, elle aussi, elle faisait le soleil.

Enfin madame Henrion s'était dit que, pour son ménage, Ralph était une soupape de sûreté. Et, en effet, cela est bien certain pour moi, Henrion, dans le prosaïque milieu où il avait cerclé sa vie, eût bien vite étouffé, peut-être même eût-il éclaté, sans le conduit, sans l'échappée que Ralph ouvrait de temps en temps à ses vapeurs.

*
* *

Quoi de mieux jusque-là? Où la nécessité qu'une affection si tendre, si féconde en bons résultats, fût aussi méritée que méritoire? Ne dit-on pas qu'en amitié, comme en amour, tant vaut l'aimant, tant vaut l'aimé ?

D'autre part, cependant, toute affection prodiguée à un objet indigne n'est-elle pas volée à qui la mériterait mieux? N'y a-t-il pas là, dans le jeu de la vie humaine, une force mal employée, et par conséquent désorganisatrice? Or cela une fois admis, et comment ne pas l'admettre? de quel œil verrons-nous un tel emploi des forces affectives, si nous pensons, avec celui qui a le mieux entendu la matière, que « la vertu est l'ordre dans l'amour? »

On dira qu'erreur n'est pas faute, que le dévouement d'Henrion, par exemple, est l'effet d'une illusion respectable, et qu'il serait cruel de dissiper. — Hélas! y a-t-il des illusions respectables? y a-t-il jamais réellement, foncièrement, illusion en amitié, et même en amour? L'aimant qui nous attire vers un être bon ou mauvais, n'est-ce pas toujours une affinité?

Et d'ailleurs, en supposant même qu'Henrion en soit venu à s'abuser sincèrement, sans arrière-pensée, qu'arrivera-t-il d'une liaison bâtie sur un faux jugement, sur une méprise? Ou le jour se fera pour lui, et pensez-vous qu'alors il ne payera pas chèrement un bonheur dont le souvenir ne sera plus qu'un reproche et presque un remords? Ou l'illusion se perpétuera, mais au prix de l'amoindrissement d'Henrion, car, pour continuer à s'abuser sur une idole, qui n'aura pu manquer de se trahir plus d'une fois, il faudra qu'il se soit peu à peu modelé sur elle, ce qui alors nous fera dire : Tant vaut l'aimé, tant vaut l'aimant.

Toujours est-il que madame Henrion eût pu être mieux inspirée lorsqu'elle excepta le seul Ralph de la mesure générale qui exclut de chez elle tous les amis de son mari.

Mais il me reste à vous apprendre comment, moi compris dans cette mesure, j'ai pu savoir tout ce que je vous dis et ce qui me reste à vous dire.

§ III

Où l'Inconnu ne gagne pas à se faire connaître.

Je débuterai par un aveu.

Ma première rencontre avec Henrion date de l'époque où le percement du puits de Grenelle, le premier
puits artésien que l'on ait tenté à Paris, passionnait si
furieusement le monde scientifique et le monde badaud. Un amour insensé autant que malheureux
m'attirait alors souvent, trop souvent à Grenelle.

Il ne se passait pas deux jours que je n'allasse voir,
ou essayer de voir comment allait... ce puits, ce jeune
puits, qui n'était pas même encore percé.

Là, par un hasard peu extraordinaire, je rencon-
trais quelquefois Henrion, que je rendais l'homme le
plus heureux du monde en lui parlant, ou, pour
mieux dire, en l'écoutant parler de Ralph. J'aurais
bien voulu causer un peu à mon tour de mon idole,
mais je ne sais quelle pudeur me retenait ; je n'osais
avouer une passion en apparence si étrange ; et puis
je craignais, je l'avoue, de n'être pas compris. Henrion, d'ailleurs, ne m'en laissait jamais le temps, soit
qu'il fût dominé par son propre sujet au point de ne
pouvoir s'occuper d'autre chose, soit plutôt que,
m'ayant deviné, il rougît en secret pour moi de ce qui
devait lui paraître un égarement déplorable, comme
je pus bientôt m'en assurer.

Un soir, je venais d'arriver sur l'esplanade, et
déjà, parmi les gravois et la fange, — car tout n'est

pas rose en amour, — je rôdais autour de la barricade de planches qui protégeait les travailleurs. Je n'étais pas le seul au reste ; parmi bien d'autres désœuvrés, une grande et belle fillette, belle avec son panier de linge sous le bras comme une canéphore de Phidias, cherchait, elle aussi, à voir quelque chose à travers les planches mal jointes, car, il faut le dire pour mon excuse, tout le monde, grands et petits, à cette époque de loisirs, en tenait plus ou moins pour le puits de Grenelle. Madame Manson, Nina Lasave, la girafe elle-même, n'ont jamais été si courues.

— Encore ici ? me dit Henrion. Pauvre ami ! Et me faisant asseoir près de lui sur un tas de pierres : — Hélas ! soupira-t-il, si au moins j'entrevoyais pour vous la plus faible lueur d'espérance ; mais je le connais votre puits de Grenelle, vous n'en tirerez jamais rien.

— Et moi, je soutiens, répliquai-je en riant, qu'il recèle un trésor, un trésor gardé jusqu'à ce jour par quelque basilic, sans doute, par des gnomes, qui défont la nuit ce que nous avons fait le jour ; mais ils seront vaincus et le puits de Grenelle nous livrera, bon gré, mal gré, son secret, son trésor, quelque merveille inouïe, sans pareille, l'eau de Jouvence, l'or potable, mieux que cela, la vérité peut-être.

— Fou ! complétement fou ! murmura le sage Henrion. Et, me prenant la main : — Croyez-moi, dit-il d'un ton pénétré, vous poursuivez une chimère, pis que cela, un objet indigne de vous sous tous les rapports : votre puits de Grenelle se moque de vous comme de tout le monde. D'ailleurs c'est une cruche, une vraie cruche, entendez-vous?

— Henrion! fis-je piqué au vif, prenez garde à ce que vous dites. Rappelez-vous la parabole du brin de paille et de la poutre. Savez-vous qui est une cruche? Ce n'est pas mon puits de Grenelle, c'est plutôt votre...

J'allais dire votre Ralph, mais je m'arrêtai, il était temps, peut-être même en avais-je déjà trop dit; mais heureusement Henrion ne m'écoutait pas.

— Encore une fois, reprit-il, je vous dis que je la connais.

— Vous *la* connaissez?

— Comme si je l'avais faite.

— Mais de qui donc parlez-vous?

— De qui? Eh! parbleu! du puits de Grenelle. Croyez-vous donc que je ne vous ai pas deviné!

— Du puits de Grenelle! Mais comment le connaîtriez-vous mieux que moi? Avez-vous un permis pour pénétrer dans son enceinte?

— Dans quelle enceinte?

— Ah çà! partis-je en éclatant de rire, à quel jeu jouons-nous? Voyons, vous dites que vous connaissez...

— Si je la connais! je la vois tous les jours; et, tenez, la voilà avec son panier, qui me fait un signe de tête : c'est elle qui blanchit toute ma maison. On l'a surnommée le puits de Grenelle à cause de tous les galants qui rôdent par ici en donnant pour raison qu'ils viennent voir le puits de Grenelle. Au reste, tout cela va bientôt finir, Dieu merci! elle épouse un pompier la semaine prochaine.

*
* *

Nous étions si loin de compte, Henrion et moi;

nous pensions en des langues si différentes, que je n'essayai même pas de détromper cet honnête homme. Je sentis que je perdrais moins encore dans son estime en paraissant épris de sa blanchisseuse qu'en me montrant amoureux d'un puits, même d'un puits artésien.

Et cependant, lui-même, n'est-ce pas un puits qu'il aimait, un puits sans fond, où il jetait son cœur, son âme, tout ce qu'il avait de meilleur, sans parvenir, suivant la belle image du poëte,

> A faire monter l'eau du divin sentiment?

Toujours est-il que le 26 février 1841, c'est-à-dire le jour même où le plus heureux des pompiers épousa son puits de Grenelle, j'appris que l'autre, le vrai, après sept ans de la plus noble résistance, venait enfin de se laisser forer par MM. Mulot et Degousée, deux ingénieurs de la force de cent chevaux. Or il avait donné de l'eau à peine claire. Henrion avait donc raison par à peu près : le puits de Grenelle était une cruche.

De ce jour il cessa de m'intéresser. Restait le puits d'Henrion, le puits Ralph, qui commençait à m'intriguer, je le confesse; toutefois,—c'était assez d'un,—je ne reportai pas sur celui-ci des illusions qui venaient d'être si platement déçues par l'autre; mais, changeant brusquement d'allures, je ne remis plus les pieds à Grenelle.

§ IV

L'Inconnu prend des proportions énormes. — Les Glyptolâtres.
Henrion va bien mal.

Je ne me dissimulai pas qu'une telle conduite devait confirmer Henrion dans la mauvaise opinion qu'il s'était faite de mes mœurs ; mais j'étais trop accaparé pour y songer, et, s'il faut l'avouer, trop amoureux ailleurs.

J'aurais bien voulu vous épargner cette nouvelle confidence ; mais elle se rattache si intimement à mon sujet et au vôtre que je suis forcé de m'exécuter. Pour la première fois de ma vie, j'étais en proie à une obsession, j'obéissais à l'influence d'une étoile, dont la description rentre forcément dans le cadre de vos études, et vous le comprendrez quand j'aurai dit que cette fois, c'était une opale, oui, une opale qui m'avait rangé sous sa douce loi, une opale *noble,* une opale *à flammes ;* on la voyait à la vitrine d'un bijoutier du boulevard de Gand, où elle attirait tant de visiteurs que la circulation en fut souvent interrompue. Tous les vrais amateurs de pierreries en tenaient plus ou moins pour elle ; et je sais encore aujourd'hui un référendaire à la Cour des comptes et un général en retraite qui n'en parlent pas les yeux secs.

Les allées et venues de ces deux graves personnages, quelque soin qu'ils missent à cacher leur jeu, avaient éveillé ma défiance dès les premiers jours, tandis que mes propres assiduités leur inspiraient à tous deux une inquiétude au moins égale. De là une secrète intelligence, moitié jalousie, moitié compassion, s'étant établie entre nous, on passa peu à peu du regard de connaissance au demi-salut, puis on échangea quelques mots ; bref, rapprochés peu à peu par un même besoin de surveillance réciproque, nous en arrivâmes à une de ces liaisons que j'appellerai extérieures, comme on en voit tant à Paris.

Ce qu'il y avait de curieux, c'est que pas un de nous n'était pécuniairement en mesure de satisfaire sa passion ; mais n'a-t-on pas observé que les plus forcenés amants des pierres précieuses,—toute une classe d'étoilés, — sont généralement dépourvus de fortune, et, à bien réfléchir, cela se comprend : ne dit-on pas qu'en Orient les passions les plus fougueuses naissent au cœur de certains êtres qui sont le moins en état de les satisfaire ?

D'après cela qu'on juge de la vie qui nous était faite, au colonel, au référendaire et à moi. Tous les matins, nous nous disions : « On l'aura enlevée, c'est sûr. » Et tant que nous ne l'avions pas retrouvée à sa place, c'était une angoisse, un martyre, surtout pour mes deux compagnons, que leurs devoirs retenaient souvent plus loin que moi du boulevard de Gand.

Toujours est-il qu'après des efforts inouïs, je me trouvai un beau jour à la tête d'une rançon qui me permettait de racheter mon Andrienne ; mais, quand j'arrivai chez celui qui la tenait captive, la belle n'était plus en montre : un pourvoyeur de Sa Hautesse Abdul-Medjid, — à ce que l'on disait autour de moi, — l'avait achetée la veille au soir au prix de vingt mille tomans.

A cette nouvelle, je restai comme foudroyé. On venait d'emporter chez l'apothicaire du coin le référendaire atteint d'un coup de sang. Quant au général, qui n'était encore que colonel d'état-major, il disait et faisait des extravagances que, par égard pour notre brave armée, je ne redirai pas ici. Les choses en vinrent même au point qu'il fallut le conduire au poste. Heureusement, il était en bourgeois.

*
* *

Je n'étais pas encore bien remis qu'une main discrète, mais lourde, se posait sur mon épaule, tandis qu'à mon oreille une voix fausse chantonnait sur un air horriblement défiguré ces abominables paroles :

—Il l'a enlevée, pauvre ami ; il l'a enlevée, biribi, il l'a raflée, il l'a *ralphée;* elle est partie pour Milan avec lui.

— Avec qui? m'écriai-je.

— Avec Ralph, répondit ce fou d'Henrion ; il lui a fait avoir un engagement à la Scala ; sans s'en douter elle avait une voix superbe.

— Une voix superbe, qui donc?

— Qui donc? Parbleu! la demoiselle du magasin, celle qu'on appelait la belle bijoutière.

— Ah! parlez donc! m'écriai-je. Vous m'avez fait une belle peur, Henrion; je croyais qu'il s'agissait de mon opale.

— De votre opale?

— Oui, d'une opale dont je suis amoureux.

— Amoureux d'une opale? Mauvais plaisant! vous serez donc toujours le même, vous me prendrez donc toujours pour un niais. Allez! votre opale, je la connais, c'est la sœur du puits de Grenelle.

*
* *

Voilà donc où en était ce pauvre Henrion, à un tel point déchu, matérialisé, endiablé, *enralphé*, — pour me servir de son ignoble jeu de mots, — qu'il n'admettait, qu'il ne concevait même pas qu'on pût être amoureux d'autre chose que d'une créature de chair et d'os.

Malheureux Henrion! Il comprenait, il trouvait excusable, et déjà presque légitime, qu'un homme de ma sorte fît des folies pour une blanchisseuse, pour une fille de boutique, et en même temps, il tenait pour absurde, pour insensé, pour monstrueux, pour impossible, l'honnête inclination, l'amour tout platonique qui suspendait ma vie aux laiteuses vapeurs, aux capricieux reflets d'une opale.

Au reste, je ne puis assez admirer à quel point les hommes les plus positifs ou soi-disant tels ont l'intelligence et les yeux fermés à la perception des idées et des sentiments les plus simples, les plus naturels, les plus communs.

Ainsi, en dehors d'eux, est-il personne qui ignore la fréquence et l'ardeur des passions inspirées par les matières dites précieuses, telles que, par exemple, l'or et l'argent, non monnayés, bien entendu, les joyaux de toute sorte, perles fines, agates, ivoires, lapis-lazuli, chrysoprases, mais principalement les pierres fines, dont chacune répond dans le ciel comme sur la terre à une étoile de première grandeur?

Les noms charmants que ces divines gemmes ont reçus dans toutes les langues, — saphir, grenat, émeraude, topaze, — attestent la ferveur et l'antiquité

14

d'une idolâtrie qu'on peut et doit blâmer, sans doute, mais qu'il est malaisé de ne pas pardonner à qui a un cœur et des yeux.

Vraiment, il faut toute la vanité du sexe pour qu'il agrée, comme il le fait depuis le commencement du monde, des comparaisons où ses charmes sont mis en regard de la perle, de la turquoise, de l'hyacinthe, du diamant; et quelle maladresse à lui de se parer de ces merveilles, dont nous ne le couvrons que pour en rehausser l'éclat mille fois supérieur au sien!

Amoureux fou de toutes les pierres fines, mais des émeraudes surtout, il est à Paris un millionnaire qui a pris femme uniquement pour pouvoir se livrer décemment et plus à son aise à sa passion pour les gemmes.

Pauvre baronne, combien elle serait moins fière si, lorsqu'il la contemple avec extase, elle pouvait s'imaginer quel rôle humiliant lui fait jouer cet infidèle, et dans quel sens il est sincère, quand il l'appelle mon bijou, ma perle, mon Esméralda! Comme elle arracherait de ses bras et de ses épaules ces diamants, ces rubis, ces émeraudes adultères!

Mais, par bonheur, son illusion est, dans son genre, aussi complète que celles de madame Élias T., de madame Amédée Motin, et d'Henrion lui-même, à l'endroit de son ami Ralph; oui, par bonheur, cette pauvre baronne, avec ses doigts tous chargés de bagues, elle ne *s'aperçoit pas* que ses mains sont de simples baguiers, que toute sa grosse personne n'est qu'un écrin, un étalage.

Qu'Henrion ignorât ce secret plein d'horreurs, lui qui ne va pas même aux bals de l'Hôtel-de-Ville, je peux l'admettre à la rigueur; mais l'histoire d'Olivier Brusson, ce joaillier devenant capable de tout plutôt que de se séparer des pierreries qu'on lui a données à monter, n'aurait-il pas dû se la rappeler et s'en aider pour me comprendre? Pouvait-il ignorer encore la passion qu'une perle inspira jadis à Antoine, et comment Cléopâtre eut la barbarie de faire dissoudre sa rivale dans du vinaigre et de l'avaler sous les yeux de son triumvir?

Est-ce possible? me disais-je, Henrion, ce même Henrion qui donne à un Ralph tant de preuves du dévouement le plus aveugle, en est-il à ne plus comprendre chez son prochain d'autre amour que celui des sens? lui, jadis, la sagesse, la pudeur même, se divertir, s'enorgueillir des fredaines de son ami, de son *alter ego*! lui, notre modèle dans le bon temps, notre gravité, notre bon goût, notre décence, déchu aujourd'hui à un tel point! au point d'insulter même à la noble langue française! Henrion tombé dans le grivois, dans le gaulois, dans l'argot d'atelier, dans le calembour par à peu près! Henrion en un mot disant : il l'a *raflée*, il l'a *ralphée*! Quelle chute! quelle leçon!

§ V

Un malheur commun rapproche les hommes, mais est-ce l'effet d'un bon sentiment? — Henrion va de mal en pis.

Rien de ce qui précède ne me vint à l'esprit au premier moment : j'étais trop absorbé pour me livrer sur Henrion à des commentaires à perte de vue. Ma ren-

contre avec lui n'en fit pas moins diversion à mon
chagrin, lequel, en outre, se trouva naturellement
adouci par les détails qui me furent donnés sur l'enlè-
vement de l'opale.

C'était déjà beaucoup de la savoir aux mains d'un
souverain, et d'un souverain légitime. A une époque
(il y a longtemps de cela) où la fortune se passait de
si étranges fantaisies, où elle prodiguait les perles à des
gens à qui elle aurait dû jeter tout autre chose, mon
opale avait rencontré une position digne de son rang
dans les pierres fines, et de sa merveilleuse beauté ;
mais, l'important, c'était que ni le colonel ni le con-
seiller ne l'avaient emporté sur moi.

Tranquille sur ce point, je sentis mon cœur s'atten-
drir à l'endroit de mes deux rivaux, et il faut croire,
chose étrange! que cette disposition nous fut commune à tous trois, car chacun de nous le soir même
de la catastrophe trouva chez lui les cartes des deux
autres.

De là date entre nous une liaison que la mort seule
pourra rompre... à moins cependant qu'une révolution de sérail ou un remaniement de la carte d'Europe ne remette en circulation l'opale noble, l'opale à
flammes, auquel cas... mais à quoi bon prévoir les
malheurs de si loin ?

*
**

Mieux vaut en revenir à ce malheureux Henrion de
qui je viens précisément d'avoir ces jours-ci des
nouvelles, et quelles nouvelles!

*
**

Huit jours ne s'étaient pas écoulés depuis notre

dernière rencontre, que, sur les quatre heures du soir, j'aperçus Henrion chez une fleuriste à la mode, à qui il marchandait un énorme et splendide bouquet.

Faut-il l'avouer? bien que je dusse un peu lui en vouloir, cette circonstance me toucha : je me figurais en effet qu'il destinait ce bouquet à sa femme, ne voulant pas qu'elle souffrît de l'absence de Ralph, lequel avait, comme on l'a vu plus haut, l'habitude de la *fleurir*. J'allais même jusqu'à supposer que le bouquet serait envoyé à Grenelle de la part et avec la carte de Ralph ; et, déjà, ce raffinement de délicatesse, ou cet excès d'aveuglement, m'avait mis les larmes aux yeux, lorsque Henrion, en quittant la modiste, lui dit très-haut et d'un ton même assez leste : — Toujours au même endroit, vous savez bien : rue Notre-Dame-de-Lorette...

— Numéro quatre, à l'entre-sol, acheva la dame avec un regard en coulisse et un sourire abominablement significatif.

— A la bonne heure ! dis-je à Henrion, vous faites bien les choses quand vous vous y mettez.

— Tiens ! vous voilà ? fit-il sans aucun embarras et même d'un air assez joyeusement surpris.

Puis, m'ayant pris le bras :

— Vous l'avez vu, j'en suis bien aise : n'est-ce pas qu'il est de bon goût, mon bouquet ? Ah ! c'est que la personne est très-difficile. Et moi qui ne m'y entends guère... vous savez, quand on n'a jamais fait ce métier-là... Je commence tard, n'est-il pas vrai ? ·

— Il n'est jamais tard pour bien faire.

— Comme vous dites cela d'un air pincé !... Bon, nous voilà déjà à la porte de Gouache. Attendez-moi

14.

un instant, j'ai des bonbons à envoyer chez l'autre.

Chez l'autre ! il avait dit chez l'autre ! je ne savais plus où j'en étais d'étonnement, et en même temps je me sentais pris d'une tristesse, d'une amertume inexprimable, à la vue d'un si complet et si rapide changement. Je résolus cependant de prendre sur moi pour achever de m'éclairer, et, d'un ton aussi léger qu'il me fut possible :

— Et, lui dis-je quand il revint, laquelle des deux est la plus jolie?

— Ah ! pour cela, fit-il, je n'en sais rien, et ne m'en soucie guère. Il dit qu'elles sont charmantes, qu'il les adore toutes deux, et, ce que je crois davantage, qu'elles sont l'une et l'autre également folles de lui.

— Qui, lui?

— Et qui voulez-vous que ce soit? pour qui me donnerais-je tant de peine, depuis huit jours qu'il a enlevé votre opale? Celle-là, au reste, c'est pour l'honneur, à cause de sa voix : il a voulu qu'on dise un jour quand elle sera bien en vogue que c'est lui Ralph qui l'a découverte et lancée. Quant aux deux autres, à qui il a fait accroire qu'il est allé passer un mois dans sa famille, il m'a chargé, pendant son absence, de leur envoyer tous les jours, de sa part, des bonbons et des fleurs.

— Oh ! assez! assez! m'écriai-je; est-ce bien vous que j'entends, Henrion? moi qui croyais, qui espérais... non, dites-moi que tout cela est une fable, une défaite, dites-moi que vous êtes amoureux, que vous êtes fou, que le démon de la quarantaine vous a pris, qu'il vous traîne par les cheveux, cela s'est vu, je vous croirai, je vous plaindrai; mais que, sans avoir le feu

de l'enfer dans les veines, tranquillement, froidement... pour un autre... non. Encore une fois dites-
moi que ces deux femmes sont vos maîtresses, j'aime
mieux ça.

— Mes maîtresses! des maîtresses, à moi, à moi
homme marié, père de famille! Je reconnais bien là
vos principes, mon camarade. Ah! vous voudriez me
voir des maîtresses, joli conseil! et quand je pense
que vingt fois cette pauvre madame Henrion m'a reproché de ne pas vous avoir attiré chez nous! Eh bien!
qu'elle m'en parle encore, qu'elle y revienne à ce
sujet, et je lui dirai, moi, ce que, aujourd'hui 7 octobre 1846, vous m'avez conseillé de faire. — Non, là,
plaisanterie à part, vous êtes trop léger, mon cher :
des maîtresses! deux maîtresses! rien que cela! Fi! le
vilain jaloux qui en veut à mon Ralph de lui avoir
ralphé sa bijoutière, son opale, ah! ah! ah! Bonsoir,
amoureux du puits de Grenelle.

Et, sur cette apostrophe, Henrion me quitta le plus
gaiement du monde. Il monta en riant dans un omnibus, dans un omnibus! oui, il se refusa un cabriolet,
et il n'eut garde de porter une violette à sa femme, ni
une praline à ses filles, lui qui, chaque jour, rappelait
Ralph au souvenir de deux coquines par des galanteries
dont chacun sait ce qu'elles coûtent.

Peut-être, après tout, car je n'entends calomnier
personne, peut-être, dis-je, Ralph comptait-il, ou, du
moins, avait-il l'intention de compter avec Henrion ;
mais il n'est pas impossible non plus qu'Henrion ne
comptât jamais avec Ralph. En tout cas, ce qui est
certain, et ce que la suite a prouvé, c'est qu'Henrion
comptait fort mal.

§ VI

Au bout du fossé, la culbute.

Déjà, depuis un certain temps, le bruit courait qu'Henrion n'était pas bien dans ses affaires, et, généralement, on s'en étonnait, connaissant sa capacité, ses bonnes relations industrielles, et sa vie régulière, simple, et plutôt même parcimonieuse. Aussi plusieurs insinuaient-ils qu'il devait y avoir quelque anguille sous roche.

Ces propos m'arrivaient, mais de très-loin en très-loin, car il va sans dire que mes pensées ne roulaient pas toujours sur ce même sujet. Ce qui eût pu me rassurer d'ailleurs, c'est que Ralph était depuis plusieurs années en voyage; la belle équipée de Milan l'ayant entraîné de fil en aiguille à Rome, à Naples, en Sicile, et de là en Espagne, il n'y avait guère à supposer qu'Henrion eût continué à l'entretenir jour par jour dans les bonnes grâces de ces dames.

D'autre part, cependant, tout le monde savait que l'amour des voyages n'avait pas seul engagé Ralph à mettre la frontière entre lui et certaines gens : ses dettes, qu'on disait énormes, avaient bien pu être pour quelque chose dans cette fantaisie d'artiste. Or, en ce cas, n'était-il pas à craindre que le pigeon demeuré au logis ne se mît en quatre, et n'allât même jusqu'à se plumer jusqu'au sang pour refaire un nid à l'infidèle ?

Je me faisais précisément cette question, une après-midi, devant la fleuriste, dont l'étalage venait de me rappeler la folie d'Henrion, lorsqu'à vingt pas, je l'aperçois venant à moi : sa physionomie était radieuse. J'en augurai qu'il avait à me lire une lettre du voyageur, attendu que, dans le cas contraire, il m'évitait soigneusement.

Je dois dire que s'il en était venu à ce point d'aberration, de me croire aussi intéressé que lui par les nouvelles de son Ralph, il y avait bien un peu de ma faute : je lui prêtais le flanc avec une bonhomie que je me suis souvent reprochée, quoique en vérité elle fût à demi sincère. N'oublions pas d'ailleurs que lui non plus il n'avait pas été gentil pour mon opale et mon puits de Grenelle, lesquels valaient bien son Ralph après tout, sans m'avoir coûté aussi cher, ni écrit des lettres dans le style de celle-ci :

« Gros animal-*embouché*, tandis-*ou douze* que tu-« *relututu* rougis ton nez-*cessaire* au feu-*grisou* de ton « enfer-*de lance*... »

En voilà assez, n'est-ce pas ? en voilà trop peut-être. Eh bien ! toute la lettre, une lettre de quatre pages, était dans ce goût-là... Non, je me trompe, le bouquet de ce feu d'artifice, le *post-scriptum* de cette épître— et il tenait toute la quatrième page — était rédigé vraisemblablement dans un dialecte plus attique : aussi, comme je tournais cette page, Henrion rouge comme un coq m'arracha la lettre des mains... trop tard, hélas ! car j'y avais lu ce membre de phrase, à l'aide duquel, sans être un Cuvier, chacun de vous, lecteurs, pourra aisément reconstruire tout l'animal appelé Ralph.

« Encore un effort, vieille brute, vieille chérie, en-

« core dix mille *balles* à cet immonde bijoutier, ou, si-
« non, ton Ovide exilé à Tomes ne reviendra jamais
« *at home,* et... »

Il n'en fallait pas davantage : pour moi la révélation
était plus que complète, même avant les détails qui
viennent de m'être donnés à l'instant, tels que je vais
vous les communiquer ; et, cependant, il me reste encore aujourd'hui un doute, un seul doute : Henrion
n'est resté Henrion que par un côté, la délicatesse :
ainsi à la certitude que Ralph ait causé sa ruine, il
manque, et il manquera toujours, qu'Henrion en ait
fait l'aveu, en ait même dit un traître mot ; eh bien !
telle est cependant la faiblesse, l'aveuglement de ce
pauvre homme, et son besoin de faire adorer son
idole, telle est enfin la perversion de son goût, que je
me demande s'il ne fit pas en sorte de me laisser lire
au moins les premiers mots de cet ignoble *post-scriptum :* il trouvait si heureux le jeu de mots sur à Tomes
et *at home !*

§ VII

Dernières nouvelles.

Voici où en sont les choses depuis un an.

Plus perspicace ou moins passionnée que madame
Amédée Motin, madame Henrion a ouvert les yeux,
mais un jour trop tard.

La maison Henrion avait manqué la veille.

Une partie de la dot de madame Henrion était heureusement à l'abri ; cette dame s'est retirée en pro-

vince, où elle vient de marier passablement l'aînée de ses filles. La seconde a le temps d'attendre.

Ralph, qui est remonté *au pinacle*, Ralph, quelle qu'ait été jusque-là sa conduite, s'est montré admirable depuis la ruine d'Henrion. Il a recueilli cette *grosse brute*, qui s'est remise à la peinture avec plus d'ardeur que jamais. Ralph assure qu'elle ira loin.

Henrion a laissé pousser ses cheveux gris, qui flottent déjà sur ses épaules; il a repris les souliers à la poulaine, le chapeau conique, le pourpoint, bref, tout le costume d'artiste tel qu'on le comprenait en 1832.

Toujours naïf dans l'art, et délicat, Henrion s'y prend de façon à payer largement l'hospitalité que lui donne pour rien son idole : il lui allume son poêle le matin, lui fait, défait, et nettoie sa palette; lui peint les fonds, et même quelques accessoires de ses tableaux, fait ses commissions auprès du sexe et introduit furtivement les dames dans le sanctuaire ; il lui allume aussi sa longue pipe turque; enfin, il est à la fois le rapin, l'icoglan, le Mercure et le domestique de Ralph ; plus heureux que jamais, du reste, et ne regrettant qu'une chose, c'est d'avoir jamais mis les pieds dans le sérieux de la vie.

CHAPITRE XX

RÉVÉLATIONS ET DÉCOUVERTE

A présent que vous voilà tranquille, cher lecteur, sur le sort de cette *vieille brute* d'Henrion, il est temps de vous dire à qui je dois l'histoire de ce *gros animal*. Mais je parierais volontiers qu'à la concision de l'auteur, et au soin qu'il a mis à s'effacer dans son récit, vous avez tout de suite reconnu mon *pays*, ce même *pays* qui, au chapitre X de ce volume, m'a donné une si bonne leçon de laconisme et d'impersonnalité.

Eh bien, oui, c'est la vérité, l'historiographe de Mouton dit l'ébouriffé, le mystificateur anonyme de M. et Mme Amédée Motin, l'amoureux du puits de Grenelle et de l'opale à flammes, et le discret confident d'Henrion, ne sont qu'un seul et même personnage, comme vous l'avez deviné. Mais ce que vous ne devineriez jamais, c'est de qui je tiens l'anecdote du coup de canon mal compris, de cette ovation en province qui tourna si court et finit si mal pour M. et Mme Élias T.

Peut-être vous rappelez-vous comment mon ami Jules rejeta lestement sur moi la responsabilité du vrai et du faux de cette anecdote; je dois avouer qu'il la tenait réellement de moi; mais moi-même, comme je viens seulement de le découvrir, je la tenais de mon *pays*, qui la tenait de son jeune neveu, qui la

tenait de la bouche même du jeune Élias T. Furieux
de n'avoir pas été de la partie, ce petit gaillard avait
conté à tous ses petits camarades de pension la mys-
tification qui l'avait couronnée.

Voilà les enfants d'aujourd'hui. Voilà où en est chez
nous la famille.

Peut-être serait-ce le cas de glisser ici quelques réflexions sur l'éducation moderne ; mais vous les trou-
verez bientôt dans le grand ouvrage que je prépare
sur le culte du dieu Bébé.

CHAPITRE XXI

LES COMMENTAIRES DE CÉSARINE

FRAGMENT [1]

§ 1

Y être et en être.

Vers l'époque où éclata la révolution de Juillet, et même quelques années encore après, le faubourg Saint-Germain n'était pas simplement, comme aujourd'hui, un quartier habité en grande partie par d'anciennes familles plus ou moins attachées à la tradition religieuse et monarchique. Le faubourg Saint-Germain, ou ce qu'on entendait par là, était une famille, un corps, une institution, une puissance dans l'État, une autorité dans ce qu'on appelle le monde, et quand j'ajouterais mille autres qualifications à celles qui précèdent, je n'aurais pas encore donné une définition exacte de ce qu'était alors le faubourg Saint-Germain.

Cette chose indéfinissable, cet être moitié de raison et moitié de fait, n'a totalement dépouillé, depuis cette époque, aucun des traits principaux de son ho-

---

1. Deux autres fragments de ces Commentaires ont déjà été publiés.

norable caractère, de sa curieuse et intéressante physionomie, il en a même pris de nouveaux; mais le tout si fin, si menu, si chair et poisson à la fois, qu'il en devient de plus en plus insaisissable.

Le sphinx a toujours sa même pose fière, placide, naturelle, et comme éternelle, toujours ses mêmes bandelettes, toujours ses yeux longs et doux, à demi fermés, dans le calme aussi bien que dans la tempête, toujours son même sourire, suave, affable et discret. C'est toujours enfin ce même mystère, cette même énigme agaçante qu'aucun Œdipe littéraire n'a encore devinée, et cela peut-être pour une raison que j'aurais bien envie de dire, mais que je ne dirai jamais.

Ce que je dirai, par exemple, c'est que le faubourg Saint-Germain n'avait pas oublié lui-même le mot de son énigme, ou, en d'autres termes, qu'il n'était pas encore une énigme sans mot, à l'époque où nous prions le lecteur de se reporter avec nous.

Il ne s'était pas non plus décidé à fermer les yeux en bien des cas sur de certaines mésalliances, celles, comme de juste, où le sentiment n'est pour rien. Ce système de tolérance intéressée, auquel l'Angleterre doit la conservation de sa noblesse, ou plutôt la transformation de sa noblesse en aristocratie, le faubourg Saint-Germain paraît en comprendre aujourd'hui la haute sagesse; mais, nous le répétons, il ne l'admettait pas encore à l'époque de transition approximativement désignée par la date de 1830. Enfin, il y avait encore en lui cela d'étrange qu'on pouvait à la fois *y* être et n'*en* pas être. Y être était une sorte de surnumérariat qui vous préparait à en être, sans vous garantir cependant que vous en seriez; car on pouvait y être pendant toute sa vie et mourir très-vieux sans jamais en avoir été.

*
* *

Comme il fallait cependant qu'il se recrutât, sous peine d'extinction, lointaine sans doute, mais iné- vitable, le noble faubourg s'était rendu accessible à certaines classes de nobles, qu'une nécessité moins absolue ne lui eût pas fait accueillir dans un autre temps. Il en était venu de la sorte à pouvoir être classé ainsi qu'il suit :

La haute noblesse, ou noblesse historique, compre- nant les descendants de maisons souveraines, alliée à nos rois, en possession depuis longtemps des grandes charges de l'État, des hautes dignités militaires ou ecclésiastiques, enfin ce qu'on entend par la haute no- blesse ;

L'ancienne noblesse ou la noblesse d'épée ;

La noblesse de robe et tous les anoblis ;

Et enfin la noblesse apocryphe, sur la nature de laquelle, ou l'on n'était pas renseigné, ou l'on consen- tait à fermer les yeux, ce dernier cas étant d'ailleurs fort rare, et toujours motivé par les plus graves con- sidérations de convenance ou d'intérêt.

De ces quatre catégories, qui pourraient subir au besoin des divisions infinies, la première *en* était de fondation, par droit de naissance ; la seconde *y* était quand bon lui semblait, et arrivait quelquefois à *en* être. La troisième à peu près de même, et la qua- trième, enfin, la moins nombreuse de beaucoup, n'*y* était jamais sans *en* être, les motifs qui lui valaient le premier de ces avantages étant toujours de force à emporter même le second.

C'était donc dans la seconde et la troisième de ces quatre catégories que se recrutait le noviciat, le surnumérariat, la pépinière dont nous avons parlé plus haut: on y était facilement admis : une présentation suffisait; mais de là à faire sérieusement partie du faubourg Saint-Germain, à *en* être, comme nous disons, la différence était énorme, et la difficulté en proportion : pas de programme, pas d'examen (ostensible du moins), pas une barrière visible à tourner ou à franchir, pas de limites définies entre ce *to be* et ce *not to be*, à moins qu'un aimable et mystérieux guide... mais c'était si rare, si rare, qu'il y aurait eu de la folie à y compter. On ne reconnaissait qu'à une seule marque qu'on en était, c'est qu'aussitôt on commençait à s'amuser beaucoup, tandis que l'on s'ennuyait à périr tant qu'on ne faisait qu'y être. C'était comme le jeu d'échecs, suivant qu'on en sait ou n'en sait pas le fin, ou plutôt comme ces mystérieuses lettres d'avis ou d'amour, insignifiantes dans leur rédaction officielle, mais qui, pliées en deux dans leur longueur, ou prises au rebours, ou de bas en haut, ou de gauche à droite, offrent un sens particulier et d'un intérêt capital.

Et que fallait-il faire pour mériter d'avoir la clef de ce merveilleux casse-tête? Un signe, un sourcil froncé, un clin d'œil, un sourire, un geste, un rien à propos ou mal à propos vous ouvrait à tout jamais ce paradis, ou vous rejetait dans les limbes; mais quelle affaire que ce rien, avec de tels juges en fait d'à propos! Heureusement, il y avait là de bonnes âmes pour vous avertir, le cas échéant, que vous aviez perdu toute chance d'en être; mais, quant à vous en dire le pourquoi, c'est ce qu'aucun des initiés n'eût osé faire : c'eût été trahir le secret. Seulement il pouvait se rencontrer un démissionnaire, un déserteur, un transfuge, qui consentît à vous éclairer, comme il arriva au comte Arthur de H., qui travaillait à en être depuis quinze ans, et s'ennuyait, depuis plus de quatorze, comme un homme qui y était.

Qu'ai-je pu faire ou ne pas faire? D'où vient que je n'en suis pas? disait-il à Césarine, qui en avait été et n'y était même plus.

Mais commençons par dire un mot de cette aimable Césarine, à qui nous devons tout ce qui précède, et bien d'autres choses que nous ne lui rendrons jamais, s'il plaît à Dieu.

§ II

Les tronçons du serpent.

Césarine, d'abord, ne s'appelle pas Césarine, ai-je besoin de vous le dire? Ne pouvant la nommer ni de son nom de famille, ni d'un de ses noms de baptême, ni d'aucun de ses noms de femme, — elle a été mariée quatre fois, — je lui donne son nom de génie.

Césarine, à l'entendre, a eu secrètement la main dans tous les grands événements de ce siècle; sur quelques-uns même, son action a été décisive. Ainsi, par exemple, un mot de sa bouche eût pu faire avorter la révolution de Juillet; ce mot, c'était un oui à porter de l'hôtel de B. (Faubourg Saint-Germain), à l'hôtel G. (Chaussée-d'Antin); ce oui, pendant deux heures, elle épuisa toutes les forces, toutes les grâces de son génie, sans pouvoir l'arracher à l'égoïste orgueil du sang. La mésalliance qu'elle proposait était énorme, il faut le dire, et la jeune personne laide et sotte à justifier, en toute autre occasion, la répugnance d'un futur conditionnel; mais il s'agissait de sauver la monarchie, et qui n'eût compté, à la place de Césarine, sur le dévouement d'une maison qui tenait de près à celle de France?

Ce mariage, s'il se faisait, rompait au moment décisif, au moment de l'action, la coalition déjà ébranlée de la Chaussée-d'Antin et du faubourg Saint-Honoré. On le comprendra mieux quand on saura ce que Césarine avait fait pour préparer la défection du premier.

*
* *

La grande faute du faubourg Saint-Germain, au point de vue de la politique, avait été de montrer du dédain à la noblesse de l'Empire, après la Restauration. Césarine l'avait compris, et, voyant l'imminence du danger qui en résultait, elle avait mis toutes ses ressources en œuvre pour le conjurer par un mariage entre les deux parties; mais cette tentative ayant échoué à son grand regret, elle avait songé à tirer avantage de son échec même, en lui faisant donner en dessous-main tout l'éclat qu'il pouvait avoir. Tout Paris avait donc su en moins de vingt-quatre heures qu'un des héros de nos dernières guerres avait vu ses prétentions hau-

tement rejetées par la fille d'un gentilhomme ven-
déen. N'était-ce pas par suite un coup de maître, un
coup de femme, que de montrer l'héritier d'un des
plus grands noms de France épousant l'héritière d'un
simple financier? Tout le terrain perdu d'un côté, ne
le regagnait-on pas de l'autre, et au centuple, dans
l'opinion publique?

L'entreprise, il est vrai, offrait plus de difficultés ;
mais les difficultés n'avaient jamais effrayé Césarine.
Les circonstances, d'ailleurs, s'aggravaient d'heure en
heure, comme pour la servir : M. de Salvandy avait
fait au Palais-Royal sa fameuse prophétie ; les *ordon-
nances* allaient être lancées, on le savait, et l'on savait
aussi combien elles seraient mal soutenues ; la résistance s'organisait activement et le pouvoir lui laissait
le champ libre ; mais le coup projeté par Césarine la
coupait en deux inopinément : la Chaussée-d'Antin
avec ses grands industriels étant alors, comme on le
sait, le trait d'union entre le faubourg Saint-Honoré et
la classe ouvrière, il suffisait de sa neutralité pour
assurer le triomphe de l'ordre : or, sur ce point, Césarine apportait des garanties aussi sûres qu'on en puisse
donner en pareille matière ; à tout événement, d'ailleurs, ses précautions étaient prises : grâce à elle,
l'accord ne pouvait plus régner entre les deux quartiers ennemis conjurés de la monarchie nationale : ils
avaient bien pu s'entendre, en effet, malgré la disso-
nance de leurs programmes respectifs, on ne se
brouille pas entre amis pour si peu ; mais jamais le
faubourg Saint-Honoré n'eût pardonné à la Chaussée-
d'Antin le succès obtenu par elle là où il avait si complétement échoué ; l'orgueil, blessé d'une part et

exalté de l'autre, rendait donc impossible toute coalition entre eux.

Ce plan si admirablement conçu avait été soumis au duc de Polignac, ce qui explique, disons-le en passant, l'excès de confiance trop souvent reproché à cet aventureux ministre.

Après même, en effet, que Césarine eut échoué dans ses deux tentatives, il n'en était pas moins fondé à croire qu'elles avaient jeté la division parmi ses adversaires : chacun des deux quartiers hostiles au faubourg Saint-Germain ne savait-il pas en effet ce qu'avait tenté l'autre pour s'allier à l'ennemi commun? et n'était-ce pas assez pour que de longtemps la confiance ne pût se rétablir entre eux? On ne le niera pas : ce calcul était juste; mais le loyal homme d'État comptait en le faisant sans la défection de Césarine.

Cette défection a été attribuée dans le temps, par des politiques à courte vue, au dépit que Césarine aurait conçu d'avoir vu deux fois ses offres rejetées du faubourg Saint-Germain; c'est là une erreur capitale : pas plus que César, Césarine n'était accessible au dépit.

La vérité est que, par suite de ce double échec, elle s'était jugée compromise dans les trois quartiers à la fois, et condamnée par suite, au moins pour quelque temps, à une inaction forcée; or, ce n'était pas là son compte : la vie de Césarine, c'était l'action, et par action, comme toutes les femmes, elle entendait domination. Voilà pourquoi, n'ayant pu empêcher à elle seule la chute d'une monarchie, elle voulut se donner la distraction d'en faire une autre, quitte à la renverser plus tard, comme elle l'a renversée en effet;

15.

mais n'anticipons pas sur des événements que nous n'avons pas l'intention de raconter.

Avec la perspicacité féminine de son coup d'œil, aidée de sa profonde connaissance des hommes, César-rine avait compris que si la haine est impuissante à rien fonder, elle a toujours assez de force pour dé-truire, et dans cette maxime elle avait lu écrit le triomphe assuré des ennemis de l'ancien régime. Cette révélation ayant été pour elle instantanée, sa résolution ne le fut pas moins. Césarine, toujours comme César, n'était pas de ces âmes grandes ou faibles qui se cramponnent à ce qui croule, par fidélité ou par peur. Du jour où la ruine d'un édifice lui pa-raissait inévitable, elle se mettait à la tête des démo-lisseurs. Voilà pourquoi elle embrassa le parti de la haine, bien que ce sentiment lui fût aussi étranger que l'amour.

— La haine! se dit-elle, c'est moi qui ai coupé en deux ce serpent, c'est moi qui en réunirai les tron-çons. — Et, sur ce parti pris, elle était allée de l'un à l'autre, et, la veille de la bataille, elle les avait réunis : *Veni, vidi, vici*, ce fut l'affaire de vingt-quatre heures.

Quelle parole magique, quelle secrète incantation, quels signes tracés sur le sable avaient opéré ce mi-racle? Rien de si malin : toute fée qu'elle était, Césa-rine, dans ses opérations, recourait rarement à des moyens surnaturels. Elle avait tout simplement pris la main droite du héros du faubourg Saint-Honoré, et l'avait jointe à la main gauche du petit monstre de la Chaussée-d'Antin. Les tronçons ainsi ressoudés, la cir-culation du sang et la sécrétion du fiel rétablies, le serpent s'était élancé en sifflant sur sa proie et n'en avait fait qu'une bouchée. Vous me direz qu'il l'a assez mal digérée ; mais voilà ce que c'est que de vouloir manger trop et trop vite.

**

Vous savez maintenant, lecteur, comment Césarine eût pu empêcher, et s'est tout à coup décidée à faire la révolution de 1830. Son action n'a pas été moindre sur tous les événements de ce siècle ; elle le croit du moins ; elle en est convaincue, et, malgré son grand âge, elle compte bien mettre encore plus d'une fois son pays sens dessus dessous.

Peut-être avant peu ses mémoires feront-ils passer sa conviction dans votre esprit ; en attendant, vous m'accorderez bien, je l'espère, que ce chapitre n'est pas tout à fait ici hors d'œuvre, et qu'une place à part dans mes étoiles était bien due à Césarine.

§ III

Pourquoi le comte Arthur de H. [1] *y était, mais n'en était pas.*

Environ six mois après cette révolution de Juillet qui porta un coup si terrible au faubourg Saint-Germain, le comte Arthur de H. prit le parti de consulter Césarine sur la situation délicate où il se trouvait. Grâce à mon extrême jeunesse qui me rendait sans conséquence, j'eus le bonheur d'assister à cette

1. Nom et initiale de pure convention, comme dans tout le volume.

consultation; on dit tout devant les enfants, et vous
voyez bien que l'on a raison.

Il va de soi que Césarine, à cette époque, avait
abandonné le faubourg Saint-Germain passé à l'état de
force passive. Elle venait d'ailleurs de contracter un
quatrième mariage qui l'y aurait mise dans une position effacée. Mais le faubourg Saint-Germain ne se
privait pas de venir chez elle. Son hôtel était un de
ces terrains neutres, où *boudeurs* et *ralliés* se rencon-
traient avec d'autant plus de plaisir, qu'ils étaient souvent membres d'une même famille.

Il y a toujours de ces salons-là : le monde n'irait
pas sans eux. Césarine appelait le sien : mon Ile de la
Conférence. Et que de traités en effet, et que de mariages, même morganatiques, y ont été arrêtés en
secret !

C'est donc là que ce pauvre comte de H. s'écria
un matin, — avant l'heure des grandes visites : — D'où
vient que j'y suis depuis quatorze ans, et que je ne
puis pas arriver à en être ? — Et que vous n'en serez
jamais, ajouta Césarine, à moins que la Providence ou
moi nous ne finissions par nous en mêler. — Vous
rappelez-vous, mon pauvre ami, un soir où une certaine marquise, que j'appellerai Pénélope pour de
bonnes raisons, vous invita à venir assister chez elle à
une lecture ?

LE COMTE. — A la lecture d'une apologie manuscrite
du christianisme.

CÉSARINE. — Dont l'auteur était le marquis de
L. T. D. P.

LE COMTE. — Je crois bien que oui ; mais il y a de
cela au moins treize ans.

CÉSARINE. — Oh! non, douze ans et demi tout au plus.

LE COMTE. — Quelle mémoire vous avez!

CÉSARINE. — Cette lecture devait avoir lieu le surlendemain.

LE COMTE. — Le surlendemain en effet; mais le lendemain...

CÉSARINE. — Le lendemain vous reçûtes contreordre : la lecture était remise à une autre fois. Pénélope avait défait l'ouvrage du jour.

LE COMTE. — Pendant la nuit?

CÉSARINE. — Probablement. Et la lecture eut lieu la semaine suivante, et vous n'en fûtes pas averti.

LE COMTE. — Et je n'ai jamais pu en savoir la raison.

CÉSARINE. — La raison, c'est que dans l'intervalle il avait été arrêté que vous n'étiez pas digne d'en être, que vous n'en seriez jamais.

LE COMTE. — De la lecture?

CÉSARINE. — De la lecture et du faubourg Saint-Germain.

LE COMTE. — Comment avais-je pu démériter à ce point? La marquise de... Pénélope était pour moi la bonté même, et ce n'est que longtemps après qu'elle a paru se refroidir à mon égard.

CÉSARINE. — Oui, elle vous aimait assez, et si bien même que grâce à elle vous étiez au moment d'en être. L'invitation qu'elle vous avait faite était comme un brevet d'admission. Elle n'eût pas manqué de dire à M. de L. T. D. P. que son ouvrage avait produit sur vous l'impression la plus salutaire. Charmé de votre bon goût, et persuadé qu'il avait fait une conversion, le marquis vous aurait pris sous son égide, et grâce à lui, quand Pénélope en aurait eu assez de vos services, vous seriez arrivé à un établissement tout à fait convenable.

LE COMTE. — Mais, encore une fois, qu'ai-je fait pour être jugé indigne de tant d'avantages?

CÉSARINE. — Recueillez bien vos souvenirs : quand la marquise vous invita à venir entendre chez elle cette lecture édifiante, quelle figure fîtes-vous?

LE COMTE. — Ma foi ! je ne saurais vous le dire après si longtemps, mais il est probable... La marquise, entre nous...

CÉSARINE. — Oh! pas un mot sur elle. Je ne laisserais pas attaquer devant moi une ancienne amie. Sans doute, il courait sur elle des bruits étranges, et même fâcheux; mais le faubourg Saint-Germain ne pouvait pas, ne devait pas y ajouter foi : Pénélope tenait à des personnes trop respectables, trop considérables. La croire en faute et agir en conséquence, c'eût été donner le coup de la mort à sa mère. La politique au faubourg Saint-Germain s'allie presque toujours à des vues sages et honorables. L'esprit de corps n'y étouffe pas plus les sentiments que les principes. Supposé même que la marquise ne fût pas tout à fait irréprochable, et c'est là ce que l'on craignait, tant qu'elle n'avait pas franchi certaines bornes, la charité aussi bien que la prudence ordonnait des ménagements. Les avis indirects ne lui étaient pas épargnés cependant; mais ils ne s'exprimaient que par des nuances pour ainsi dire imperceptibles. C'était un mot, un regard, un salut, où un spectateur désintéressé ne voyait rien que d'uni et d'indifférent, mais où la marquise, avec

son grand usage, sentait percer la pointe d'une cen-
sure officieuse.

Ainsi, pour me faire comprendre — car vous me
regardez comme si je vous parlais chinois — se trou-
vait-elle dans un salon auprès de sa mère, elle se
voyait aussitôt l'objet d'un redoublement de soins et
d'hommages; changeait-elle de place, tout retombait
autour d'elle au diapason ordinaire. Mais il faut être
femme et née dans ce monde incomparable pour sentir tout ce qu'il y avait là de poignant. Pénélope eût
compté pour rien une vie exilée de ce petit centre
dans lequel se résume à ses yeux toute autorité et
toute grandeur; il est pour elle ce que fut autrefois la
cour pour les grands courtisans du XVIIe siècle. L'ado-
ration que lui inspire ce souverain collectif, dont elle
exècre tous les membres, a fait de la vie de cette
femme une lutte perpétuelle entre son culte et ses
penchants. A vingt reprises, elle a dépensé plus d'énergie pour en regagner la faveur qu'il n'en eût fallu pour
vivre de façon à ne jamais la perdre.

Ce fut dans une de ces crises que vous vous trou-
vâtes engagé sans le savoir, mon pauvre comte; la lecture à laquelle on vous permettait d'assister entrait
justement dans un de ces plans de réhabilitation, dont
l'imagination de Pénélope a toujours été si prodigue,
et auxquels les amis de sa mère daignaient encore
s'associer. Dans cette grave comédie on vous avait
assigné un petit bout de rôle, et en vérité je ne sais
trop lequel, car vous êtes de ces comparses qui, tantôt
par excès et tantôt par défaut de zèle, font toujours
manquer l'effet préparé. En outre, je le répète, vous
inspiriez personnellement à l'auteur un intérêt dont la

nature est encore pour moi un problème. C'est ce qui la porta sans doute à vous faire l'invitation dont vous l'avez si cruellement punie.

LE COMTE. — Mais, au nom du ciel, ne me tenez pas ainsi en suspens! qu'ai-je dit? qu'ai-je fait?

CÉSARINE.—Ce que vous avez fait, malheureux? vous avez paru étonné. Oui, je crois même, Dieu me pardonne, qu'en apprenant, de la bouche de Pénélope, qu'il s'agissait d'une lecture édifiante, et cela au moment où l'on contait tout bas sur elle une histoire qui l'était fort peu, vous avez souri, comte Arthur, vous avez eu la monstrueuse impertinence de sourire.

LE COMTE. — C'est bien possible, j'étais si jeune!

CÉSARINE. — Oui, vous avez souri, imperceptiblement sans doute, mais enfin vous avez souri, je m'en souviens à présent à merveille. C'est même pour cela que je vous ai pris en pitié : en voilà un, me dis-je, qui a encore quelque chose d'humain : il ne sait pas vivre. Et notez bien que ce malencontreux sourire ne fit pas plaisir à moi seule : la leçon se trouvait faite à Pénélope, sans que personne qui comptât en eût pris l'initiative. Vous n'en étiez pas moins perdu sans moi : il fut question de votre exclusion ; mais j'obtins qu'on réduisît la peine à une quarantaine à perpétuité.

LE COMTE, avec accablement. — A perpétuité?

CÉSARINE. — Oui, à perpétuité, sauf le cas d'un de ces éclatants services, qu'on trouve occasion de rendre une fois en cinquante-sept ans, suivant les derniers calculs de la statistique, d'un de ces services comme...

*
* *

Une visite, à mon grand regret, interrompit cette

conversation qui commençait à m'intéresser vivement. Vingt fois j'essayai depuis de la renouer seul à seul avec Césarine, qui daignait quelquefois m'employer comme secrétaire ; je n'y parvins qu'après une intervalle de deux ans. A ce moment le comte Arthur venait de toucher inopinément à l'étrange but qu'il avait donné à sa vie. Ce fut même en m'annonçant cette grande nouvelle, que Césarine fût amenée à me dicter ce qui va suivre. Je n'y ai pas changé un mot ; on y trouvera même les questions, les interruptions, et les exclamations qui m'échappèrent en écrivant.

§ IV [1]

Heur et malheur, ou qui perd gagne.

— Y êtes-vous, Labiénus ?

— Oui, mon général.

— Eh bien ! écrivez. — La comtesse de Z. a eu deux filles, comme tout le monde le sait : l'une est la fameuse marquise que nous appelons Pénélope ; l'autre, de dix ans plus jeune que celle-ci, avait épousé un comte de V., gentilhomme languedocien, qui, à la suite de quelques revers de fortune, s'était allé enfouir avec elle dans une terre près d'Uzès.

La comtesse de V. n'avait rien de commun avec sa sœur aînée, l'illustre Pénélope : elle n'aimait guère le monde, et le parti qui l'en sépara brusquement lui aurait peu coûté à suivre, s'il ne l'eût en même temps séparée de sa mère qu'elle adorait. Pour adou-

1. C'est le DXLII des *Commentaires*.

cir ce que son exil avait en cela de trop pénible, elle
avait obtenu que celle-ci vînt quelquefois le partager.
La comtesse de Z. passait donc environ les trois premiers mois de l'arrière-saison au château de V., auprès
de la seule de ses filles qu'on se plût dans le monde
à lui comparer.

Ce partage ne faisait pas les affaires de Pénélope ;
elle aimait peu sa mère, et ne la cultivait que par
accès, mais elle n'en tenait pas moins beaucoup à
l'avoir toujours sous la main. Privée de cet en-cas, il
lui fallait s'observer davantage, et ce n'était pas là le
compte d'une femme, qui, très-vaillante et très-habile
à réparer, n'a jamais eu soit le courage, soit l'adresse
de prévenir.

Cependant le séjour de la comtesse au château de
V. allait toujours se prolongeant. Une petite-fille
lui était née, et ce lien nouveau la retenait chaque
année davantage. Bientôt enfin la mort subite de son
gendre rendit sa présence au château plus utile et plus
précieuse, si bien que, sauf quelques rapides voyages
à Paris, elle passa cinq longues années près de sa fille
veuve, qu'une maladie de langueur mit tout ce temps
à emporter.

La petite Herminie de V. avait à peine quatorze ans,
quand la mort de sa mère la laissa dans le monde sans
autre appui que son aïeule. De tout point elle méritait
de rencontrer une si précieuse tutelle. Si le plus grand
éloge à faire des deux mères c'était de les comparer
l'une à l'autre, de la fille on pouvait prédire qu'elle
les égalerait toutes deux. Née avec le germe de leurs
vertus, elle avait acquis déjà en partie leurs talents ;
il ne lui manquait plus, pour être parfaite aux yeux

du monde, que de le devenir un peu moins en réalité.
Le monde devait bientôt lui procurer cet avantage ;
d'un ange il allait faire une femme accomplie.

Après deux ans donnés au deuil le plus sévère, Herminie arriva à Paris avec son aïeule. Le salon de la
comtesse ne s'ouvrit d'abord qu'à des amis intimes,
pour la plupart alliés ou parents ; mais enfin il s'ouvrit :
il était temps pour Pénélope : elle avait si bien défait
son ouvrage, et tellement embrouillé ses fils, qu'elle
ne savait plus comment s'y reconnaître. Les préten-
dants... mais, Dieu me pardonne ! je crois qu'il y en
avait plus qu'un, et cependant la mort d'Ulysse n'était
plus seulement un bruit : la marquise était réellement
veuve, elle l'était même si bien, que dès le premier
jour de son veuvage, elle avait été avertie par un mot
de condoléance qu'elle eût à quitter... je veux dire
qu'elle pouvait continuer à habiter l'hôtel, jusqu'à
l'expiration de son deuil.

Vous connaissez trop peu le monde dont je parle
pour bien comprendre tout ce qu'avait d'écrasant cette
prévenance de la famille du marquis. Pénélope en fut
si accablée, que volontiers, dans le premier moment,
elle serait entrée en religion chez sa mère, avant le
terme de son deuil, quitte à reprendre un peu plus tard
la clef des champs. Cet arrangement eût donné une
explication honorable à sa sortie de l'hôtel conjugal ;
mais, si aveuglée que fût la comtesse, elle refusa néanmoins de se prêter à une combinaison dont sa petite-
fille aurait pu avoir indirectement à souffrir : même
injustement soupçonnée, la marquise ne pouvait habiter sous le même toit que tant d'innocence, et d'innocence à marier ; c'était assez qu'on pût l'y voir, et

on l'y voyait plus souvent encore que la comtesse ne
l'eût peut-être souhaité.

Il n'y avait pourtant rien de bien attrayant pour Pénélope dans ce salon où se réunissaient une fois par
semaine les jeunes amies d'Herminie, amenées par
leurs mères, grand'mères et autres ascendantes. On
n'y traitait à fond aucune de ces questions d'art chrétien, de philosophie spiritualiste, de haute politique,
ni même de théologie, dont cette étrange Pénélope
sait causer au besoin si pertinemment. Ce n'était qu'un
léger babil, un gazouillement innocent et gai à l'oreille,
sur quelque touchant épisode des Missions étrangères,
sur le dernier mandement de Monseigneur, sur la
questions des orgues comparées, ainsi de suite, et rien
de plus. Mince régal, et un peu froid pour Pénélope.
Pas un prédicateur à la mode, pas un jeune Père Jésuite avec qui ferrailler sur le terrain de la grâce ou
des cinq propositions; pas un beau diplomate chauve,
au crâne rose et luisant à attirer dans une embrasure
de croisée pour le sonder sur les dispositions de l'Angleterre. A peine un frère, ou un père encore un peu
jeune, faisait-il une courte apparition.

De désespoir la malheureuse Pénélope avait fini par
renouer tant bien que mal avec Arthur de H., qui
était là, comme il le disait, sans en être. Sa spécialité
consiste, vous le savez, à avoir tout vu, tout entendu,
à pouvoir dire en toute occasion : J'y étais. Cela le
rend quelquefois utile. Ainsi, par exemple, le duc de
La V. ne peut pas se passer de lui; il ne fait pas un
de ses contes sans l'appeler en témoignage : — Demandez, dit-il, à M. de H., il y était. Chez la comtesse, on le souffrait, ce pauvre Arthur, pour sa répu-

tation de moralité et son peu d'importance, et puis
aussi pour une façon qu'il avait de conter à ces demoiselles les *faits divers* des journaux — expurgés.

*
* *

Malgré le peu de ressources qu'offrait à Pénélope
un personnel ainsi composé et restreint, le salon de
la comtesse de Z. n'avait pas moins une sérieuse importance en raison des jeunes héritières dont il offrait
une réunion assez variée ; toutes les mères ayant fille
ou fils à marier tenaient à y avoir un pied.

Herminie de V. brillait là comme Esther parmi ses
compagnes avant le choix d'Assuérus. Il s'en fallait de
beaucoup cependant qu'elle fût la plus richement
dotée, même en comptant les espérances; comme
héritière la grosse Louise de N. l'emportait sur elle
de plus d'un million. Mais, pour la beauté, Herminie
était sans rivale. Seule son amie Pauline de C. eût
pu lui être comparée, sans un défaut qui la rejetait
au second rang. Cette jolie et toute gracieuse personne
avait dans les yeux quelque chose qui lui seyait, disait-
on, à ravir, un charme, une grâce ambiguë, tout ce
que vous voudrez de plus attrayant, mais, en fin de
compte, elle louchait, voilà le fait.

Pauline, en outre, était sans fortune, eu égard, bien
entendu, au monde dans lequel elle se trouvait.
C'était même un grand hasard qu'elle se trouvât dans
ce monde. Tout, excepté sa naissance, eût dû l'en
tenir éloignée. Sa mère et celle d'Herminie s'étaient
connues à Uzès, où chacune d'elles accompagnait sa
fille au catéchisme. Partout ailleurs que dans un cercle si étroit, il n'en eût été rien de plus ; mais là, au

bout du monde, cette rencontre, malgré la différence
des fortunes, amena des relations dont la suite vous
étonnera, si je ne me trompe.

Veuves toutes deux, proche voisines de campagne,
dignes l'une de l'autre à tous les points de vue, les deux
mères, et par suite les deux filles, s'étaient étroitement
liées. La comtesse de Z., elle aussi, était entrée dans
ces sentiments, et même avec tant de chaleur, que,
lorsqu'il lui fallut revenir à Paris, elle fit tout pour engager la mère de Pauline à l'y suivre. Les circonstances, grâce à moi, avaient rendu depuis peu la
chose possible, et même raisonnable jusqu'à un certain point.

Pauline, qui est ma petite cousine, il est bien temps
de vous le dire, avait à Paris un vieil oncle célibataire,
et un frère aîné dont ce digne parent comptait faire
son héritier. J'avais quelque empire sur le bonhomme,
et, de l'aveu formel du jeune comte de C., je le dé-
cidai, trois jours avant sa mort, à partager également
sa petite fortune entre son neveu et sa nièce. Je ne
connaissais encore mes deux cousines du Languedoc
que par le bien que m'en avait dit la comtesse de Z.;
mais quand je pus les juger par moi-même, je pris
autant d'estime pour la mère que de sympathie pour
la fille, et ma résolution fut bientôt arrêtée de ménager à celle-ci quelque bel établissement. Comment,
par quels moyens, je ne m'en rendais pas bien compte;
son manque de fortune pouvait y mettre obstacle,
moins cependant que le peu de racines qu'elle avait
encore à Paris; ma maison, rendez-vous de la diploma-
tie étrangère, ne pouvait lui être d'aucune ressource:
j'étais sur un pied qui ne cadrait ni avec la médiocrité

de sa fortune, ni surtout avec son extrême jeunesse ; mais je me fiais à mon étoile, et plus encore au charme de sa beauté originale, saisissante, à ce feu pur et doux qui brillait à travers toute sa petite personne.

Malheureusement, le salon de la comtesse de Z. ne pouvait guère servir à tout cela que d'éteignoir. Malgré les bontés de cette vénérable femme et la tendresse de sa petite-fille, mes deux parentes étaient un peu là comme Arthur de H. Entre elles et tant de personnes se tenant toutes par des liens de parenté, d'alliance ou de relations traditionnelles, il n'y avait que des égards et de l'estime. Au milieu de ce monde à part, une trame invisible isolait Pauline de ses compagnes.

Peut-être aussi, comme on la savait ma parente, ma protégée, et qu'on me supposait toujours des vues, se disait-on qu'elle n'était pas là pour rien. Quoi qu'il en soit, un sentiment de vague inquiétude, — défiance serait trop dire, — se mêlait à la bienveillance qu'on ne pouvait lui refuser. J'en fus avertie par un mot que me redit le comte Arthur, lequel, à cette époque, était un de mes éclaireurs. Il n'avait pas encore passé à l'ennemi.

— Cette petite fille, avait répondu Pénélope à la duchesse de M. qui la questionnait, c'est mademoiselle Pauline de C. ; mais, moi, je l'appelle Mystère. C'est une boîte à surprises que ma chère maman nous a rapportée de province. Je la surveille.

Ces derniers mots avaient fait épanouir sur le visage de la duchesse un sourire et une expression de gratitude, que le comte de H. ne pouvait pas s'expliquer, disait-il.

Comme s'il s'expliquait jamais rien.

Heureusement, il ajouta de menus détails qui m'expliquèrent tout, à moi, sans l'éclairer, lui, davantage.

La duchesse, ce soir-là même, n'était venue chez la comtesse que pour y faire rencontrer son fils avec madame et mademoiselle de N., dans des vues matrimoniales; mais, contre l'attente générale, car l'affaire avait transpiré, la présentation n'eut pas lieu. « Je ne sais pourquoi, » me dit ce pauvre Arthur de H., et comment l'aurait-il su? il n'en était pas.

Mademoiselle Louise de N., vous vous en souvenez, est la grosse héritière qui pesait, dans ce temps-là, trois millions de plus qu'Herminie de Z. Ma pauvre petite Pauline auprès de tout cela était une vraie plume, avec ses deux cent mille francs et ses jolis yeux de travers. Elle n'en donna pas moins, sans le vouloir, dès cette première soirée, autant d'inquiétude à la duchesse que de distractions à son benêt de fils.

Ce jeune homme, d'abord destiné à l'Église, sortait à peine du séminaire, où on ne l'avait fait entrer que pour assurer à son frère aîné toute la fortune de la famille, fortune au reste plus que médiocre relativement à son état; mais, celui-ci étant venu à mourir presque en même temps que le père, la duchesse douairière n'avait eu rien de plus pressé que d'aller reprendre son jeune cadet à Saint-Acheul, où il devait prochainement recevoir les Ordres mineurs. Toutes les espérances de la famille s'étaient naturellement reportées sur lui, et, bien qu'il n'eût ni la belle tournure, ni l'esprit de son frère aîné, on pouvait se flatter de l'établir convenablement. C'est dans ce but que madame de Z., qui ne voulait pas de lui pour sa pupille, s'était prêtée à le mettre en rapports avec madame de N.; la grosse Louise, immensément riche, mais très-laide, pouvait en effet arranger, en s'en arrangeant, un jeune homme pauvre, mais duc.

Doux et timide comme il l'était, peut-être celui-ci n'eût-il pas contrarié un projet auquel sa mère et ses nombreux amis attachaient une importance capitale; mais ce cœur doublement novice ne se trouva pas à l'épreuve du regard brisé de Pauline, une vraie lame torse; il en resta blessé au point que tout le monde s'en aperçut, et que les deux mères en furent sérieusement alarmées, et au même point l'une que l'autre, car, si la duchesse tenait beaucoup pour son fils aux millions de Louise, madame de N., de son côté, ne convoitait pas avec moins d'ardeur pour sa fille le titre de duchesse.

Il fut donc à peu près convenu entre ces deux dames qu'on ne paraîtrait pas s'être aperçu de la trop vive impression produite par ma petite cousine; mais que, au lieu de brusquer les choses, comme on l'avait d'abord projeté, on ajournerait la présentation du jeune homme, laissant au temps à réparer les effets de ce coup de foudre.

Inutile de dire qu'en convenant ainsi de ses faits, aucune des deux parties n'entendait rester inactive. Chacune d'elles avait foi en la surveillance de Césarine, qui préparait sans doute contre ma protégée quelque machination. Je l'avais pourtant bien avertie de ne pas s'attaquer aux miens. — Pauvre femme! il lui en a coûté cher de ne pas m'avoir écoutée. — La

16

duchesse, en outre, s'était promis d'avoir directement
recours à moi ; j'en fus certaine à un billet par lequel
on me demanda une entrevue pour un des jours de
la semaine. Enfin, par surcroît de précautions, la comtesse de Z., bien qu'il lui en coutât énormément,
avait promis à la duchesse, comme j'en ai la preuve,
qu'elle se priverait de mes cousines à ses deux ou
trois prochains samedis ; mais, pour cela, il s'agissait
de trouver un biais honorable, et la bonne comtesse
s'était un peu rouillée en Languedoc.

Pendant qu'elle cherchait, sans doute, j'eus pitié de
son embarras : je mis la coalition aux anges, en partant subitement pour ma terre de Normandie, avec
ma petite Pauline et sa mère. C'est là que je feignis
d'avoir reçu le billet de la duchesse, à qui je répondis
que j'étais à ses ordres, et qu'elle voulût bien me les
adresser par écrit ; elle n'eut garde de le faire, et c'est
bien à quoi je m'attendais.

Ce petit coup d'État me fit un honneur incroyable.
Une autre que moi, disait-on, se serait laissée aller à
la sotte ambition de faire de sa protégée une duchesse
sans fortune, le pire de tous les états ; mais j'avais
compris à la fois et l'intérêt véritable de ma cousine,
et les convenances respectives de deux honorables
maisons. Là-dessus, concert de louanges : rien ne m'é-
galait pour l'esprit, le tact, la bonté. Je devinais tout,
je parais à tout. J'étais une fée.

On ne savait pas dire si vrai.

*
* *

Il me fallut près de cinq semaines pour terminer à
la campagne les affaires très-importantes — vous le

verrez — qui m'y avaient fait m'exiler en plein mois de mars. C'était la première fois que je me trouvais si longtemps de suite en compagnie de mes parentes, et je n'aurais jamais cru avoir tant à m'en louer.

Dès les premiers jours, Pauline avait fait mieux que justifier la sympathie qui m'inclinait depuis un an vers elle. En correspondance avec son frère depuis l'enfance, dirigée en outre par lui et sa mère dans ses lectures, l'esprit de cette petite provinciale s'était approprié le meilleur dans ce que peut avoir de moins malsain pour une femme la vie intellectuelle de notre époque, la fleur du panier. Une culture si précoce n'avait pu lui laisser, sans doute, cette ignorance absolue de tout ce qui est sentiment, à laquelle l'éducation française condamne les jeunes personnes, et bien souvent en pure perte ; mais, si Pauline soupçonnait, par exemple, qu'il y a deux genres, le masculin et le féminin, si même elle avait l'audace de penser, contrairement à la grammaire, que le dernier n'est pas invariablement le plus noble ; si enfin elle était peut-être, au point de vue du faubourg Saint-Germain, une jeune fille un peu avancée pour son âge, elle n'en promettait qu'une femme plus sûre et plus dévouée au mari qu'elle aurait choisi, et il était certain qu'elle n'en aurait un que de son choix.

Ainsi, pour vous donner une idée de la justesse de son cœur, de l'harmonie qui réglait à la fois ses sentiments et sa raison dans leur action réciproque, la fascination exercée bien involontairement par elle sur le jeune duc de M. ne lui avait point échappé ; mais elle n'en avait été ni touchée, ni même éblouie, tandis que telle autre, à sa place, à son humble place, ou ne se fût aperçue de rien, ou eût perdu la tête à l'idée de se voir en passe d'être un jour duchesse.

Voilà ce que n'avait pas compris Pénélope, ce qu'elle n'avait pu admettre, sans quoi elle se serait épargné une vilaine action, et par suite la déception la plus cruelle, la plus irréparable qu'elle ait éprouvée dans toute sa vie.

*
* *

Rien qu'à ce qui précède, vous comprenez que pendant nos cinq semaines de retraite l'ennui n'avait pu approcher de nous. Nous n'avions cependant eu d'autres visites que celle d'un fameux médecin de Paris, venu pour une opération, et cinq à six fois le prince de R. C., que des affaires avaient amené dans mon voisinage où est sa terre patrimoniale. Il faisait arranger le château, disait-on tout bas, en vue d'un prochain mariage. Un mot sur ce projet ne sera pas ici de trop :

À la fois timide et très-romanesque, ce que tout le monde ne savait pas, la recherche de quelque idéal introuvable, et plus encore sa grande défiance de lui-même, avaient jusque-là empêché le prince de se marier; et comme la plupart de ceux qui ont trop longtemps ajourné cette grande affaire, il était à la veille de se jeter les yeux fermés dans un abîme, après avoir refusé mainte fois d'enjamber le petit ruisseau, le Rubicon, si vous voulez, qui sépare le célibat du mariage. J'ai pourtant vu peu de jeunes gens aussi recherchés qu'il le fut de toutes manières, même sa jeunesse passée; mais le pauvre homme, j'ai trop tardé à vous le dire, était depuis plusieurs années

sous le charme, ou plutôt sous la domination de Pénélope, qui, donnant peu de temps à vivre à son mari,
exploitait déjà son futur veuvage. Ce serait une longue
histoire que celle d'une liaison en tout bien tout honneur, vous pouvez le croire, et où la réserve calculée
de Pénélope sauvait perpétuellement d'un côté une
réputation à tout moment compromise d'un autre. Et
si ce n'eût été que d'un autre !

Il y avait beaucoup du chevalier et même un peu
du Don Quichotte dans le prince : quand Pénélope,
aussitôt après la mort du marquis, avait reçu de la
famille la sévère autorisation de conserver le domicile
conjugal, *jusqu'à l'expiration de son deuil,* il avait vivement ressenti pour elle une mortification d'autant
plus dure que ce paladin voulait douter moins que
jamais de l'innocence de sa dame. De là à concevoir ou
à se laisser suggérer l'idée de la venger, en faisant
passer Pénélope de l'hôtel du marquis défunt à celui
d'un prince vivant, la gradation était si naturelle, elle
avait été si rapide, qu'il n'y avait plus que moi au
monde pour l'arrêter.

Heureusement pour la marquise, une sorte de neutralité respective avait été tacitement convenue entre
nous. Cela n'eût pas dû m'arrêter peut-être ; mais le
prince m'avait aimée, et cela me rendait suspecte,
suspecte à moi-même peut-être. D'autre part, mon
respect pour la mère de Pénélope paralysait mon inclination à venir au secours du prince. La comtesse
de Z., sans être descendue à seconder les projets de
sa fille, n'en devait pas moins désirer une alliance qu
relevait celle-ci d'une déchéance peut-être injuste.
Pénélope, en outre, avait mis dans sa cause des fa-

16.

milles considérables, à l'aide de pratiques dans le
genre de celle qui lui avait concilié la duchesse de M.
Je ne pouvais donc pas en conscience travailler dans
un sens contraire à ses vues, aussi longtemps que
ni la comtesse ni aucun de ses alliés ne m'auraient
traversée moi-même dans quelque projet favori. Or,
rien de tel ne s'était produit encore, pas même, à mes
yeux, lorsque Pénélope avait promis de surveiller Pauline ; je savais, je croyais du moins le cher petit ange
trop au-dessus de ses atteintes, et d'ailleurs, malgré
ce que je vais avoir à vous conter, je ne désirais nullement lui voir épouser ce petit nigaud de duc de M.,
il ne valait pas que je jouasse un si mauvais tour à sa
mère.

Ce que je voulais seulement, c'est qu'il fût dûment avéré qu'il avait recherché Pauline, et l'avait
recherchée en vain : cela la posait très-suffisamment
dans le meilleur monde, et ouvrait un horizon assez
vaste à l'ambition effrénée dont je m'étais prise pour
elle.

Mes affaires à la campagne s'étant enfin très-heu-
reusement terminées, comme vous en jugerez bientôt,
je ramenai ma Pauline à Paris, le jour même où son
frère faisait représenter je ne sais plus quel opéra comique, dont la musique était de lui, un petit acte
assez piquant et qui eut beaucoup de succès. Pour rien
au monde la mère et la sœur n'auraient voulu manquer cette représentation, la première, du reste, à laquelle ait assisté Pauline. Je n'approuvais pas trop, je
dois le dire, une démarche si peu d'accord avec les
principes d'éducation de notre monde ; mais un frère !
un frère chéri ! et puis une fois n'est pas coutume,

et puis la plus mauvaise de toutes les excuses : qui le
saurait ?

Je ne dis pourtant rien à Pauline de mes scrupules,
de crainte d'éveiller les siens, et de les soumettre à un
combat où ils auraient cédé peut-être ; mais j'eus soin
de louer, comme par hasard, une loge grillée, pour
mieux assurer notre incognito, et bien m'en prit, du
moins j'eus lieu de le penser, car la première figure
de connaissance que je vis au balcon, promenant sa
lorgnette sur toute la salle, ce fut... vous devinez ?

— Le comte Arthur ?

Naturellement. Il y était.

Bien que, selon toute apparence, il ne dût pas nous
avoir vues, j'envoyai trois fois chez lui le lendemain,
par un pressentiment que la suite n'a que trop bien
justifié ; mais, pour le coup, il n'y était pas. Il avait
pris ses précautions, le lâche ! et je ne le vis que le
jour d'après. Or, voici ce qui s'était passé dans l'intervalle.

Le jeudi de la comtesse de Z. tombait précisément le lendemain de la représentation, et il avait été
décidé que mes cousines ne reculeraient pas au suivant leur rentrée dans un monde où l'à-propos de leur
absence avait été si hautement apprécié. Cette absence
en effet semblait avoir tout concilié : le jeune duc
de M., chez qui les impressions étaient aussi vives
que passagères, avait fini par entendre raison ; il devait enfin se laisser présenter officiellement le soir
même à la mère de sa Louise, ce qu'on n'avait pas
encore obtenu de lui jusqu'alors, tant il craignait de se
laisser lier les mains. Après tout ce qui avait transpiré
Pauline ne pouvait manquer à cette réunion, c'eût été

de l'affectation : il convenait qu'elle parût s'offrir en
quelque sorte à relever le triomphe de celle à qui
l'opinion l'avait donnée pour rivale. Lors donc qu'on
annonça cette victime admirablement résignée, la sympathie chez tous les assistants était pour elle au niveau
de l'attente.

Ajoutez que juste au moment où la porte s'ouvrit
devant mes deux cousines, et où leur nom résonna au
milieu d'un profond silence, le duc, précédé de sa
mère, s'avançait lentement, mais d'un air assez résolu,
vers le coin du salon où était sa future. Au nom, à
l'apparition de ces dames, il recula d'un pas, et la duchesse ayant continué sa marche, la mère et le fils se
trouvèrent coupés par l'entrée de mes deux cousines,
vers qui s'avançait, avec une juste nuance d'empressement, la comtesse de Z., suivie de sa petite-fille.

Mais toutes deux, à la vue de Pauline, tressaillirent
légèrement, puis hésitèrent une seconde, comme
n'en croyant pas leurs yeux. Déjà, au reste, un même
courant électrique stupéfiait l'assemblée entière, et
c'était le moins qu'il fallût pour empêcher qu'un cri
ne s'échappât de toutes les poitrines, à la vue d'un
pareil miracle, car enfin c'était elle, et c'était mille
fois mille fois mieux qu'elle. Pauline ne revenait pas
embellie seulement, on la revoyait transfigurée, oui,
transfigurée, à la lettre, et ce miracle était mon ouvrage, et il ne m'avait coûté que mille écus.

— Vous l'aviez fait opérer du strabisme ?

— Oui, du strabisme... et de l'indifférence.

— Quand c'était si nouveau encore, et réputé si
dangereux ?

— Si dangereux, l'indifférence ?

— Non, l'opération du strabisme.

— Je le crois bien : Pauline est la première sur qui elle ait réussi.

— Et vous risquiez ?...

— Je risquais tout. Ne faut-il pas que nous soyons belles, nous autres ? J'avais fait pour elle ce que j'aurais fait pour moi-même. C'est ainsi qu'on doit aimer, quand on s'appelle Césarine.

*
* *

La sensation causée par ce coup de théâtre avait été trop vive et trop subite pour que la réaction ne fût pas terrible et instantanée. Déjà pendant que la tout aimable Herminie comblait Pauline de caresses, et la contemplait, et tout bas la félicitait avec une sorte d'amour, et que celle-ci, rougissant de se sentir et de s'entendre appelée si belle, s'embellissait encore de tous les feux de la pudeur ; pendant que le duc, tombé assis sur un fauteuil, restait là immobile et comme ivre d'admiration, une défiance profonde s'éveillait dans le cœur des mères. L'absence de Pauline à présent trop bien expliquée par un retour si insolemment triomphal, et à tel point de circonstance, dénonçait à leurs yeux un calcul aussi habile que perfide. Quel était donc ce petit monstre de beauté, d'audace et d'intrigue, qui, du fond de sa province, de ses ténèbres, de son néant, venait disputer les fils à leurs mères, et offrir le combat à tout ce que Paris, la France, le monde, avaient de plus illustre et de plus puissant ?

Bien que cette hostilité naissante ne se manifestât par rien de bien appréciable, pour qui n'était pas averti, et qu'après un moment le salon même eût repris sa physionomie habituelle, Pauline et sa mère ne tardèrent pas à se sentir quelque peu mal à l'aise. Les regards de Pénélope, tandis qu'elle causait au loin et à l'écart avec Arthur de H., se fixaient sur elles de temps en temps avec une expression de câlinerie si féline, qu'elles en furent légèrement troublées. Mais comme si elle eût compris ce trouble et eût voulu le dissiper, la perfide marquise vint s'asseoir auprès de Pauline, et entama la conversation avec elle par toutes sortes de louanges. La duchesse voulut aussi y prendre part, et ne fut pas moins caressante. Encouragé par cet exemple, le jeune duc ne tarda pas à s'approcher ainsi qu'Arthur de H., mais celui-ci, pâle comme un mort, et de l'air d'un poltron qui va commettre un crime.

C'est alors que Pénélope, élevant un peu la voix, complimenta madame de C. sur le beau succès dramatique que venait d'obtenir son fils.

C'était le signal convenu entre elle et Arthur, et je m'étonne qu'elle n'ait pas embrassé mes parentes.

Arthur toussa légèrement, puis s'adressant d'une voix tremblante à Pauline : — Oui, un beau succès, dit-il, j'y étais. Mademoiselle de C. a dû être bien heureuse en entendant proclamer le nom de son frère, au milieu de tant d'applaudissements ?

— Mais, dit vivement Pénélope, mademoiselle n'y était pas.

On aurait entendu voler une mouche, lorsque la chère enfant avec une effusion charmante : — Moi ? fit-elle, pardon ! j'y étais, j'ai eu ce bonheur.

Le duc se mordit les lèvres, il pâlit ; les flammes de

l'enfer venaient de s'élever entre lui et Pauline. La duchesse eut comme un remords, car les mères sont ainsi faites. Elle se leva et prit le bras de ce cher fils. Peut-être en le sentant trembler eut-elle un moment d'hésitation ; mais la raison eut le dessus, et, un quart d'heure après, elle le présentait pieds et poings liés à madame de N.

Le sacrifice était consommé.

*
* *

Mes cousines ne s'étaient aperçues d'aucun changement à leur égard. Herminie, qui était venue pour causer avec elles, les avait bien quittées presque aussitôt sur un signe de sa grand'mère ; mais Pénélope était si gracieuse et le comte Arthur si empressé !

Elles partirent donc sans que rien les eût préparées au coup de foudre qui devait bientôt les frapper. Mais, pas plus tard que le lendemain à midi, madame de C. reçut de la comtesse une lettre qui, sans motifs nettement exprimés, et avec les plus vives protestations d'affection et de regret, mettait fin à toutes relations entre elles.

L'excellente comtesse pour en agir si cruellement devait avoir perdu un peu la tête. Sa position de tutrice d'une orpheline l'avait portée à s'exagérer ce qu'il pouvait résulter de fâcheux pour son Herminie de relations intimes avec une jeune personne qui était allée au spectacle. Elle se retrouva elle-même en voyant la réaction qui se produisit instantanément en faveur de mes deux cousines dès qu'on apprit à quelle extrémité on s'était porté envers elles.

Déjà le piége tendu à Pauline et l'ingénuité dont

elle avait fait preuve en y donnant avaient été appréciés ; mais à la nouvelle de l'injure qui lui était faite il n'y eut qu'un cri parmi tout ce monde en qui vivent toujours au fond les traditions chevaleresques. La duchesse de M. était au désespoir. Elle courut chez la comtesse qu'elle trouva déchirée de regrets et se disposant à courir chez mes parentes, pour leur redemander sa lettre et les prier de l'oublier. Les chevaux étaient déjà mis.

— A la bonne heure ! dit la duchesse, sans cela j'aurais été obligée de marier mon fils avec cette trop aimable petite fille.

Elle ne l'aurait jamais fait, mais c'était quelque chose que de le dire.

Pauline, au reste, avait déjà mieux que cela. Je n'avais pas perdu de temps. Aux extrémités les partis extrêmes. — Chevalier, avais-je dit au prince de R. C., que j'avais trouvé furieux contre Pénélope, voici une belle occasion pour un redresseur de torts comme vous. Il s'agit aujourd'hui de protéger l'orpheline opprimée par la veuve.

Il ne m'avait pas laissé achever, le digne homme. J'avais dû courir au plus vite chez ma cousine, et lui demander la main de sa fille pour le dernier des paladins.

A mon retour, et en annonçant au prince qu'il était accepté : — A présent, lui dis-je, que la chose est faite, apprenez un secret que rien ne m'oblige à vous révéler : Elle vous aimait.

Et je disais la vérité. Pauvre homme ! je crus qu'il en deviendrait fou.

Et voilà comment Pénélope est restée Pénélope

comme devant. Il faut dire qu'elle a signé au contrat du duc de M., ce qui a quelque peu refait son ouvrage.

Quant au comte Arthur, il n'*y* était pas, cette fois, c'eût été trop marqué. Il aurait même pu n'*en* jamais être, malgré son marché avec Pénélope, et quoique tout l'odieux de sa conduite fût retombé sur celle-ci; mais, ma Pauline a eu pitié de lui : il a signé à son contrat de mariage. Il est même venu une fois à un de ses jeudis matin; c'est vous dire assez qu'il *en* est.

CHAPITRE XXII

LE SPÉCIALISME, OU BARBARIE ET BARBARISME

Chez une nation universellement connue pour la mobilité de son humeur et la souplesse de son esprit, on s'avisa tout à coup, un peu après 1830, de ne plus admettre qu'un même homme pût avoir des talents divers ; en sorte que quiconque excellait dans un genre fut désormais jugé impropre à réussir dans aucun autre. De cette époque date le mot *spécialité* appliqué aux personnes par une extension moins abusive qu'il ne semble au premier abord : qu'est-ce en effet qu'une spécialité dans le nouveau sens de ce terme, sinon une personne ravalée à l'état de chose ?

Une pareille nouveauté si contraire aux mœurs et aux aptitudes de ce pays ne pouvait manquer d'y produire des contradictions amusantes à observer, et c'est ce qui eut lieu, et, Dieu merci ! se voit encore tous les jours. A la fois imposé par la mode et repoussé par l'habitude, le *spécialisme* en est réduit à tolérer des exceptions à sa règle, qui, à force de la confirmer, pourront bien un jour en faire justice.

Ainsi, d'un côté, dans les professions libérales, le spécialisme qui correspond exactement à ce qu'on appelle en industrie la division du travail, et, d'autre part, extension toujours croissante du programme des

examens qui donnent seuls accès à ces mêmes professions. Inconséquence manifeste et digne d'un régime
qui s'est donné pour but de réglementer le désordre,
car si l'étude de la botanique, par exemple, est jugée
inutile à un ouvrier qui ne fera toute sa vie que des
quarts de tête de clous, en quoi sera-t-elle plus nécessaire à un officier de la ligne, à un avocat, à un employé du ministère des finances ?

Ah ! lorsqu'un magistrat pouvait encore sans trop
se compromettre écrire *le temple de Gnide*, lorsqu'un
officier de dragons ne risquait pas de nuire à son
avancement, ou d'être raillé de ses camarades, en pu-
bliant des fables comme celles de Florian, ou encore
si notre pays était de ceux où un Gœthe fait autorité
à la fois dans la poésie, dans le roman, dans le théâtre,
dans la critique et dans les sciences naturelles, on
comprendrait l'universalité d'un programme scolaire
tel que celui de notre baccalauréat ; mais là, et dans
un temps où de pareils exemples ne pourraient être
suivis sans scandale ou sans ridicule, à quoi bon ce
luxe d'études, qui, toutes, à l'exception d'une seule,
devront, à peine acquises, se trouver sans emploi ?

A faire des hommes, direz-vous, des hommes ca-
pables d'avoir sur les choses des vues d'ensemble.

Fort bien, si tel était le but qu'on se propose ;
mais, avec le nouveau système qui fait de chaque
fonctionnaire une fraction d'automate, quel besoin
a-t-on de vues générales ?

Faire des hommes, dites-vous ? mais, des hommes,
cela pense, cela raisonne, cela juge ; ce qu'il faut au
spécialisme et à la centralisation, ce n'est pas des
hommes, mais de l'homme dans une quantité voulue,

des soldats, par exemple, qui ne soient que soldats, des ingénieurs sans une idée d'art dans la tête, des géomètres pour qui l'Énéide ne prouve rien, en un mot, des spécialités, des fragments de rouages pour la machine.

Or, comment se les procurer, ces fragments, avec un enseignement ou mode de fabrication aussi étendu, aussi varié que le nôtre? Comment faire cesser la contradiction qui existe entre les moyens et le but?

*
* *

Cette question fut faite un jour en grand conseil à un ministre homme d'expédient.

— Comment, répondit-il, comment ? rien de si aisé, rien de si simple : par la bifurcation.

— Bifurcation! s'écrièrent tous ses collègues, qu'est-ce que bifurcation?

C'est mon étoile, eût pu dire M. Fortoul, mais il n'eut pas cet esprit-là. Il se borna donc à expliquer à ses collègues que la bifurcation consiste à fendre en deux la tête d'un jeune écolier, puis à vider complétement l'une des deux moitiés de cette tête et à bourrer l'autre de science ou de belles-lettres, au choix du sujet, — moyennant quoi, dit-il en concluant, nous aurons à foison des spécialités littéraires et des spécialités scientifiques, autrement dit des lettrés d'une ignorance crasse, et des savants bêtes à manger du foin.

Bravo! fit tout d'une voix le conseil. Le ministre de la guerre surtout ne se sentait pas de joie, il ne voyait que têtes fendues, et aurait souhaité que la mesure s'arrêtât là. Il voulut même proposer dans ce sens un amendement ; mais, pendant qu'il le méditait, la mesure fut votée par acclamation.

La partie saine du public comprit bien à ce trait que ce n'était pas des spécialités, mais bien des nullités qu'on voulait lui faire produire, car elle sait fort bien que même en fait de spécialités, un peu d'universalité ne fait jamais de mal, mais la partie saine du public, c'est Cassandre au milieu des Grecs.

Heureusement, à l'honneur de la partie malsaine, le mot de bifurcation lui déplut, elle s'en moqua. Le vaudeville et la chanson s'en emparèrent et en firent des gorges chaudes. Parmi les écoliers, bifurquer devint synonyme de faire l'école buissonnière, de se détourner du collège pour entrer chez le pâtissier ; ils s'abordaient en se disant : bifurques-tu ? bifurquons-nous ? et bref, de refrain en coq-à-l'âne la bifurcation, on peut bien le dire aujourd'hui, s'en va tout doucement dans les limbes où l'a précédée son auteur.

*
* *

Mais il en est des institutions comme des États, lesquels ne durent jamais si longtemps qu'une fois tombés en décadence, et c'est là le fait non-seulement de la bifurcation, mais encore du spécialisme. Ce qu'il y a d'étrange dans cette étoile à son déclin, c'est que son influence affecte principalement les classes d'hommes qui sembleraient le mieux faits pour y échapper, et ceux-là mêmes qui s'élèvent le plus contre elle, comme, par exemple, les écrivains ; or, c'est là, pour le coup, que les contradictions abondent.

Ainsi, pour n'en citer qu'une des principales, on sait la guerre faite depuis cinquante ans environ à la division des genres littéraires, et combien le succès de cette immortelle campagne a puissamment aidé à la confusion de tout. L'égalité de tous les genres proclamée aussi haut que celle de tous les Français ; toutes barrières entre le sublime et le grotesque, l'idylle et le pamphlet, le roman et l'histoire, renversées aussi bien que celles qui séparaient encore le monarque et le chiffonnier ; le terme d'art enfin embrassant tout ce qui ressort de l'esprit humain, et les neuf sœurs réduites à une seule, laquelle réunit tous les attributs de l'intelligence, et règne sans partage chez le poëte, comme une bonne pour tout faire dans le ménage d'un vieux garçon ; tout cela, dis-je, et bien d'autres choses encore qu'il serait trop long d'énumérer, n'était-ce pas fait, au moins en apparence, pour rapprocher les gens de lettres, pour les engager à se voir, à se fréquenter, au moins, comme au temps de l'inégalité et de la division des genres? Ils n'en font rien, pourtant, et c'est là une contradiction qui m'afflige sans m'étonner.

Elle ne m'étonne pas parce que j'ai appris que là où n'existent pas des démarcations fixes et reconnues, chacun se croit et veut être cru le premier. Elle m'afflige, parce que si les hommes de lettres, me dis-je, se voyaient ou au moins se lisaient entre eux davantage, ils seraient meilleurs et plus forts. Mais, non, de même que dans nos villes la société se fractionne en petits cercles, qui se haïssent et se méprisent réciproquement sans se connaître, et souvent faute de se connaître, de même dans les lettres, chaque spécialité d'écrivains possède ou croit posséder une spécialité de lecteurs hors de laquelle rien n'existe, les savants

ignorant les noms mêmes des poëtes, ceux-ci ne sachant pas s'il y a des savants; les romanciers tenant
comme non avenu tout ce qui n'est pas romancier, et
ainsi de suite, sauf peut-être un peu d'exagération,
mais bien peu, en tout cas, bien peu; un trait pourra
en donner la mesure.

*
* *

Un homme d'un beau caractère, un poëte éminent,
se portait candidat à l'Académie, qui a couronné deux
poëmes de lui; il en était aux visites d'usage. Comme
il sortait un matin de chez un historien très-fécond et
très-populaire, il rencontre un ami, et encore tout
agité :

— Croiriez-vous, dit-il, que le petit homme m'a
avoué qu'il ne connaît aucun de mes ouvrages?

— C'est par malice, dit l'ami, qui est d'un caractère
très-conciliant.

— Par malice?... Je le croirais de beaucoup d'autres,
mais de lui ce n'est pas le cas; le petit homme n'est
ni méchant ni sot, il n'est que tout à son affaire.
Pourquoi, d'ailleurs, aurait-il voulu me blesser? Non-
seulement il ne m'a pas lu, en effet, mais il ne me
connaissait même pas de nom tout à l'heure.

— Et vous, reprit l'ami qui possédait bien son
poëte, avez-vous jamais lu un seul de ses livres?

— Non; mais c'est différent, moi, je le connais;
c'est même pour cela que je ne l'ai pas lu.

*
* *

Encore un exemple, rien qu'un.

Une spécialité justement célèbre, un grand mathématicien, que nous appellerons M. Euclide, pour ne
pas le décourager, se trouvait cet hiver dans un salon

où l'on faisait de la musique, et même d'excellente musique. Il enrageait d'être retenu là par des raisons de convenance dont la première était que sa femme y voulait rester.

A côté de lui, un poëte, un poëte charmant, qui me permettra bien de le nommer, M. du Theil, pris d'une égale nostalgie, bâillait sous son gant à se démonter les mâchoires. Cette communauté de misère, jointe à l'estime réciproque qu'elle devait leur inspirer, rapprocha ces deux grandes spécialités.

Le fameux du Theil, sachant à qui il avait affaire, homme bien élevé d'ailleurs, mit la conversation sur les sciences mathématiques, et, au bout d'une heure environ, Euclide, qui n'avait pas cessé un instant de parler, voulut connaître au moins de nom un auditeur si bénévole.

A cet effet, pour sonder le terrain, il insinua la proposition suivante :

— Monsieur est sans doute mathématicien ?

— Hélas ! non, monsieur, fit le grand du Theil, et cependant j'aurais pu l'être, j'avais pour les sciences exactes des dispositions extraordinaires ; mais à peine arrivé à la preuve de la division, le goût de la poésie l'emporta, et...

— Vous êtes poëte, jeune homme ? interrompit Euclide ; c'est à un poëte, à un vrai poëte que j'ai l'honneur de parler ? Ah ! monsieur, permettez que je vous présente à madame Euclide qui adore la poésie et qui me demande depuis cinq ans de lui faire voir un poëte. Votre nom, monsieur, votre nom, de grâce. Je le connais, j'en suis certain ; mais encore faut-il savoir... un nom fameux sans doute ?

— Oh! nullement, monsieur, nullement : un nom très-obscur, au contraire... malgré quelques succès récents : un nom que vous ignorez à coup sûr, que vous allez entendre pour la première fois... du Theil.

— Pour la première fois? pour la première fois?... Ah! mon jeune ami, vous nous jugez mal, nous autres hommes de science ; nous ne sommes pas si exclusifs que vous le pensez. Personne plus que moi ne déplore cette manie qu'ont la plupart des hommes spéciaux de s'enfermer chacun dans son domaine, comme un baron du moyen âge dans sa tour. — Eh! morbleu! jadis on était à la fois peintre, sculpteur, architecte, musicien, poëte, et mathématicien par-dessus le marché. Voilà ce que je leur disais hier encore à l'Institut, et votre nom, monsieur, ne serait pas arrivé jusqu'à moi! un nom qui est aujourd'hui dans toutes les bouches!... Mais voici madame Euclide : je parierais qu'elle sait tous vos vers par cœur... Elle vient de notre côté. Déjà sans doute elle a vu briller la langue de feu sur ce jeune front : *Lambere flamma comas*... Vous voyez que, si positif, si homme-chiffre que l'on soit, on n'a pas encore tout à fait oublié son Horace (*sic*)... Ma chère amie, je vous présente mon-sieur... monsieur... Ah! bien! voilà qui est singulier, par exemple... encore une de mes absences... je n'en fais jamais d'autres... monsieur... un nom que je con-nais comme le mien... monsieur?...

LE JEUNE DU THEIL , à voix basse et en rougissant. — Du Theil.

M. EUCLIDE. — C'est cela, oui, j'allais le dire... Ma chère amie, je vous présente un de nos poëtes les plus distingués, monsieur Bouteille.

17.

CHAPITRE XXIII

LA GRAVITÉ

§ I

Prologue.

Ce qu'on a dit de plus grave contre la gravité, c'est que la bête ne rit pas.

Et pourquoi ne rit-elle pas ?

Pource que rire est le propre de l'homme.

A l'appui de quoi on a observé que l'homme rit d'autant moins qu'il se rapproche plus de la bête.

Ainsi, l'Anglais rit moins que le Français ;

Le Français moins que le Yankee ;

Le Yankee moins que l'Iroquois ;

Et l'Iroquois moins que le singe.

Étant admise une échelle de gradation qui nous assigne un si haut rang dans notre espèce, comment n'en pas vouloir, fût-ce à une vertu qui prétendrait nous en faire déchoir, qui attaquerait en nous le fondement même de notre empire sur le globe !

A Dieu ne plaise cependant qu'on veuille faire ici le procès à la gravité : sincère et unie à la charité, qui la règle et parfois même la déride, tous nos respects lui sont dus et acquis. Combien d'ailleurs n'a-t-elle pas de raisons d'être, car dans ce pauvre monde, en somme, le sévère l'emporte de beaucoup sur le plaisant, bien qu'une honnête part ait été faite à celui-ci.

Mais il y a des gravités de plus d'un genre ; il y en a même qui n'ont de commun entre elles que le nom. La gravité de Bossuet, celle de Fénelon, celle de Saint-François de Sales, voilà déjà trois gravités bien différentes, et à titre égal hors de cause.

Il y a d'autre part la gravité des tartufes de toute sorte, tels que celui qu'a peint Molière et ceux qui ne se laisseraient pas jouer aujourd'hui. Mais c'est là un trop gros gibier pour une petite sarbacane comme la nôtre.

Et que dirons-nous de la gravité de Genève ? de la gravité de Port-Royal ? nous n'en dirons rien : pas si grave !

Au fond, d'ailleurs, et sans plus énumérer, la seule gravité dont on voudrait s'égayer un peu avec vous, lecteur, c'est une gravité particulière à notre temps et à notre pays, une gravité heureusement presque bouffonne, et qui par cela même ne menace pas trop gravement encore notre suprématie intellectuelle et morale. Vous comprenez bien qu'autrement nous n'aurions pas le cœur d'en rire.

§ II

Histoire anecdotique, signalement, costume et format
d'une certaine Gravité.

Au moment où commença à régner en France la mode des spécialités, beaucoup de gens se trouvèrent

pris au dépourvu : autant une certaine universalité
était commune parmi eux, autant les spécialités y
étaient rares. Il fallait pourtant se mettre à la mode,
suivre le cours du marché, ou se résigner à ne plus
compter, à ne plus être ce qu'on appelle *quelqu'un*.

Ce fut alors à qui s'émonderait en quelque sorte.
Ceux qui avaient une spécialité l'ébarbèrent soigneusement, ceux qui en avaient plusieurs s'amputèrent
les moins utiles; mais, ceux qui n'en avaient pas, et
Dieu sait s'ils étaient nombreux, songèrent à s'en créer
une; ce n'était pas un petit embarras.

Ils en étaient encore à aviser quand l'École doctri-
naire, arrivant au pouvoir avec ses tocades anglaises,
fit de la gravité en autres, ce qu'elle est encore aujourd'hui, une puissance qui devait survivre à l'Ecole
même, une spécialité qui peut encore tenir lieu de
toute autre, attendu qu'elle les fait toutes supposer.

De ce moment, le choix n'était pas difficile ; on est
grave en France ou du moins on passe pour grave à
si bon marché !

*
* *

Dans le bon vieux temps, la première condition pour
paraître grave, c'était de porter barbe et moustaches.
Tout au contraire, à dater de 1820, à peu près, un homme
grave dut avoir le visage entièrement glabre ou rasé,
ce qui explique tant de blancs-becs auditeurs au Conseil d'État, chefs de cabinets, sous-préfets, attachés
d'ambassade, etc., etc.

En France, la gravité même a ses modes. Ministre ou
non, dans un siècle comme le nôtre, un Molé doit changer, et même changer très-souvent : impossible à lui

d'être grave de la même façon que son aïeul Mathieu Molé, dit le Barbu. Je ne dis là que ce que chacun a pu voir. Une telle condition, au reste, n'était pas faite, même au début, pour décourager : c'est si tôt donné un coup de rasoir. Aussi qui peut savoir combien cet instrument fit d'hommes graves, en cinq minutes, dans la seule journée, entre autres, du 11 octobre 1840 !

Si simple pourtant que soit la recette, je ne me dissimule pas, tout en la donnant, ce qu'il en coûte à plusieurs de la suivre, c'est pourquoi justement j'ai dû insister sur cette condition ridicule, mais absolue, si absolue qu'elle vient d'être imposée de nouveau à tout le jeune barreau français ; les autres ne sont rien en comparaison.

*
* *

Un habit noir légèrement râpé et arriéré de deux ou trois modes au plus, avec une cravate blanche, en voilà assez, au besoin, pour vous faire paraître grave.

Mais pour donner du poids, du sérieux à un caractère, parlez-moi d'une bonne paire de lunettes, de vraies lunettes, et non de ces binocles qui ne vont qu'aux godelureaux.

Le pince-nez est bien aussi une étiquette sérieuse ; mais il convient de préférence au riche amateur d'objets d'art, au bouquiniste, à la vieille demoiselle anglaise qui cherche un mari, jeune encore, mais sérieux.

Quant à la loupe, tirée avec solennité de son étui de chagrin vert-pomme, c'est l'enseigne du connaisseur en curiosités, du Mécène coureur de ventes, cette *providence des artistes,* sale en sa personne et en ses habits, déjeunant d'une demi-tasse de café et d'un seul petit pain, ne donnant jamais un sou au garçon, et possédant une opulente galerie.

Mais, encore une fois, rien de tel pour la gravité que les simples lunettes d'or où, à la grande rigueur, d'écaille. Là, du reste, il y a une nuance à observer.

Les lunettes montées en écaille vont bien à la jeune magistrature, à la Cour des comptes, au jeune Ministère public, mais surtout à cette jeune administration que Paul Féval a si admirablement dessinée dans ses *Mémoires de Madame Gil-Blas*.

On a vu autrefois des élèves de l'École polytechnique, de l'École normale et de celle des chartes, se gâter la vue en usant de lunettes dont ils n'avaient nul besoin ; mais la science de la gravité a progressé comme toutes les autres : aujourd'hui, le jeune avenir du Génie et des Ponts et chaussées porte des lunettes d'un verre qui ne grossit ni ne diminue les objets, innocent stratagème pour ménager la vue sans porter atteinte à la gravité.

*
* *

On cite un mari qui a dû sa femme — les plus beaux cheveux blonds de tout Paris — à une paire de lunettes d'écaille.

Le beau-père voulait pour gendre un jeune homme posé, un jeune homme grave. Léon de C. n'hésita pas : il mit des lunettes.

Malheureusement la demoiselle avait les lunettes en grippe ; elle l'avoua confidentiellement à son prétendu, qui, du reste, ne lui déplaisait pas.

— Qu'à cela ne tienne, dit celui-ci, mes lunettes

sont des lunettes à la Sixte-Quint. Le jour de mon élection, je les déposerai comme ce pape a fait de ses béquilles.

— En vérité! C'était donc une ruse?

— Une ruse d'amoureux; voyez plutôt.

Et, à l'œil nu, à trois pas de distance, il lut couramment dans un Elzévier in-32.

— Et vous avez eu le courage de vous défigurer à ce point?

— Que ne ferait-on pas, mademoiselle, pour des yeux, des cheveux...

— Ah! ce sont mes cheveux qui ont captivé vos lunettes?

— Vous m'interrompez! souffrez que j'achève, etc.

Inutile de dire que Léon de C..., à peine marié, n'avait déjà plus ses lunettes.

La jeune épousée, elle, a toujours ses beaux cheveux blonds.

Elle ne les ôte qu'en se couchant.

*
* *

Les lunettes d'or sont la gravité des hommes d'argent, leur crédit en de certains cas.

On sait l'histoire de *l'homme aux lunettes d'or,* un des Crésus vaudevillistes improvisés par le courant actuel des affaires.

Longtemps l'homme aux lunettes d'or supporta des rigueurs, des misères inouïes pour les beaux yeux de la cassette qu'il a fini par conquérir.

Un jour qu'il négociait un emprunt de cinq francs — il était décidé à dîner ce jour-là — il eut la douleur

de se voir reprocher un luxe peu convenable, disait-
on, chez un emprunteur affamé.

On prétendait qu'avant de recourir à la bourse de
ses amis, il aurait dû épuiser au moins toutes ses ressources personnelles, jeter dans la circulation le capital trop longtemps improductif que *constituaient* ses
lunettes d'or.

— Mes lunettes d'or! s'écria-t-il avec un mouvement superbe; moi, vendre mes lunettes d'or! me
défaire de tout ce qui fait ma valeur dans le monde!
Et comment sans mes lunettes d'or oser reparaître à
la Bourse! Pauvre homme! diraient ceux qui me re-
connaîtraient, il n'a même plus ses lunettes d'or! Et ma
femme, mon excellente femme; la bonté, le courage,
le dévouement le plus sublime, le plus aimable. Quel
coup pour elle! y songes-tu bien? C'est fini, penserait-
elle, nous sommes perdus! plus d'espoir! il n'a plus
ses lunettes d'or. Et mon portier, qui me salue encore
de loin en loin; et mon propriétaire, à qui je dois un
terme, et qui n'attend pour nous mettre à la porte
que le jour où je n'aurai plus mes lunettes d'or! Et
la Fortune, qui, demain, va venir frapper à ma porte,
et qui s'en ira en disant : Pardon, Monsieur, je cherchais l'homme aux lunettes d'or! Un capital improductif! improductif, l'espoir, le repos, la vie de ma
femme, mon ancre de salut, mon crédit, mon cau-
tionnement, ma fortune, mon nom, ma personnalité,
ma considération, mon caractère, ma gravité, ma
spécialité!

— Assez! tu m'électrises, tu me fascines, tu m'é-
blouis. Tes lunettes lancent des éclairs. Pardonne-moi,
homme étonnant! homme supérieur! J'étais un sot,

je n'avais pas compris. D'aujourd'hui je te tiens pour
le génie même des affaires, un génie sérieux, un génie
en lunettes d'or. D'aujourd'hui tu es de moitié dans
une grande entreprise dont nous allons causer, en
dînant chez Véfour.

— Dîner, soit! mais tu vas trop loin, mon ami; je
ne peux être de moitié dans une affaire où je n'ai pas
un sou à mettre.

— Tu y mettras ton étoile, tes lunettes d'or!

Tel fut le point de départ de la haute fortune d'un
de nos plus fameux capitalistes, d'un parvenu qui
est resté fidèle à ses amis, comme à ses lunettes d'or.

L'histoire est déjà si vieille, si rebattue, qu'elle
devait trouver place dans ce recueil, l'auteur n'ayant,
on le sait, qu'une prétention, celle de ne pas être
neuf.

*
* *

C'est principalement dans nos petites villes de province que les lunettes d'or ou d'écaille, indifférem-
ment, sont à la fois un gage et un symbole de
gravité.

Là, dans le militaire, le fait de porter ou non des
lunettes distingue mieux que l'uniforme la gravité
des corps spéciaux de la légèreté des corps ordi-
naires.

Là, une paire de lunettes, si elle ne fait pas partie
intégrante du notariat et de tout office public, au
moins y figure-t-elle au premier rang, *inter instru-
menta regni*.

Là, on passe à la fois à son premier clerc, son étude,
sa *demoiselle* et ses lunettes.

Là, le secrétaire de la mairie, le greffier du juge de paix, le préposé à la barrière, le sacristain, le gardien du cimetière et autres gravités d'ordre inférieur, portent des lunettes d'argent, c'est réglé.

Là enfin, là seulement, a pu être dit le mot suivant :

Le notaire de B..., étant l'an dernier en visite d'affaires dans un château du voisinage, la jeune châtelaine, une lionne à qui rien ne fait peur, fut tout le temps, avec cet homme grave, d'un embarras de petite fille, de pensionnaire.

A tel point qu'elle oublia de le retenir à dîner, bien qu'en ce moment même il fût pour elle extrêmement à ménager.

Quand l'homme grave eut pris congé, assez embarrassé et intrigué lui-même, car le malaise de sa cliente ne lui avait pas échappé, le mari, qui sait, lui, combien les écussons ont besoin d'être affables avec les panonceaux, demanda timidement une explication à son joli petit dragon de femme.

— Mon Dieu! dit-elle en rougissant de nouveau et plus fort, vous savez qu'ordinairement je suis on ne peut plus aimable avec tous vos seigneurs et maîtres, notaires, fermiers, électeurs, éleveurs, draineurs et autres spécialités; mais cette fois, je ne me comprends pas moi-même; que vous dirai-je?... Ne vous semble-t-il pas que ce digne notaire, qui est en train de vous ruiner, avait une mine, un air, je ne sais quoi enfin de singulier, d'inconvenant?

— D'inconvenant? oh!... Eh bien! oui, je lui ai trouvé moi-même l'air moins grave qu'à l'ordinaire; mais inconvenant!...

— Oui, inconvenant, et je dirai plus, indécent.

— Indécent! par exemple!

— Indécent, comme... comme une nudité. Mais, oui, au fait c'est bien cela : il s'est permis d'ôter devant moi... ses lunettes.

*
* *

On n'en finirait pas sur le chapitre des lunettes ; malheureusement, au point de vue du diagnostic moral, leur importance va en déclinant. A Paris et même en province, les distinctions indiquées ci-dessus tendent à s'effacer. C'est un malheur : on ne sait plus de quoi se méfier.

L'été dernier, Ostende comptait parmi ses plus sérieux baigneurs et amateurs d'huîtres quatorze notaires français, tout en basin blanc de la tête aux pieds, la plupart un lorgnon dans l'œil, ou portant des besicles vertes, quelques-uns même ne portant rien, comme l'écuyer de Marlborough.

Tous, il est vrai, étaient en vacances. On disait même au Casino... mais on dit tant de choses, au Casino !

D'autre part, il n'y a pas huit jours, un joueur d'orgue de Barbarie s'est arrêté sous mes croisées ; un joueur d'orgue sérieux, tout de noir habillé, cheveux longs et rejetés en arrière, à la Liszt, et qui, avant de commencer à tourner sa manivelle, a tiré d'un étui et mis gravement sur son nez une paire de lunettes.

Eh bien! cet homme, je l'ai suivi pendant trois heures ; il fait des recettes énormes, et rien n'est curieux comme le tendre respect avec lequel les cuisinières lui jettent des sous enveloppés dans du papier d'office.

Moi-même, je n'ai pu me défendre d'un vague sentiment de respect; je n'ai pas osé lui offrir moins d'une petite pièce blanche. Il m'a semblé, le dirai-je! que les sons de son instrument avaient quelque chose de moins mécaniquement modulé, de plus grave que ceux de bien d'autres.

Bref, le succès de cet artiste a été si grand, si extraordinaire, que, l'ayant vu faire sa collecte, un aveugle, qui joue de la serinette à ma porte, s'est mis à porter des lunettes, et il s'en trouve déjà très-bien.

*
* *

En littérature, pour être grave, des lunettes ne suffisent plus, depuis surtout que la mode est passée de mettre son portrait en tête de ses œuvres; il y faut encore d'autres conditions, telles que, par exemple, écrire sur des matières graves, se faire imprimer dans un certain format.

Ainsi, l'histoire et la philosophie étant tenues, même séparément, pour des matières graves, jugez de quelle gravité doit être dans l'opinion l'histoire de la philosophie, et surtout la philosophie de l'histoire, c'est-à-dire les deux matières les plus graves, amalgamées, pilées ensemble, et leur extrait mis en bouteilles.

On a vu cependant en de certaines chaires, comme en de certains livres, cette essence de gravité s'évaporer, et ne laisser au fond, pour tout résidu, que quelque chose d'incolore, d'insipide, de plat comme une froide plaisanterie.

— Cela vient, dites-vous, de ce que les bouteilles étaient mal bouchées.

— Point du tout, vous n'y êtes pas. Les bouteilles étaient bouchées à l'émeri, et, qui plus est, cachetées à la marque des fabriques les plus sérieuses.

— Mais quelques-unes, alors, devaient être étoilées?

— Pas davantage, le verre dont elles sont faites n'est pas assez fin pour cela; mais, ces bouteilles, elles étaient in-8°, et, pour les remplir, on avait dû sophistiquer la philosophie de l'histoire, étendre d'eau l'histoire de la philosophie.

— Mais, alors, pourquoi des bouteilles in-8°, et non des petits flacons in-32?

— Je vous entends : in-32, comme les *Guêpes*. Vous n'êtes pas dégoûté, mon voisin.

In-32, comme le *Jour sans lendemain* de Jules Sandeau;

Comme *Avatar* ou *Jettatura* de Théophile Gautier;

Comme l'*Esprit des femmes* ou les *Bijoux parlants* de Stahl;

Comme la *Physiologie du poëte* d'Edmond Texier, etc.

Votre idée a du bon. Ainsi réduites, ainsi condensées, en effet, ainsi purgées de remplissage, de verbiage et d'étalage, la science historique, la science économique, les sciences morales et politiques, et autres matières graves, pourraient conserver un peu de couleur et d'arome; mais il y a trois choses dont vous tenez trop peu de compte, ou, peut-être, que vous oubliez.

D'abord l'in-8° se vend sept fois plus cher que l'in-32; ensuite l'in-8° est plus aisé à faire, parce qu'on n'y a pas à être concis; enfin l'in-8° est proprement le format de la gravité.

Voyez plutôt ces gros volumes de *considérations* sur ceci et cela; ces énormes *traités* sur des questions résolues ou insolubles; ces monographies colossales, où les notes mangent le peu de texte que n'a pas dévoré la marge, et où les preuves à l'appui prouvent uniquement que l'auteur a des secrétaires; ces biographies interminables, où la compilation tourne au plagiat, par négligence.

Mettez-les en tas, en pyramides, ces majestueux in-8°; faites réduire à un feu doux, ou à la seule action du temps, les matières graves qui les composent, et vous verrez ce qu'il en restera dans dix ans d'ici, pas même la valeur d'un pauvre petit in-32, comme *Misanthropie sans repentir* de Laurent Jan, ou *Mimi Pinson* d'Alfred de Musset.

*
* *

Mais, tandis que je parle, l'in-8° perd à chaque instant quelque chose de son ascendant, de sa spécialité hautaine et lucrative, tant est mobile la physionomie, ou plutôt le masque de la gravité, tant son costume et sa tenue sont soumis, comme à peu près tout en France, aux caprices de l'air du temps.

En présence des babioles qui, sous le couvert de l'in-8°, ont pris leur part cette année des profits de la gravité, des auteurs sérieux se demandaient hier, dans un salon où l'on ne rit jamais que d'eux, s'ils n'auraient pas à endosser l'in-4° de nos pères, pour se distinguer de la cohue des gens frivoles.

— Est-ce bien nécessaire ? me dit tout bas la maîtresse de la maison.

Voilà, d'ailleurs, que le *Figaro*, le *Gaulois*, le *Journal pour rire*, et vingt autres feuilles aussi peu guindée, sont déjà compromis la gravité de l'in-quarto. Le respect continue de plus en plus à s'en aller.

Que faire ? il ne reste plus que l'in-folio ; faudra-t-il en revenir là ? Les augures feront bien d'aviser ; mais pourront-ils se regarder sans rire ?

§ III

Aristoteles de Sternutamento.

Aristote, bien qu'il ait beaucoup perdu de son crédit, n'en est pas moins encore une autorité assez grave. Et je me l'explique aisément par le peu que j'ai lu de cet illustre philosophe : Aristote a réponse à tout.

Ainsi voulez-vous savoir, par exemple, pourquoi l'on éternue deux fois, quand on éternue ? Mais ne commencez pas par me contester le fait, ne dites pas qu'on éternue trois et quatre fois de suite aussi bien que deux ; que même il vous est arrivé, comme à moi, de n'éternuer qu'une fois. Qu'est-ce que votre autorité et la mienne devant celle d'un philosophe aussi sérieux qu'Aristote ? Reconnaissez donc ou au moins accordez-lui qu'on éternue toujours deux fois. Faites-lui cette concession , ne fût-ce que pour savoir la raison qu'il en donne. Or, cette raison, je ne veux pas vous faire languir plus longtemps, cette raison, c'est que nous avons deux narines.

Magister dixit, le maître l'a dit : Que Dieu le bénisse !

§ IV

L'étoile du nord ne va pas mal non plus, quand elle est une fois lancée.

A présent que vous savez pourquoi l'homme éternue en partie double, peut-être ne serez-vous pas fâché d'apprendre à quoi l'on distingue, dans l'autre monde, les Hollandais d'avec le commun des martyrs. Cette fois, ce n'est plus le prince des philosophes qui va vous répondre, mais bien le prince des mystiques, l'hiérophante d'une secte, en faveur et même en progrès dans les plus hautes classes du nord de l'Europe.

* *

« Dans le monde spirituel, écrit Swédenborg, on « distingue aisément les Hollandais à leurs vêtements « semblables à ceux qu'ils portaient sur la terre, mais « plus propres et plus beaux que ceux-ci. »

En outre : « Les villes hollandaises, dans le monde « spirituel, sont bâties singulièrement : toutes leurs « places sont couvertes et fermées ainsi que les portes « pratiquées dans ces places, afin qu'on ne puisse y

« rien voir des hauteurs et collines dont elles sont en-
« vironnées [1]... les femmes hollandaises qui ont l'am-
« bition de dominer sur leurs époux sont reléguées
« dans un quartier à part d'où elles ne sortent que
« lorsqu'on les y invite, *ce qui se fait très-poliment.*
« C'est toujours, au reste, pour aller dans des maisons
« où les époux vivent en bon accord. Elles voient là
« une propreté et des meubles d'une beauté qui les
« enchante, et combien l'amour conjugal procure
« d'agrément. »

* *
*

Quant aux Anglais, « ils ont dans le monde des es-
« prits deux grandes villes, ayant quelque ressem-
« blance avec celle de Londres. Ce qu'ils appellent
« l'*Exchange*, où se font les assemblées des négociants,
« se trouve au milieu, et les directeurs y ont leurs lo-
« gements... on y voit des palais magnifiques. »

* *
*

Les catholiques romains ne sont ni aussi bien traités
ni aussi libres dans le monde spirituel : « Leur sort a
« été tellement changé qu'ils ne peuvent plus s'assem-
« bler comme autrefois en confréries, dans lesquelles
« les bons et les mauvais se trouvaient pêle-mêle...
« *Dieu a pourvu par là à ce qu'ils ne se forment pas du*

---

1. Ces précautions ne sont pas inutiles, car, dit le même auteur, « ceux
qui avaient vécu, avant leur mort, dans la société des Jésuites, se glissent à
la sourdine chez les Réformés, ou y envoient, par des chemins couverts, des
émissaires chargés de les séduire. »

18

« *ciel des idées fantastiques,* telles qu'ils en avaient au-
. « paravant. »

On voit en lisant Swédenborg que cette précaution
toute paternelle lui a fait beaucoup d'impression, et
que s'il donne des détails si précis sur la géographie et
l'aménagement du ciel, c'est de peur qu'à l'instar de
ces pauvres catholiques romains *on ne s'en forme des
idées fantastiques.*

*
* *

Mais, qui est moins ménagé, par exemple, dans ce
monde spirituel décrit si minutieusement, et avec tan
de sérieux, ce sont les juifs. Les Africains, au moins,
vivent un peu là à leur guise ; ils n'ont ni villes magnifiques ni vêtements splendides comme les Anglais
et les Hollandais, mais enfin, lorsque Swédenborg
leur parla, ils étaient vêtus d'habits passables *de lin
rayé* ; leurs femmes avaient même *des robes de soie,
aussi rayée.* « S'il nous vient, disaient-ils, quelques
« étrangers de l'Europe, *surtout des moines,* nous ne
« les recevons pas parmi nous. Nous parlent-ils de re-
« ligion, nous leur disons qu'ils nous content là des
« sornettes, et nous les occupons à des travaux utiles.
« Refusent-ils de travailler, nous les vendons comme
« esclaves. »

Ainsi la traite des blancs est autorisée dans le ciel,
au profit des nègres ; voilà de quoi bien dérouter « les
idées fantastiques que les catholiques romains se sont
faites de l'autre monde.

*
* *

Les juifs, je le répète, ne sont pas aussi humaine-
ment traités. D'abord « tout commerce avec les chré-
« tiens leur est interdit, excepté avec ceux qui courent
« le pays (des colporteurs sans doute). Ils habitent
« deux grandes villes qu'ils nommaient Jérusalem,
« mais elles ont dû changer de nom après le dernier
« jugement. Dans ces villes ils ont pour ministres des
« Juifs convertis au christianisme (comme chez nous),
« qui leur défendent de parler mal de Jésus-Christ
« (pas comme chez nous). Les places publiques et les
« rues de ces villes sont couvertes de boue et de fange,
« et leurs maisons pleines de saletés et d'immondices,
« desquelles ils contractent une puanteur qui éloignent
« d'eux tous ceux qui ne sont pas de leur nation... »
Comme dédommagement, il leur est seulement ac-
cordé « de pouvoir négocier dans ce monde-là comme
« dans celui-ci, surtout en pierres précieuses, qu'ils
« se procurent on ne sait comment... Ils vendent ces
« pierres précieuses aux autres nations. Quelques-uns
« d'entre eux en fabriquent d'artificielles, qu'ils font
« passer pour vraies, mais lorsqu'on les y prend, les
« commandants des villes les punissent sévèrement...
« — Moïse vous représente, leur dit-on, comme les
« plus méchants des hommes. Vous êtes, suivant lui,
« la race d'hommes la plus perverse. A cela, ils ré-
« pondent : Moïse s'exprimait ainsi parce qu'il était
« en colère et vexé de se voir près de mourir. »

§ V

M. de Buffon sur le chapitre des perruques.

Vous voyez que quand elle s'en mêle, l'étoile du Nord, en fait de gravité comique, peut rendre des points à toutes ses sœurs. Mais c'est assez, n'est-ce pas, d'un exemple? Rentrons vite chez nous, et n'allons plus en Suède ni même en Allemagne. D'ailleurs, M. de Buffon vous demande. M. de Buffon s'est piqué d'honneur. M. de Buffon, avec ses manchettes, veut lui aussi courir une bague dans ce tournoi de gravité. Le voilà qui prend du champ, il s'élance. Gare à vous! et tâchez surtout de ne pas rire.

« Pourquoi, dit M. de Buffon, la tête d'un docteur « est-elle environnée d'une quantité énorme de che- « veux empruntés, et que celle d'un homme du bel « air en est si légèrement garnie? l'un veut que l'on « juge de l'étendue de sa science par la capacité « physique de cette tête, dont il grossit le volume « apparent, et l'autre ne cherche à le diminuer que « pour donner l'idée de la légèreté de son esprit. »

Qu'en dites-vous, ami lecteur? ce n'est ni vous ni moi qui aurions trouvé ça : nous ne sommes pas assez graves.

§ VI

M. de Montesquieu ne fait pas de l'esprit seulement sur les lois.

Montesquieu est tenu aujourd'hui pour un homme grave. Voltaire n'en avait pas tout à fait cette opinion, mais de Voltaire on en prend, on en laisse suivant les besoins de la cause : que n'a-t-il pas dit, en effet? Ce qu'il y a de certain, c'est que Montesquieu a traité de matières graves et qu'en ouvrant un de ses livres au hasard, j'y trouve ce qui suit :

« Les poëtes sont des auteurs dont le métier est de « mettre des entraves au bon sens. »

Voilà donc Homère, Virgile, Dante, Milton, Shakspeare, Corneille, Racine, dont le métier a été de mettre des entraves au bon sens.

Qu'en dit M. Ponsard et, avec lui, l'école du bon sens?

Le poëte Chiabrera avait écrit dès le xvie siècle : « La poésie est née pour le bonheur des hommes, et les poëtes pour leur malheur. » Dans ce jugement, à notre avis prématuré, les poëtes avaient leur paquet, mais la poésie au moins était sauve. M. de Montesquieu, lui, ne fait pas de distinction : la poésie et les poëtes ne méritent à ses yeux ni cet excès d'honneur ni cette indignité. Il en veut surtout aux lyriques.

« Voici les lyriques, dit-il, qui ont fait de leur art une harmonieuse extravagance. »

Pindare faisant de son art une harmonieuse extravagance !

18.

Qu'en pense M. Villemain, lui dont le premier ouvrage fut un éloge de Montesquieu couronné par
l'Académie, et le plus récent un éloge de Pindare qui
honore l'Académie?

§ VII

Encore M. de Buffon.

Oui, Dieu me pardonne, c'est encore M. de Buffon.
Voudrait-il prendre sa revanche? Pardieu! il est
homme à le faire, et certainement il ne tient qu'à lui.
D'ailleurs, le voilà sur son terrain cette fois-ci : il s'agit
d'éléphants :

« Les attentions, dit-il, les respects, les offrandes,
flattent les éléphants sans les corrompre; *ils n'ont
donc pas une âme humaine :* cela devait suffire pour le
démontrer aux Indiens. »

Et un peu après :

« La troupe se sépare par couples que le *désir* avait
« formés d'avance; ils se prennent par choix, se dé-
« robent, et dans leur marche, *l'amour paraît les pré-*
« *céder et la pudeur les suivre*, car le *mystère* accom-
« pagne leurs plaisirs..... Ils craignent surtout les
« regards de leurs semblables, *et connaissent peut-être*
« *mieux que nous cette volupté pure de jouir dans le*
« *silence, et de ne s'occuper que de l'objet aimé...* »

Et ce conseil indirect aux amants — toujours à propos d'éléphants :

« Ils cherchent les bois les plus épais, ils gagnent

« les solitudes les plus profondes pour se livrer sans
« témoins, sans trouble et *sans réserve*, à toutes les
« impulsions de la nature ; *elles sont d'autant plus*
« *vives et plus durables qu'elles sont plus rares et plus*
« *longtemps attendues*; la femelle porte deux ans... »

La femelle porte deux ans, c'est le savant qui revient
sur l'eau; quel dommage !

§ VIII

L'histoire et le roman, ou le plus grave des deux n'est pas celui qu'on pense.

Et qu'on ne dise pas ici que j'attaque nos gloires
les plus pures, que je cherche des taches dans le soleil, etc., etc. Bien loin de là : ces passages pris au
hasard, ces facéties que je pourrais multiplier à l'in-
fini, en compilant nos auteurs graves, pour moi elles
mettent le sceau à la gloire de ces grands hommes ;
elles les marquent au léger cachet de la France ; elles
attestent la réaction de ces natures enjouées contre
une gravité d'emprunt, elles brillent sur le fond solide, mais un peu terne, de cette gravité, comme les
bleuets dans les blés; elles en font une gravité émail-
lée, pailletée, une gravité *étoilée*. Voilà où j'en voulais
venir.

* *

Aussi qu'est-ce que je demande? ou qu'on change
le sens du mot gravité, ou qu'on tâche d'appliquer ce

mot avec un peu plus de discernement; que science, par exemple, politique, philosophie, histoire surtout, ne soient pas invariablement synonymes de gravité. L'histoire, en effet, traitée par ce brillant poëte, par cet enthousiaste, tout feu, tout âme, tout étoiles — vous avez nommé M. Michelet — est-ce quelque chose d'aussi grave que tel roman de Walter-Scott, ou telle comédie de Molière?

Un simple roman, *la Case de l'oncle Tom*, n'a-t-il pas mieux servi la cause de l'égalité chrétienne que le milliard qu'y a consacré l'Angleterre, un chiffre et un pays assez sérieux cependant? Quelques pages de ce conte bleu ne valent-elles pas tout ce qui s'est dit à Exeter-Hall et autres bazars abolitionnistes?

Dans quelles études historiques, dans quel traité scientifique, dans quels essais de philosophie, trouverez-vous sur Dieu, sur l'âme, sur la nature, des enseignements plus profonds, des lumières plus vives, de plus magnifiques tableaux, plus de vraie gravité enfin, que dans *Robinson, Don Quichotte, Paul et Virginie, Waverley?*

Combien de fort honnêtes gens ne tiennent l'auteur de *Colomba* pour un écrivain sérieux que depuis ses *Études sur l'histoire romaine!* cela doit bien le divertir.

Mais consolez-vous, *Colomba,* et toi aussi, *Petite Fadette,* ne craignez rien, *René, Child-Harold, Eugénie Grandet, Fernand, Obermann,* vous vivrez plus longtemps que les fantômes historiques dont on nous rebat les oreilles, et vous aurez sur eux cet avantage de ne pas changer tous les dix ans au gré de l'esprit de parti ou de secte. Tout ce que pourra un second Niebuhr, ce sera de prouver que vous n'avez jamais existé;

mais, ne craignez rien : un troisième prouvera bientôt
le contraire.

*
* *

Ce que l'on ne sait pas assez, peut-être, c'est combien de nos mandarins les plus graves avant de faire
des gros livres avec d'autres gros livres ont longtemps
essayé d'en faire de rien des petits. Clio n'a eu en eux
que le rebut de la folle Thalie et de la peu grave
Erato. On a même de leurs essais; on les citerait au
besoin.

Sied-il donc bien à ces fruits secs du madrigal et du
petit conte pour rire, à présent philosophes ou historiens brevetés, de censurer tels romanciers ou tels
poëtes à qui ils ont tourné l'esprit avec leurs gloses
contradictoires? Quand le roman s'égare, n'est-ce pas
toujours en suivant les traces des historiens et des philosophes? et d'ailleurs, parle-t-il avec l'autorité qu'on
accorde à ceux-ci? disserte-t-il en bonnet de docteur?
enseigne-t-il du haut d'une chaire?

Le roman-historique est un genre faux; personne
ne songe à le défendre; mais quand l'histoire se fait
roman, pourquoi le roman ne se ferait-il pas histoire?

§ IX

L'École des Sources.

En somme, où est la pierre de touche de la vérité
du roman, dans le cœur de tout homme qui a un

cœur? Un héros de roman pêche-t-il çontre la logique
de ce cœur, il est jugé faux, sans appel. Mais, est-ce
un héros historique, il peut faire tout ce qu'il veut;
l'auteur répond : les faits sont là, et il vous oppose
les *sources*; ne voilà-t-il pas un beau témoignage?
quand on songe surtout que les notes, mémorandum,
traités et autres actes diplomatiques de ce temps-ci,
seront un jour les sources d'après lesquelles on fera
notre histoire; que tel journal qu'il n'est pas besoin
de nommer passera un jour à l'état de source, et que
nos futurs Augustin Thierry iront pêcher dans cette
eau trouble.

Ah! l'école des sources! si son fondateur la voyait
aujourd'hui à l'œuvre, c'est lui qui pourrait s'écrier :

> *... Immisi fontibus apros !*

Les sources, ce sont elles qui ont fait tour à tour de
Louis XIV le plus grand et le plus triste des souverains,
et, en effet, que ne trouve-t-on pas aux sources, avec
un secrétaire et de la patience?

Tacite a-t-il calomnié Tibère, ou en a-t-il fait un
portrait flatté? Les sources disent oui et non. Mais ce
qui est au moins fixé, pour le moment, c'est qu'An-
nibal ne s'est nullement endormi dans les délices de
Capoue, c'est au contraire la tactique la plus raffinée
qui l'a empêché de marcher sur Rome. Décidément
ce grand homme ne savait pas vaincre, il ne savait
que profiter de la victoire.

A la bonne heure ; mais du moins tenons-nous-en là.

Nous en tenir là? et le progrès donc? et les sources?
et les petits livres d'histoire que nous vendons aux
écoliers?

C'est juste, je n'y songeais pas : ceux des frères aînés pourraient servir à leurs cadets, et il s'en vendrait beaucoup moins.

N'importe ! je bénis Omar d'avoir anéanti tant de sources, en brûlant... mais, ne sait-on pas maintenant, et de bonne source, que ce n'est pas Omar qui a brûlé la bibliothèque d'Alexandrie ?

§ X

Résumé et confession.

Je le demande au premier venu : voit-on un tel abus des sources dans le roman, dans la comédie, dans le conte, dans la nouvelle ?

L'école de l'art pour l'art, contre laquelle on a dit de si belles choses, a-t-elle poussé aussi loin la frénésie du paradoxe, l'exploitation de la nouveauté ?

L'*humour,* la fantaisie, la poésie, même funambulesque, ont-elles soutenu que Clarisse Harlowe a séduit Lovelace, que Don Juan fut la chasteté même, et que le salut de l'Espagne exigeait qu'il tuât cet aristocrate de commandeur ?

En vérité, ce serait un curieux livre à faire que celui qui aurait pour titre : *les Variations de l'histoire ou les facéties de la gravité.*

Il prouverait, ce livre, entre autres choses, qu'inconséquence et pesanteur ne sont pas absolument synonymes de gravité ; que si le temps ne fait rien à l'affaire, le format n'y fait rien non plus ; qu'on peut

conférer au premier venu un ordre ou une dignité
quelconque, mais que la gravité ne se confère pas;
qu'il ne suffit point pour être un homme grave de
n'avoir publié ni de beaux vers ni d'excellents romans
ni d'agréables comédies; enfin qu'il n'y a de vraiment
sérieux en littérature comme dans les arts que ce qui
est fait de main d'ouvrier, et sincère.

Et maintenant, trop indulgent lecteur qui avez bien
voulu me suivre jusqu'ici, si vous me demandez en
souriant qui m'a appris toutes ces belles choses, je
vous dirai en confidence que c'est l'étoile avec laquelle
j'ai l'honneur d'être, etc.

CHAPITRE XXIV

LA GAILLARDISE

CONCLUSION

Partout ailleurs qu'en Turquie et en France, la gravité et la gaillardise s'excluent. Nous ne voulons pas dire pour cela qu'à Paris comme à Constantinople la gaillardise soit une des conditions spéciales de la gravité ; mais simplement que la qualité de gaillard est chez nous en toutes choses, gravité comprise, une condition préalable et *sine quâ non*. C'est dans l'ordre moral comme la qualité de Français dans l'ordre civil.

Pour peu que l'on y réfléchisse, on verra que cette assimilation n'a rien d'artificiel, rien de forcé. Supposez en effet qu'on ait à caractériser d'un mot chacune des nations qui ont joué un rôle important dans le monde, la nation juive, dirait-on, c'est l'opiniâtreté ; l'Égypte, l'immobilité ; la Grèce, l'héroïsme ; Rome, la discipline ; l'Angleterre, l'orgueil, et la France, la gaillardise.

Ne vous fâchez pas encore, lecteur, il en sera temps quand vous aurez compris ce qu'on entend ici par gaillardise, et comme quoi ce mot, de même qu'*étoile* pour *tocade,* n'est qu'une expression mitigée de la pensée beaucoup plus hardie de l'auteur.

Quant à présent, du reste, gaillardise peut lui suffire,

19

pour ce qu'il a à démontrer. Peut-être même par prudence s'y tiendra-t-il. Gaillardise est un terme éminemment français, un idiotisme de mots ; or, généralement,
un idiotisme de mots exprime un trait de caractère
national. Cette sorte de termes, en outre, a l'avantage
de ne pouvoir être bien définie que par des exemples,
ce qui évite beaucoup de peine à l'écrivain.

Exemple : Henri IV fut un gaillard.

Vous souriez, grave lecteur, et vous-même aussi, aimable lectrice ; à la bonne heure ! et permettez-moi d'en
conclure que la proposition par où débute ce chapitre
ne nous brouillera pas tout à fait, que nous pourrons
bientôt nous quitter bons amis, et en nous disant au
revoir.

C'est qu'en effet, et vous le savez aussi bien que
moi, gaillards nous sommes nés et gaillards nous
mourrons, il faut en prendre son parti, eût-on rêvé
quelque chose de mieux pour un peuple qui a fait les
croisades. A la vérité, il les a si mal faites qu'elles sont
toujours à refaire, et il n'en prend pas le chemin. Ne
désespérons pas cependant : en France, a-t-on dit, tout
arrive, à quoi j'ajouterai qu'en France tout s'en va. Il
n'y a de stable chez nous que la gaillardise. Spécialisme, gravité, spiritisme, chauvinisme, libéralisme,
royalisme, parlementarisme, empirisme, étoiles filan-
tes. Seule la gaillardise, étoile fixe, brille et brillera
éternellement au méridien de Paris.

*
* *

En France, la gaillardise est proprement le fruit du
terroir : voyez notre littérature, car où chercher un
plus sûr témoin de nos mœurs ? L'élévation, la déli-

catesse, la passion, le lyrisme, tout ce qui, en un mot,
n'est pas gaillardise, n'a jamais été chez elle que d'im-
portation étrangère. Spontanément elle est frondeuse
quelquefois, mais surtout et toujours gaillarde. Ce
qu'elle a produit de plus noble à son origine, les romans de chevalerie, que sont-ils? des imitations plus
ou moins fidèles de la grande épopée scandinave,
goûtées surtout dans les manoirs féodaux, et par ces
races conquérantes que la Gaule narquoise a fini par
s'assimiler. Déjà, au reste, la gaillardise s'y fait jour;
bientôt elle déborde, elle envahit le texte, et voilà les
Roland, les Amadis, les Tristan, les Aymon, transfor-
més par le génie national en Riflandouille, en Gargan-
tua, en Couillatris, etc., etc.

A cette époque, au reste, le mouvement est général; la métamorphose complète. L'Arioste, instincti-
vement, et Cervantes, par une méprise, y contribuent
chacun de son côté; mais le restaurateur de la gaillardise affranchie, l'Augias qui balaya l'Hercule féodal,
qui dansa le premier sur la Table ronde — et s'il n'y
eût fait que cela! — c'est Rabelais, autrement dit
Panurge, le roi Panurge, qui, pour trône, prendra
cette même chaise percée, dont Voltaire, le roi Voltaire, fera bientôt le pivot des choses humaines, la
boussole du libre arbitre, la providence des gaillards.

Une fois encore, entre ces deux règnes, l'antique
idéal osera relever la tête; mais Molière, le roi Molière, le poursuivra jusque dans les ruelles des précieuses, et, sur ce front mal défendu par la couronne
de Julie, il abattra sa rude main, sa main fermée.

    Guenille si l'on veut, ma guenille m'est chère.

A cette profession de foi, à ce vers coup de poing
acclamé par toute la France, et qui, chaque soir, y
provoque depuis deux siècles des tonnerres d'applaudissements, que pouvait répondre ce pauvre Amadis?
Comme à l'impure Jézabel, il lui servit peu de s'être
fardé : à moitié assommé, il remit au croc sa vieille
rondache, avec son épée à fer émoulu ; il reploya son
oriflamme, et la guenille triompha.

Est-il besoin de protester qu'on n'entend pas dési-
gner par ce mot la noble, la pompeuse école, qui, au
dix-septième siècle, fit de l'imitation systématique une
inimitable création? Loin de là, et si loin, que même
on la met ici hors de cause en refusant de voir en elle
l'œuvre spontanée, l'expression vraie et libre du génie
français. Espagnole, grecque ou latine dans tout ce
qu'elle a de plus élevé, soutenue, imposée même, par
l'autorité d'un souverain presque absolu, notre littérature classique ne fut dans l'origine, et n'est même
encore aujourd'hui, pour la grande majorité de la
nation, que le type d'une perfection ennuyeuse, que
l'objet d'un culte officiel, de commande, ou au moins
de convention, en un mot, une sorte de littérature
d'État. Qui oserait soutenir en effet qu'à part Molière
et La Fontaine, les deux gaillards par excellence, aucun
de nos grands classiques soit vraiment populaire dans
ce pays, populaire comme le Tasse en Italie, Shakes-
peare en Angleterre, Gœthe et Schiller en Allemagne ?

— Ils sont, nous dira-t-on, dans toutes les biblio-
thèques, — oui, comme beaucoup de saints dans le calendrier : on sait leurs noms, on les cite, on les fête ;
mais, ce qu'ils ont fait, ce qu'ils ont écrit, qui le sait

ou qui s'en soucie, hormis quelques rares dévots?

Le calendrier, la bibliothèque, voilà le trou, l'abîme, où aboutit chez nous tout homme de génie qui a négligé de payer, dans ses œuvres, un large tribut à la gaillardise.

*
* *

Vous y tomberez, astres brillants de la pléiade romantique; il vous dévorera, ce fastueux néant qui s'appelle immortalité, immortalité! amère ironie! Vous y tomberez tous — flatteur que je suis! — comme des capucins de cartes, et en passant par l'Académie, qui plus est : rien ne vous sera épargné.

Qui l'eût cru cependant, quand vous vous leviez avec tant de bruit et d'éclat sur les ruines d'un empire? qui n'eût juré alors, aux acclamations de la foule, que c'en était fait à tout jamais de la guenille? Illusion! vertige! feu d'artifice passager comme l'admiration qui l'avait salué. Cette éblouissante évocation de la forme et de la couleur, sinon de l'esprit héroïque du moyen âge, cette révolution féconde, surtout en méprises et en beaux coups d'épée dans l'eau, mais qui n'en eut pas moins une incontestable grandeur, elle manquait de sympathies vraies et comme de racines dans le pays. On le vit bien à la première occasion qui s'offrit de protester, de réagir, et quelle occasion! la première venue, une tragédie, un prétexte, auquel ne croyaient pas ceux-là mêmes qui le donnaient : la preuve, c'est que, dix ans après, la tragédie était bel et bien enterrée avec la dernière tragédienne.

Ainsi, nobles Titans, fiers Briarées, valeureux pro-

moteurs de cette belle passe d'armes, ainsi il faut le
reconnaître, si bien que vous ayez fait vos affaires,
du reste, vous avez manqué la principale, la popularité
dans la vraie acception du mot : vous n'étiez pas
encore assez frondeurs, assez gaillards, ou, ce qui
revient au même, vous l'étiez avec trop d'art et d'élé-
gance pour lutter avec Béranger; Béranger, un poëte
vraiment français, qui, lui du moins, n'a jamais eu
aucun commerce avec Shakspeare, ni avec Dante, ni
avec Schiller ce Prussien, Béranger, qui n'a pas été de
l'Académie, qui ne sera jamais classique, jamais im-
mortel, pas si bête! mais qui sera toujours lu et
chanté, toujours présent, toujours vivant dans la
mémoire de ce bon peuple qui lui doit sa félicité.
Béranger, enfin, dont la statuette enfumée trônera
chaudement sur le poêle de toutes les guinguettes,
tandis que vous, pauvres immortels de calendrier,
vous vous morfondrez sur des piédestaux, dans
des niches, auprès — dernier outrage — de ce même
Racine, tant et si justement bafoué par vous.

*
* *

C'est humiliant ; mais à qui la faute? ce ne sont pas
les grands écrivains, ni même les poëtes vraiment
inspirés, qui ont manqué à ce pays ; c'est toujours, au
contraire, le pays qui leur a manqué. J'entends à ceux
qui se sont proposé le beau absolu pour objet, heureux encore si la contagion du goût public ne les eût
fait souvent défaillir dans cette recherche. Combien,
en effet, n'en a-t-on pas vu souiller l'ensemble de leur
œuvre par des détails ou des parties rendues licen-

cieuses à dessein, et n'assurer qu'à ce seul prix la
popularité à leur nom !

Ce calcul, au reste, leur a pleinement réussi ; il a
réussi même aux médiocres, même aux pires ; ne
fût-ce que pour un jour, il leur a donné ce qu'ils
demandaient : *le compère Mathieu* a été, dans le temps,
aussi populaire que *Candide*, *Faublas*, que *la Nouvelle
Héloïse*, *la Religieuse*, que *la Pucelle*. Enfin Crébillon
fils a eu de son vivant autant de lecteurs que Voltaire.
Peut-être même en aurait-il eu davantage, en raison
de son talent moindre ; mais il négligea trop le per-
siflage et l'impiété, le poivre et le sel de la gaillardise.

Mais, faisons ici une pause ; n'usons pas d'un coup
tout notre mépris ; nous n'en sommes encore qu'au
dix-huitième siècle.

*
* *

Il avait du bon, ce dix-huitième siècle ; à plusieurs
égards ce fut même un grand siècle, grand et aveugle
comme les fléaux qui châtient. Il se trompa sur bien
des points, mais non sans quelque bonne foi. Il n'éleva
pas sa tour jusqu'au ciel ; mais il la monta encore
assez haut.

Certes ce n'étaient pas de petits hommes ceux qui
entreprirent la tour de Babel, et à qui nous devons la
confusion des langues ; mais l'encyclopédie, mais la
confusion des idées, ce n'est pas non plus œuvre de
pygmées.

Je l'aime, ce dix-huitième siècle, vous me croirez
si vous voulez, je l'aime par comparaison : il fut conséquent, lui, du moins, et tout d'une pièce. Il n'allait

pas le matin à la messe et le soir aux petits théâtres grivois; il n'était pas à la fois démolisseur et conservateur, démolisseur pour la maison du voisin, et conservateur pour la sienne; il n'adorait pas à plat ventre le despotisme tout en prêchant la liberté; il n'exaltait pas la religion et la morale tout en pratiquant la gaillardise; en un mot, il était franchement gaillard.

Et c'est de là, au fond, uniquement de là, que lui vient sa popularité actuelle; car, pour tout le reste, comme d'avoir pulvérisé l'absolutisme et anéanti l'*ancien régime*, nous savons tous ce qu'il en est.

On ne voit aux théâtres que ducs, princes, marquis, mousquetaires, gardes-françaises, et Lauzun par-ci, et Fronsac par-là, et Dubarry, et Pompadour, et autres gaillards et gaillardes applaudis pour leurs gaillardises. La Bastille a fait des petits; les majorats sont aussi en train de bien faire, et les titres donc, les titres? Peu de vidames, cependant, mais cela viendra, un si joli titre : vidame! On voit sortir de terre des familles éteintes depuis plus de quatre cents ans : la révolution veut, dit-on, réparer ses torts; elle rendra à la noblesse plus qu'elle ne lui avait pris; soit, mais ne serait-ce pas plutôt qu'elle espère le rétablissement du droit du seigneur? Ah! le joli droit du seigneur; ce temps-ci a fait tant de choses, il est capable de nous le rendre, le gaillard!

*
* *

— Mais ce droit du seigneur, s'écrie... non, s'écriait le journal l'*Univers*, il n'a jamais été « ce qu'un vain peuple pense, » il se bornait modestement...

— Arrêtez, de grâce, épargnez-le, ce pauvre ancien régime, ne lui ôtez pas un des plus beaux fleurons de sa couronne, le droit du seigneur ! assez d'autres, hélas ! avec les meilleures intentions du monde, travaillent à le dépouiller de son dernier prestige aux regards du peuple français. Mais ceux-là mêmes que vous prétendez défendre, et avec des preuves si fortes, voyez-les tout désappointés : Quoi ! il serait faux que leurs pères eussent été aussi gaillards qu'on le prétend ? Qu'espérez-vous d'une semblable découverte, d'une défense contre laquelle l'accusé même s'inscrit en faux ?

Ah ! plût au ciel que ce droit du seigneur, exercé à la lettre, n'eût jamais été une fable ! plût au ciel qu'il eût été en pleine vigueur en 1789 ! l'assemblée des notables aurait fait comme vous, lecteur, elle aurait souri, elle aurait été désarmée. Et que de noble sang épargné ! tout se serait passé comme en famille. Dans chaque gentilhomme, le plus forcené Jacobin aurait craint d'immoler un père. Vous régneriez encore, nobles princes, dont le seul crime est d'avoir négligé la gaillardise comme instrument d'autorité.

Comme instrument d'autorité, oui, comme moyen d'ascendant, et c'est là ce qu'ont méconnu les meilleurs de nos souverains, nobles cœurs, mais petits esprits, faibles tempéraments, à qui le *Diable à quatre* a vainement enseigné l'art, le seul art d'être populaire dans ce pays; car, pour en revenir à ce grand homme, à quoi doit-il d'être encore aujourd'hui,

Le seul roi dont le peuple ait gardé la mémoire?

19.

A la poule au pot? mais il ne l'a jamais donnée cette fameuse poule au pot, que personne plus que lui ne donnera jamais au peuple : voyez le prix dont elle est maintenant. — A ses victoires, à sa bonté, à son génie? pas davantage : Saint Louis aussi, et combien d'autres, ont été des victorieux! Louis XII fut le père du peuple, et qui le connaît ce père du peuple? Ah! s'il l'eût été comme ce bon roi d'Yvetot, passe encore.

Non, le secret de la popularité de Henri IV, demandez-le à la chanson, à la plus populaire de nos chansons : *J'aimons les filles*... mais tout le monde la sait par cœur, même les dévots, même les plus graves.

Le fils du vert galant égalait au moins son père en bravoure. S'il n'eut pas de génie, il sut se donner un ministre qui en avait, et bien qu'il le haït à juste titre, il le supporta, il s'effaça devant lui pendant tout son règne, par dévouement pour ses sujets. Quel plus noble exemple de sagesse et d'abnégation! personne cependant ne lui en sait gré. Pourquoi? parce qu'il n'aima pas *les filles et le bon vin*, parce qu'il ne fut pas un *diable à quatre*, un *joyeux drille*, un gaillard; parce qu'il prit un jour des pincettes pour tirer un billet du sein d'une dame, et, en vérité, c'étaient bien des façons. — Je tiens de mon père, disait-il, je sens le gousset. — Il s'agissait bien du gousset!

Louis XIV s'y était mieux pris : il avait débuté, tout jeune, par faire l'amour sur les toits, pour que tout le monde le vît : c'était le programme du nouveau règne. Aussi, pendant longtemps, sa popularité fut-elle immense, d'autant plus que les suites répondirent aux commencements; mais il perdit par le confessionnal tout ce qu'il avait gagné de terrain par les gouttières.

Tant qu'on lui crut encore une ou deux maîtresses au moins, on lui pardonna sa grandeur, on lui aurait même passé sa piété ; mais dès qu'entre autres choses on sut que madame de Maintenon n'était que sa compagne légitime, au lieu de ce qu'on avait espéré, il n'y eut qu'un cri, pour le coup, du Rhin jusqu'aux Pyrénées. Quelle trahison, en effet, quel détestable abus de confiance ! le tartufe ! le faux gaillard ! De ce moment la popularité du grand roi s'écroula, son nom tomba dans le mépris. Ses faiblesses ne lui furent comptées pour rien. On ne vit plus que ses vertus ; il perdit le cœur de son peuple.

*
* *

Poursuivons ! l'histoire de France ne saurait trop être envisagée de ce point de vue.

Parlez-moi du régent, en voilà un gaillard ! et Dubois, son ministre, la gaillardise en chapeau rouge, et ce charmant roi Louis XV, Louis le bien-aimé ! — Mais qu'ai-je donc fait à ce bon peuple pour qu'il m'aime tant ? disait-il. — Ce que vous avez fait, Sire ? rien encore peut-être, vous êtes si jeune ! — il avait quatre ans, — mais on pressent ce que vous ferez. On lit dans vos yeux que vous ne serez pas comme votre aïeul Louis le grand, Louis le délicat, Louis le dégoûté, dont le cœur était comme l'abbaye de Remiremont : pour y mettre il fallait prouver trente-deux quartiers de noblesse. Vous n'y regarderez pas de si près, ni de si loin. Vive l'égalité, morbleu ! vous prendrez vos maîtresses de toutes mains ; la dernière fille du peuple, aussi bien que la plus grande dame, pourra être appelée à trôner un quart d'heure sur vos genoux, et si on la décrasse, si on la parfume pour la circonstance, volontiers direz-vous peut-être comme le bon Henri : « Ah ! les malheureux ! ils me l'ont gâtée. »

Et dire que de tels exemples seront perdus pour votre successeur ; que dis-je ! pour tous vos successeurs. Pauvres dignes princes ! toujours aveugles, toujours naïfs, ils se figureront qu'on peut impunément sur le premier trône du monde rester bon chrétien, bon mari, honnête homme. Après tant de leçons, ils croiront encore qu'on peut régner et être populaire en France, à moins d'être un gaillard, un fameux gaillard, ou de passer pour tel. Et quand, faute de ce mérite, ils se seront vus bannis par trois fois, ils se flatteront encore qu'on viendra un jour les chercher au fond de l'exil, et les en ramener par la main, sans qu'ils aient fait preuve de gaillardise. Non, non, Jacques-Bonhomme veut des gages ; on a trop abusé de sa confiance, il n'entend plus être trompé.

*
* *

Ah ! si j'osais vous donner un conseil, rappelez-vous, dirais-je, le mot naïf et profond du comte de V.

Le comte de V., homme éminent du reste, et un des grands politiques de la restauration, menait une vie régulière, dans un poste où, si ce n'est pas précisément un crime, c'est au moins une faute que d'avoir des mœurs. Ridicule aux yeux de l'opposition, et, faut-il l'avouer? aux yeux mêmes de son parti, sa gravité et jusqu'à son existence politique commençaient à en être sérieusement compromises. Que de fois, tout enfant, j'ai entendu dire, à cette époque : Cet homme-là n'est pas Français! Je ne comprenais pas alors toute la portée de l'accusation.

Un beau jour, tout changea subitement de face : on avait vu le comte de V. se faufilant dans une baignoire grillée de l'Opéra, avec une danseuse des plus gaillardes de l'époque. C'est à l'hôtel Laffitte que fut donnée cette étrange nouvelle, et Dieu sait la sensation qu'elle y fit : M. de V. en loge grillée avec Victorine! M. de V. amant d'une sauteuse! Béranger fit à ce sujet un mot qui vola de bouche en bouche, j'ai le regret de l'avoir oublié. Bref! on ne parla d'autre chose jusqu'à la fin de la soirée, au grand déplaisir de M. Laffitte, un des chefs de l'*opposition*. Ce profond politique avait compris sur l'heure que l'impopularité du comte de V. ne résisterait pas à un pareil scandale, propagé surtout par une épigramme de Béranger.

Huit jours après, en effet, la réhabilitation du comte était complète; on n'en parlait plus que comme d'un gaillard trop longtemps méconnu. On racontait de lui des choses incroyables, impossibles, et d'autant mieux qu'il s'affichait de plus en plus, en affectant habilement de se cacher.

De tout cela il résulta ce qu'avait trop bien prévu M. Laffitte : en moins d'un mois le ministère *déplorable* que présidait M. de V. avait rallié plus de quinze voix de l'*opposition*. Encore une frasque du comte, encore un mot de Béranger, l'enfant terrible de la *gauche,* et, ma foi ! tout était perdu : la loi contre les sacriléges passait !

Les voies de la Providence sont impénétrables, disaient avec componction de nobles et jolies dévotes, en défendant le comte au tribunal du pavillon de Flore ; mais le digne évêque d'Hermopolis, M. de Frayssinous, ne prit pas les choses de cette façon : si utiles que pussent être au ministère dont il faisait partie les bruits scandaleux qui couraient sur M. de V., il crut devoir en glisser à son noble ami un mot qui n'avait rien d'approbatif.

M. de V. parut d'abord ne pas comprendre, tant sa conscience était en repos ; mais, dès qu'il entrevit ce dont il s'agissait :

— Quoi ! Monseigneur, s'écria-t-il, me soupçonneriez-vous ?... Je vous jure qu'il n'y a rien de plus innocent que mes relations avec cette créature.

— En vérité ?

— Sur mon honneur.

— Mais pourquoi donc, alors, vous affichez-vous comme vous le faites ?

— Pourquoi je m'affiche, Monseigneur ? mais.... pour sauver les apparences.

M. de Frayssinous était certainement un homme grave dans la plus haute acception du terme ; il était ministre des cultes ; il était grand-maître de l'Université, un corps qui ne se pique de gaillardise qu'à bon escient ; il était évêque, le plus régulier, le plus pieux des évêques ; enfin il était de l'Académie, et avec tout cela, au mot si naïf du comte de V., ma foi ! il éclata de rire ; c'est qu'aussi il était Français.

Donc, à bon entendeur salut ! Ayez des mœurs si

bon vous semble, mais qu'on ne s'en doute jamais;
sauvez au moins les apparences.

> Cette leçon sera la fin de ces ouvrages :
> Puisse-t-elle être utile aux siècles à venir !
> Je la présente aux rois, je la propose aux sages.
> Par où saurais-je mieux finir ?

FIN

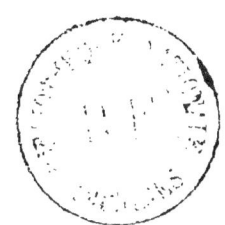

TABLE

PARIS. — IMPRIMERIE DE J. CLAYE, RUE SAINT-BENOIT, 7.

OUVRAGES DU MÊME AUTEUR

A LA LIBRAIRIE DE MICHEL LÉVY FRÈRES

2, RUE VIVIENNE

KAREL DUJARDIN, comédie en un acte, en vers, représentée au théâtre de l'Odéon.

PITHIAS ET DAMON, comédie en un acte, en vers, représentée au théâtre de l'Odéon et à la Comédie-Française (2ᵉ édition).

LA MAL'ARIA, drame en un acte, en vers, représenté à la Comédie-Française (épuisé).

PORTRAITS ET SOUVENIRS. 1 vol. } Collection
PHYSIONOMIES CONTEMPORAINES. 1 vol. } Hetzel et Lévy, in-32.

A LA LIBRAIRIE HACHETTE ET Cⁱᵉ

14, RUE PIERRE-SARRAZIN

LE TASSE A SORRENTE, pastorale en trois actes, en vers, représentée au théâtre de l'Odéon.

LE CHEVALIER D'AÏ. 1 vol. in-18 anglais.

LÉGENDES FLEURIES.   Id.

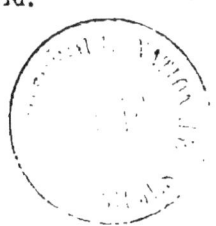

EXTRAIT DU CATALOGUE

www.ingramcontent.com/pod-product-compliance
Lightning Source LLC
Chambersburg PA
CBHW050141030726
47505CB00005B/1185